吴姐姐讲历史故事

吴涵碧◎著

明

1368 年～ 1644 年

新世界出版社
NEW WORLD PRESS

唐寅（1470 年 ~ 1523 年），选自《历代名臣像解》。字伯虎，江苏苏州人，自幼聪明，名闻乡里，16 岁秀才试第一名，29 岁高中南京乡试解元，称“江南第一才子”。唐寅才气逼人，但性情张扬，口无遮拦，为士子所嫉，科考时，因主考官构陷，身陷冤狱，从此功名断绝。45 岁时，为宁王朱辰濠罗致，窥破宁王反心后，装疯露丑才逃离虎口，54 岁时，郁愤而终。唐寅才华横溢，诗文名显当世，与祝允明、文征明、徐祯卿并称“江南四才子”；画名更著，与沈周、文征明、仇英并称“明代四大画家”；堪称诗画双绝，是中国人心目当中极有名的风流才子。

——见《唐伯虎的冤狱》，第 128 页。

* 图注内容皆出自《吴姐姐讲历史故事》——编者注

文征明（1470 年～ 1559 年），选自《历代名臣像解》。江苏苏州人，出身世家，是唐寅好友，自幼老实木讷，父亲文林却以为：“这孩子必大器晚成。”后来文征明果然与唐寅一样负有才名，画名居明四大画家之冠。文征明科场却屡试不利，竟然 9 次落第，从此绝意科举。之后有短暂的翰林院待诏生涯，随即返归苏州，潜心诗画，不再求仕进，年近 90 岁时，“端坐而逝”。文征明诗文书画均有盛名，人称“四绝”全才，性情豁达开朗，重真才实学，停止科考后，反而更加用功，虽然两袖清风，却是一生快乐逍遥，不似唐寅半生苦闷。

——见《文征明情深义重》，第 134 页。

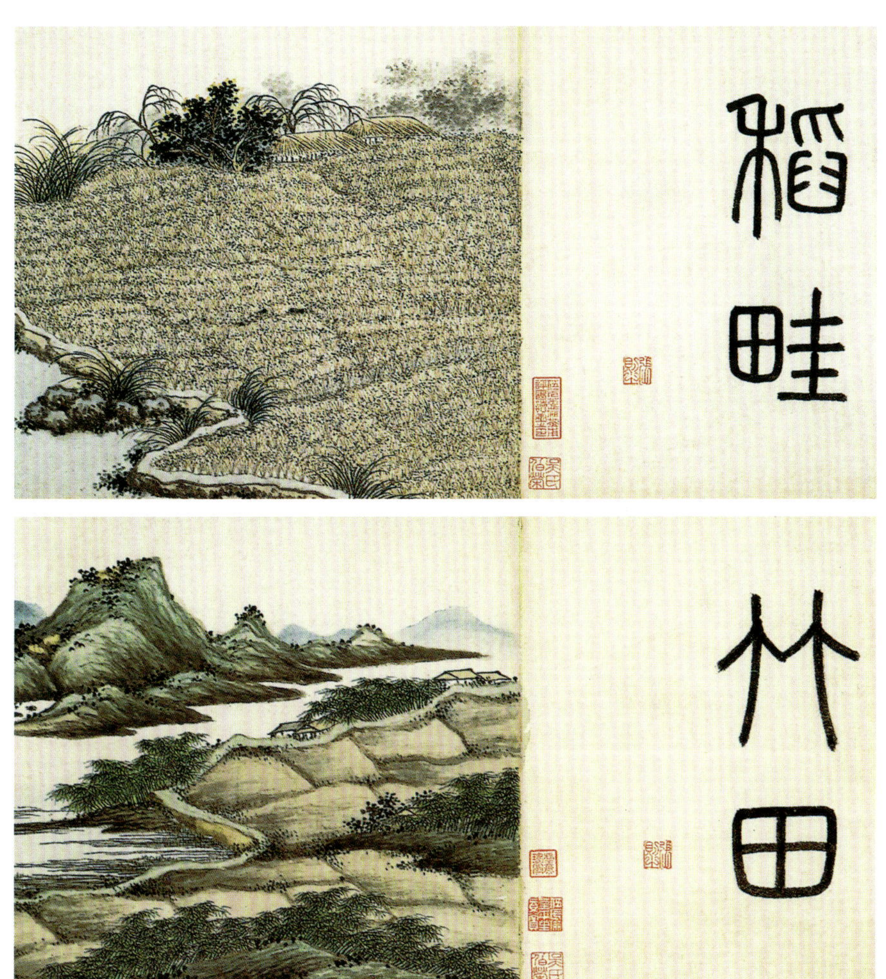

稻畦、竹田，明沈周绘。沈周（1427 年～ 1509 年），字启南，江苏苏州人，山水画圣手，和文征明、唐寅、仇英并称“明代四大画家”。沈周性宽厚，有涵养，苏州知府新修郡院，误将他以工匠身份为郡院绘壁画，沈周也心平气和前往；沈周负有盛名，常常一大早，远来求画的船只，已然塞满苏州河，但即使是农夫小贩向他索求，他也大方之至，对模仿自己的画牟利的画师也是一概宽容。沈周是文征明之师，对唐寅画风影响甚深，史传他“风神散朗，骨格清古，碧眼飘须，俨如神仙”。他的山水画，后人形容，墙上挂有沈周的山水，室内仿佛生出云雾，山川河流俨然在桌面上一般。

——见《沈周画墙壁》，第 157 页。

黄山，刘海粟绘。黄山为中国一大奇山，灵秀脱俗冠绝天下，徐霞客曾云：「五岳归来不看山，黄山归来不看岳。」在中国人心目当中，黄山之美兼有泰山之雄伟、华山之险峭、衡山之烟云、庐山之飞瀑、峨眉之清秀，以奇松、怪石、云海、温泉四绝闻名于世，是中国的骄傲。黄山是唐寅科场案后壮游之地，和许多中国画家一样，唐寅自黄山获得了美的启示和心灵的解脱。

——见《唐伯虎徜徉黄山美景》，第172页。

黛玉葬花，清费丹旭绘，北京故宫博物院藏。唐伯虎性情激烈，多愁善感，一天与朋友饮酒赏花，春雨不期而至，他见春花在雨中飘零，突然痛哭失声，一边哭，一边把花瓣一一捡起，小心翼翼装入锦囊之中，埋于土坑，又赋《花下酌酒歌》，歌中哀叹："花前人是去年身，去年人比今年老。"红学家俞平伯考证，曹雪芹从唐伯虎葬花当中得到灵感，安排了《红楼梦》中极重要一折——黛玉葬花，黛玉手握花锄，将一囊残红埋于坑中，一边低吟："试看春残花渐落，便是红颜老死时，一朝春尽红颜老，花落人亡两不知。"

——见《唐伯虎含泪葬花》，第 184 页。

秋香三笑惊艳，朱梅邨绘。唐寅一生坎坷，但他生前才名动于天下，人们感喟他的才华风流，编织故事，将众多美好命运加在他身上，这些故事影响极广，以致后世真有以为唐寅多才多金，一生美满的。其中以“三笑姻缘”流传最广，故事当中唐寅年轻多才，偶见华太师家侍女秋香，惊艳莫名，遂卖身入华府当下人，最终得偿所愿。图为唐寅见到秋香后，雇舟尾随华府大船，一边高唱“秋香山歌”，秋香出船舱倒水，听到这勾人心弦的山歌，见到这般风流美少年，不禁芳心可可，慌乱中将水倒在唐寅身上，唐寅贪看秋香，全然未觉。

——见《九秋香满镜台前》，第266页。

目录

六岁小圣人的机智

明宪宗十八年（1482年），王阳明十一岁，因为父亲王华在京师做官，迎养祖父竹轩公，于是祖孙二人相偕（xié）前往。

王阳明自小立志为圣贤，他的父亲王华小时候也是如此，下面是王华小时候的几个故事：

王华在六岁的时候，有一天，到家里附近的一条小河旁玩耍，他看到一个人手里提着一个布袋来到河边，在河岸上坐了下来，脱了鞋子洗脚。

这个陌生人满身酒臭，走起路来摇摇晃晃，显然是喝醉了。洗完了脚，陌生人穿好鞋子，拖着不稳的步伐，慢慢走远了，但是，那布袋依旧留在岸边。

王华心想，这布袋一定是陌生人丢弃的废弃物。等到陌生人走远了，王华忽然心生好奇，想看一看究竟是什么东西。于是，他走上前，把布袋打开，王华吓一大跳，布袋里竟然是十几两银子。

“那个人一定是喝醉了酒，洗完了脚便忘记把银子带走，他清醒以后，一定会回来找银子的。我该守在这里等他。”王华心里想着，但是，眼珠一转，发觉不对：“如果有别人经过这里，他要是来抢，我年纪小，个子矮，一定挡不住他，我不如把这布袋丢到水中，别人就不会看到，银子很重，也不会被水冲走，这样比较安全。”于是，王华捡起布袋，扔到小河里。

过了许久，那个陌生人慌慌张张跑了回来，见到王华，紧张地问："小弟弟，你看到一个蓝布袋吗？"

"你洗完脚，就把布袋忘记在河边了，我把布袋沉到河里，你赶快去捡回来吧，喏，你看，就在那里。"王华指着河里，这河的水很浅很清澈，蓝色布袋很清楚的沉在河底。

那个陌生人赶快跨入小河，河水只到达膝盖，他轻易就把布袋捞了起来。

回到岸上，陌生人打开布袋，数了一数，发现银子丝毫未少，高兴得掉下了眼泪，拿出一锭银子送给王华，"小弟弟，真是感激你，这锭银子送给你，代表我的谢意。"

"我不能收。"王华摇摇手："一袋银子我都不要，我怎会要你一锭银子？"

"小弟弟，你住在哪里，可不可以带我到你家？"那个陌生人收回银子，激动地拉着王华的手。

"我家就在那边，我带你去。"王华点点头。

到了王华的家，陌生人见到王华的母亲岑（cén）夫人，把事情的经过告诉岑夫人，并且再三拜谢。

从此，王华拾金不昧的事传遍乡里，王华成了乡亲口中机智的小圣人。

小圣人读书一向是最用功的，这可以从下列的一个故事之中看出来：

中国古代农村生活平静单调，最热闹的时候大概是春节过后的迎春会了。因此到了迎春会来临之际，人人都急着赶去看热闹，其中舞龙舞狮，唱野台戏，打拳卖艺等等，尤其受到欢迎。有时纵使节目不够精彩，对于辛辛苦苦在农田里耕作了一年的农人而言，也有莫大的吸引力。

当然，最开心的，要算是孩子了，可以抛开书本，跟在大人后头去凑热闹。

迎春会，近人黄瑞鹄绘。

奇怪的是，尽管大伙儿都疯狂的挤向迎春会，王华却始终是不为所动，安安静静坐在书桌前，这个十岁的小孩竟如老僧入定般沉着。

王华的母亲岑夫人爱怜道："华儿，你也该休息一下，去看看热闹吧!"

王华不为所动道："看迎春会哪儿比得上看书。"

岑夫人先是一愣，接着笑道："对，我儿子说得对。"做母亲的见儿子如此用功，既高兴又不免心疼。

十一岁那一年，王华拜浙江省余姚县的钱希宠先生为师，开始先学对联，王华悟性极高，又读过不少诗书，所以，反应特别敏捷，没过多久，老师才作了上联，王华立刻接口下联。

学完对联，王华接着学习写诗、写文章，每一样王华都极有兴趣，在他眼中，读书远比游戏有意思，因此，他成绩优异，把同学远远抛在后头，钱老师也叹息道："我看，到了年底，我也没有多少东西好教王华了。”

有一天，余姚知县突然前来钱老师的私塾，小地方来了一个大人物，学生们都抛开了书本，簇拥到客厅去看知县大人。大家看到知县老爷一身官服，身旁跟着几个衙役，那副威风的神情，真是又好奇又羡慕。只有王华，依然坐在书桌之前，继续高声朗读，仿佛不知道这件事一般。

钱老师送走了县太爷，回到教室，发现大伙儿全在七嘴八舌谈论县太爷有多么威风，只有王华依旧端坐书桌，便走了过去，笑着对王华说：“王华啊，就只有你一个人没到前面去，如果县太爷见到你，责备你这个小孩态度傲慢，你该怎么办？”

王华没被吓着，他平静地回答道：“县太爷也是人，两个眼睛一个鼻子，有什么好看？我正在读圣贤书，他没有什么理由可以责备我。”

钱老师不禁大为叹服。

龙泉山寺遇鬼记

王阳明自小立志为圣贤，王阳明的父亲王华也是如此。

王华十四岁那一年，由于龙泉山环境清幽，是个极好的自修场所，因此搬到龙泉山寺中读书。县城里有几个年龄比较大的孩子也不约而同搬入寺中。

这几个大孩子全是富家公子哥儿，到了庙里，经常欺负和尚，和尚很生气，正色对少年们说："各位小施主，本寺晚间经常有怪事发生，各位还是回家读书吧。"

"你是说有鬼？"一个少年尖声叫开来："我们不怕鬼，倒想与鬼比一比谁的本事大。"

"阿弥陀佛。"和尚双手合十，低着头走开了。

这天晚上，少年们住的房间果然出事了，先是传来低沉的哭泣声，接着是刺耳的狂笑声。

"好像是女鬼。"一个瘦干的少年说。

"女鬼，太好了，我们去找女鬼。"一个高大的少年兴奋地说。忽然他尖叫起来："咦，怎么有水滴到我的脖子上，外头又没有下雨。"

"我看看。"另一个少年跑过来，用发抖的声音说："不是水，是红色的血……"

"哇，可怕！"高大的少年一摸脖子，弄得一身红，吓得全身发抖。

突然之间，一阵强风吹进屋内，桌上的油灯被吹熄了，室内一片漆黑。

“哎呀，太恐怖了，一定是女鬼进入房间，我们赶快到屋外去。”不知是谁惊慌地大叫。

于是，几个少年又推又挤逃出了屋子。一到屋外，一片片小石子如雨点般自天而降，几个少年被打得头破血流，大叫救命。原来这都是和尚们的驱客之道。

第二天大清早，几个少年便急忙奔出龙泉山寺，剩下王华一个人仍然留在寺里。

半夜，一个小和尚爬上王华房间的屋顶，看到王华在灯下用功，便装出“呜……”的怪声，叫了半天，不见王华的反应，只好停止。

第二天晚上，又有几个小和尚爬上了屋顶，不但装鬼叫，还用手扒开屋顶的瓦片，让瓦片掉落房内，发出可怕的声响，然而，王华依然端坐书桌前专心朗读，好像没有听见任何声响。

第三天夜晚，小和尚们决定变一变花样，等到王华睡着了，再悄悄钻到王华的床下，摇晃着床铺，奇怪的是，王华似乎没有感觉，依然熟睡。

第四天夜晚，雷电交加，风雨大作，王华照例坐在房间里，几个小和尚溜到窗户下，用力摇晃木窗，不时还装出狰狞的野狼嗥声。

“我手都摇酸了，王华怎么一点儿反应也没有？”一个小和尚悄悄说。

“可不是吗？我装狼叫，喉咙都叫痛了，王华都不怕。”另一个小和尚说：“算了，我们走吧。”

“慢一点，我蒙一条白布去吓一吓王华”，另一个小胖和尚说，他拿来一块白布，连头带身体包了起来，然后推开王华的房门。

王华，选自《三才图会》。

“咿——呀——”房门的声音好难听，在深夜里特别显得可怕，一个白色的影子在门口晃动着。

王华瞄了房门一眼，嘴角微微一笑，目光又回到书本里。

白影在门口晃了一下就消失了。

“你回来了，扮鬼吓到王华没有？”几个小和尚问。

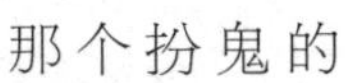

那个扮鬼的小和尚把白布脱下来，不断摇头道：“没吓到王华，我自己反而害怕起来，要是真的有鬼附到我身上，那该怎么办？我一边念佛，一边就跑回来了。”

如此这般折腾了一个多月，鬼戏夜夜上演，王华却神色自若，小和尚反而弄得疲惫不堪。于是，大家一起开会决议作罢，停止装鬼的游戏。但是，大家想不通，为什么王华不怕鬼呢？于是一块前去问个明白。

小和尚们到了王华的房间，看到他正在整理被褥，便开口问道：“你起床很早啊，这些时日以来，我们庙里不断闹鬼，难道你不怕吗？”

“怕什么？”王华装作不了解的样子。

“譬如说，你听到什么恐怖的声音没有？”

“我专心读书，什么也没听见。”

“那么你看到什么奇怪的东西吗？”

“什么是奇怪的东西？”

“那些鬼怪要来害你，总会显出一些可怕的样子，譬如床在摇晃，譬如白布女鬼。”

王华笑着说：“啊，我只不过看到几个小和尚在作怪罢了。”说着用眼睛横扫了小和尚一遍。

小和尚被王华看得羞红了脸，嗫嚅道：“你凭什么确定是我们在搞鬼?”

“你们想一想，如果不是你们干的，我一个人在房间里，你们怎会如此清楚，这是你们自己露了马脚。”

“哇，佩服，佩服！”小和尚们叫了起来。

王华长大中了状元之后，为了纪念这一段经过，自称为“龙山公”。

凉亭中的艳遇

王华十七岁那一年，果然不负众望，考中了秀才，用功苦读毕竟是有报偿的。

当时的提学使张时敏十分欣赏王华的才学，逢人便夸王华与另一名秀才谢迁的文章有多好多好，将来有中状元的希望。

依照明代的考试制度，读书人先得在县里参加考试，录取者称为童生，俗称秀才，再到省城里去参加全省的会考，考取者称为举人；最后再到京师去参加全国性的会考，考取者称为进士，进士的第一名称为状元，状元是中国读书人梦寐（mèi）以求的最高荣衔，当然极为难得。

由于提学使张时敏不断夸赞，使得王华的名声大噪，远近的世家大族都争相聘请王华当他们的家庭教师。

当时的浙江巡抚姓宁，他透过张时敏的介绍，亲自到王华家拜访，礼聘王华到祁（qí）阳（今湖南祈阳县）老家去教导子弟读书。

祈阳宁家藏书丰富，有书数千卷，王华正是个书迷，因此每天除了教导宁家子弟之外，便是埋首于藏书室之中，三年的宁府家教生活，王华几乎是足不出户。

祈阳有许多读书人慕名前来拜访，并且邀王华出外饮酒作乐，王华总是婉谢。祈阳士子都有狎（xiá）妓饮酒的习惯，王华曾经远远见过一回，对于这些读书人一面轻轻抚摸妓女的小手，一面饮酒赋诗的方式十分不能接受，他也非常不能适应公开打情骂俏的作风。所以，王华总是只在宁府与客人畅谈，却不肯答应出外游宴。

三年家教期满，王华告别宁府，准备回到家乡参加浙江省的会试。祈阳的许多文人都来探望王华，坚决邀请王华参加晚宴，以为送行。

王华一向不喜欢吃吃喝喝的应酬，但这些祈阳的文人态度诚恳，真是盛情难却，王华只得答应。

祈阳文士们把酒宴安排在一个湖中的亭子里，亭子很宽敞，隔为内外二间，外间是客厅，摆上一个圆桌和椅子，适合品茗、饮宴，内间布置成一个小房间，有洁净的床铺，以便喝醉了酒的客人休息。

文人雅聚，明崔子忠绘。

这亭子四周是湖水，客人与食物全用小船载运而来，王华虽在祈阳三年，却从未到过此处，祈阳文人们殷勤款待王华，王华也觉得此处风景甚好，于是心情欢畅，很豪爽的喝了几杯酒。

筵席完毕，已是子夜时分，王华也有几分酒意，作东的祈阳文士们强留王华在亭中的内间过夜，这些文人们则乘着小船离去。

王华虽有酒意，却

并未喝醉，他觉得能在如此风景优美的湖中住上一夜，也可算是人生的一大享受。

送走了祈阳文士们之后，王华独自一人慢慢踱步走进房内，觉得有点困了。

“参见公子。”突然，娇娇滴滴的声音把王华吓得酒都醒来了，仔细一看，原来内间竟然藏了两个穿着华丽、满脸彩粉的女人，她们的高髻上插着一支“金步摇”，随着笑声，剧烈地晃动，王华有眼花缭乱之感。

王华一身冷汗，比看到了鬼还紧张，他结结巴巴问道：“你们是干什么的？”

“哎呀，公子，周老爷要我们姐妹俩今晚好好服侍公子。”这两个女子说着，便上前拉住王华，一个帮王华解衣带，一个要帮王华脱鞋子。

“住手！”王华大喝一声，这时他才会过意来，这二个浓妆艳抹的女子是城中的妓女，刚才酒宴主人之一的周老爷雇她们来的。

“公子，你别紧张，这儿又没有别人，你可以放心大胆寻欢作乐。”一个妓女撒娇地搂住王华的脖子。

“不许乱动，我不喜欢这样！”王华用力一推妓女，下命令道：“你们马上离开这个亭子。”

“我们怎么走？这亭子四周全是水，又没船，如何走得成？”另一个妓女又缠上来，撅着嘴，又凑过来要拉王华的手。

王华四下一望，果然四周全是水，他想了一想，灵光一闪，拍着手道：“我自有办法。”

王华找到一把小斧头，把房间的门板拆了下来，放入湖中。

“来，你们坐上去，用一块木片就可以摇到对岸了。”

“不要，我们怕，我们要留下来陪公子。”两个妓女又挨近了王华，一股浓烈的香味直喷向王华。

“也罢，你们不走，我走。”王华说着，一脚踏上门板，门板不小，像一般木筏，王华以一块木片为桨，缓缓离开了亭子。

两个妓女吃惊无比地互相对望，用诧异的眼光看着王华的“木筏”渐行渐远。

被窝里的猫头鹰

王阳明的父亲王华自小立志为圣贤，成化十七年（1481年）中了状元以后，果然也谨守圣贤之道，曾经多次在文华殿为明孝宗讲课，深得明孝宗的信任。

王华虽然在公务上一帆风顺，对于治家却相当棘（jí）手。王华的元配郑氏是王阳明的生母，郑氏逝世后，王华又娶了继室赵氏。赵氏是个浅薄小器的妇女，话特别多，加上声音亢直尖厉，大声嚷嚷起来，让人听着心跳，王华每次遇到赵氏噜苏就躲到书房里避难。

赵氏没多久，相继生下两个儿子，取名守俭守文。后母本来难当，必须要有充分的爱心、广大的包容力，才可能将前妻的儿子、自己的儿子一视同仁。赵氏心胸狭窄，当然不是一个好后母。当着王华的面，她偶尔还装模作样，虚情假意摸摸王阳明的头，背着王华的面，王阳明可就惨了。

有一回，赵氏为了一点点细故，没来由地发脾气，顺手对王阳明就是一个耳光，打得王阳明连连倒退，差一点摔倒。王阳明听人家说，挨多了耳光，耳朵会坏掉，他很想跑到王华面前去告状，想一想又不忍心增添父亲的烦恼；何况，告了状也不能解决问题。

王阳明一心想当圣贤。于是，他努力思索，圣贤若是遇到这种问题，该如何处理？

王阳明想到了舜，舜的父亲是个瞎子，母亲早死，后母心狠手辣，常想害死舜，曾命舜修理仓库，然后点火烧屋，舜拿着斗笠跳下来，居然没死。后母又命舜挖井，当舜在井底工作时，后母便往井里丢石头扔砂子，舜自井边挖了一个洞逃出来又没死。舜饱受欺凌，依然非常孝顺。

王阳明佩服舜的孝行，却认为舜的方式不足为法，舜若是运气不佳，果真被后母给害死，岂不可惜！王阳明少有大志，他可不希望白白牺牲，他暗暗下了一个决心，他一定要思考出一个办法，能够在不伤害后母的原则之下，让后母改变对他的态度。

当王阳明十二岁那一年，有一天，王阳明在路上，看到有位猎人在卖猫头鹰，猫头鹰是一种鸟类，头圆体肥，额两侧长出耳状角羽，眼睛锐利发亮，上嘴唇向下钩曲，被覆（fù）下唇，昼伏夜出，头可以转到一百八十度，所以四面八方的声音可以听得一清二楚，能够顺利地在漆黑的环境之中准确逮捕猎物，以蛇、鼠等小型哺乳类动物为食。

中国人一向认为，猫来穷狗来富，至于猫头鹰，此乃怪鸟，这是最不吉祥的怪物。王阳明突然心生一计，决定用猫头鹰为道具，

猫头鹰，佚名绘。

开个小玩笑。于是，他掏出身上所有的钱，用鸟笼装了一只大型的猫头鹰带回去。

到了中午，吃过了午饭，后母照例午睡，她不经意地掀开被子，猛然发现被窝里有只猫头鹰，正在用圆圆滚滚的眼睛瞪着她，吓得她差一点没有当场昏倒，紧接着，后母开始大声尖叫，她的声音原本聒（guō）噪刺耳，这么大声一吼，猫头鹰也受到了惊吓，猛拍翅膀，绕室而飞，发出嘎嘎的怪声。

后母忙打开窗户，拿起枕头朝猫头鹰身上猛打，猫头鹰在房间中飞来绕去，后母失魂落魄苦苦追逐，折腾了半天，终于把猫头鹰赶出屋外。虽然是寒冬，后母又吓又累，全身疲软，一身大汗。她回过神来，想到野鸟入室乃居家大忌，如今怪鸟竟然潜入被窝，不晓得代表何种凶兆，想到这儿，她忍不住一屁股坐在床上，开始大哭特哭起来。

这时，王阳明“刚好”进来，发现一向嚣（xiāo）张跋扈（hù）的后母披头散发、衣衫零乱，哭得一塌糊涂。于是，他故意装成不解的样子，走上前去询问究竟。

后母边哭边说了刚才发生的事，又用袖子抹了眼泪鼻涕，王阳明安慰后母道：“别急，我听说姜婆婆很通灵，不妨请她前来捉妖。”

“那好，你快跑一趟！”后母急急吩咐。

没多久，女巫姜婆婆来了，手里拿着一串铃，边摇边走入，她用不以为然的口气批评：“这屋里不干净。”

“对，的确不干净。”后母点点头，并且哀声求道：“拜托，你快把屋中清扫干净。”

姜婆婆恭恭敬敬烧了香，口中念念有辞，忽然之间，全身不住颤抖，疯狂摇摆，她没有开口，却有声音自姜婆婆的肚皮里传出来，这声音不很清楚，但是，仔细听，还是可以听出来。

“我是仁儿（王阳明名守仁）的妈妈，可怜，我走了以后，他受到恶毒女人的迫害，上天必不饶她。”后母一听此话，呆若木鸡，过了半天，“冬”的一声，跪倒在地，不断叩头：“大姐，我不敢了，我再也不敢了。”

姜婆婆仍在发抖，肚皮里又传出声音：“守俭守文的待遇可比守仁好太多了。”

后母更怕了，由此可见，王阳明的生母连她儿子的名字都晓得，可见她人虽死，魂未散，万一报复起来，那还了得。

“大姐，我以后一定对守仁，比对守文守俭还好，请你原谅我。”后母跪在地上，不停讨饶。

过了一会儿，姜婆婆逐渐恢复原状，后母取了几文铜钱，送给姜婆婆，姜婆婆带着铜铃走了。

这本是王阳明买通姜婆婆演出的一场戏；此后，赵氏果然再也不敢虐待王阳明了。

新郎缺席的洞房花烛夜

王阳明自幼立志为圣贤，但是，圣贤这一条路到底应该怎么走，他还在苦思、还在摸索。在他看来，如果仅在书中寻找答案，充其量只能成为一个学者，而不是他所向往的圣贤。

十五岁那一年，他禀报父亲“出外访友”，却骑了一匹快马，驰出居庸关，纵览山川形势，探询诸夷种族，这时，他觉得摸不到圣贤之路，不如纵马万里，做一个豪杰之士。

当时边境正值多事之秋，边将知道这个少年郎乃状元王华之子，特别予以优待，王阳明就十分快乐地玩了一个多月，方才意犹未尽地回家。

回到家后，王华知道这个宝贝儿子竟然溜到塞外，心中隐隐不安，责备他道：“守仁，读书人不可太张狂，心性要定下来。”

“是的，我知道。”王阳明虽然口中答应，心中却不以为然。

塞上归来之后，王阳明天天想的是边际之事，晚上梦到自己带兵打仗，在大漠中追逐胡儿，真正是好不威风。

有一天晚上，他做了一个梦，梦到拜谒马伏波的庙，醒来以后，依然兴奋得发抖。

马伏波名马援，乃东汉的英勇大将，协助汉光武帝建立中兴大业，我们在介绍东汉的故事时曾经详细介绍，他有几句名言，至今仍然脍炙人口，例如“丈夫立志，穷当益坚，老当益壮”、“男儿当死于边野，以马革裹尸而还”。

马援在国家太平之时，开荒畜牧、厚植国力，国家动乱之时，效命沙场、保国卫民，到了八十多岁，依然亲率大军讨伐蛮夷，最后果然光荣战死在沙场。

小王阳明以英雄崇拜的眼光钦慕马援，他希望自己能够成为明朝的马援。想着、想着，王阳明奔腾的一颗心再也按捺不住了，他悄悄上书皇帝明孝宗，贡献与胡人交战的谋略，并且毛遂自荐，希望能够带兵出征。

王华发现了儿子的举动，训斥了王阳明一顿："就凭你这一点粗浅的弓马知识，你就想平定方境吗？你也未免太狂妄了吧。"

王阳明有点惭愧，父亲说得没错，他的确是懂得太少了，不过，他倒不以为狂一点、狷（juàn）一点有什么不好，"狂者进取，狷者有所不为。"而且，最重要的，王阳明瞧不起一般庸俗的读书人，在他看来，这些儒生，只晓得一心求取功名富贵，等到国家危难之时，束手无策，真所谓"百无一用是书生"。

十五岁的王阳明暗暗立志，他不但要追求圣贤之道，也要研究军事，不过，他可不敢把自己的心事告诉别人，因为没有人会了解圣贤和豪杰能合在一起的。

王华颇有点儿担心王阳明，他思忖，也许早一点让王阳明成了亲，他那一颗不羁（jī）的心可以安定下来。于是，王阳明十七岁之时，王华命阳明前往洪都（今江西南昌）与诸氏成亲。诸氏是江西布政司参议诸养和的女儿，门当户对，双方家长又是世交，王阳明没有反对的理由，不过，他对结婚没多大兴趣，他还是满脑子的圣贤梦。

婚礼大典就在官署举行，一大早到处闹哄哄的布置着，王阳明插不上手，吃完中饭，他就信步走到附近的铁柱宫游览。

突然，他看见一个道士正闭目打坐，神态安祥，王阳明静坐一旁，以无限好奇的眼光盯着道士瞧。

王阳明想学马援，可是他身体实在不够强健，尤其肺部，他希望把身体练好。中国古代的读书人“半日静坐，半日读书”，例如唐朝的白居易体弱多病，就是靠着打坐，才能够延年益寿。王阳明也想学，只是不知其法，如今逮着了机会，非要一探究竟不可。

道士悠悠然睁开了眼，发现一个眉清目秀、气质不俗的小伙子在一旁观看，淡淡一笑：“少年人有兴趣打坐？”

“是的，我很想学，请问道长，这是养生之道吗？”

“没错，打坐可以达到天地与我并生，万物与我合一的境界。打坐是在养气，有些人把打坐看成是气功的一种，打坐可以使人血气调和，精神清朗，这对身体健康是有益处的。”

“可否请道长教教我？”王阳明兴奋地要求。

“那么我们就试试看吧。”道士说着，便指导王阳明打坐的姿势：“打坐的姿势有散盘、单盘与双盘，此外，记住要厚铺坐褥，宽解衣带，端身直脊（jǐ），唇齿相著，舌柱上颚，微闭其目，常视鼻端。”

松下打坐，张大千绘。

王阳明立刻学着盘起了脚，

开始学习，道士也耐心指导。这一坐下来，他专心投入，就把晚上要当新郎倌之事，忘得一干二净，整个晚上都在和道士谈论养生之道，并且重复练习打坐，可怜那新娘独个儿枯守洞房花烛夜，新娘很贤慧，没发脾气，心中担心害怕的是王阳明别发生什么意外，那珍珠般的眼泪不是怨恨，而是忧虑和恐惧。

第二天，诸家派人到处找寻王阳明，这才在铁柱宫找到了彻夜未眠却显然精神饱满的王阳明。

“新郎倌啊，你怎么不在洞房，却跑到这观来过夜？”诸家的来人大叫起来。

“对呀，糟糕，我忘记了！”王阳明一拍脑袋，好像失忆症的病人又恢复了记忆。

“结婚是人生大事，你竟然忘了？”大伙儿叫嚷起来。

王阳明向道士作了揖，赶紧返身便跑，他要向新娘子请求原谅他的荒唐。

打坐是许多中国人喜欢的事，但打坐很容易受到邪灵的入侵，想要强健身体反而走火入魔，戕害身心灵。王阳明因打坐而误了正事，大概也算走火入魔的一个例子吧。

王阳明对竹沉思

明孝宗弘治元年（1488 年），王阳明奉父亲之命，前往洪都，与诸养和的女儿成亲。洞房花烛夜王阳明却待在铁柱宫，向道士请教打坐养生之道，害得新娘子独守空闺，哭了一个晚上。

第二天，岳家的人找到王阳明，发现他正与道士对坐，真是又好气又好笑。不过，诸养和这个老丈人倒并没有责怪王阳明，对这位女婿，诸养和是十二万分的欣赏，他相信王阳明日后会有一番发展的。

诸养和慈蔼地对王阳明说："打坐当然是极好的养生之道，另外，书法同样是陶冶性情的良法，所谓静为躁君，意思就是说唯有内心宁静才能抵挡烦躁，书法正是把心平静下来的好方法。"

诸养和认为，王阳明什么都好，只是年轻不免气盛，有时难免毛毛躁躁，假如能把狂飙（biāo）的心沉静下来，那就更好了。

王阳明一向喜欢书法，听了岳父的话，立刻点头答应："好，我从今天开始勤练书法。"

王阳明有一种执着的特质，对任何事不做则已，一做一定是狂热地钻研，一丝不苟，力求完美。于是，王阳明早也写，晚也写，整个人都浸在书法之中，整整一年多，他大多数时间在写字，岳父家藏有数箧（qiè）上好的棉纸，竟然全被他用光。

这一年多的磨炼下来，王阳明果然书法大进，把一年前、一年后的作品互相参照，简直不像出自同一人之手。后来，王阳明曾经对朋友说：“我刚刚学写字之时，临摹古人的字帖，仅仅只学得字的外形，后来，举起毛笔却不轻易落笔，先要凝思静虑，在心中凝形，然后再把字的精神表现出来。”

其后，王阳明读到宋儒程明道所说：“写字要学习保持敬心。”更深深以为：“字要写得好，必须随时自心上去学习。”王阳明到晚年时，常欢喜对人提起他练字的经过和心得，他说自练字中得到一个启示，凡事用心才能有成，所以，当时人称王阳明的学问叫“心学”。

王阳明行书书法。

在岳父家待了一年多，直到第二年大雪纷飞之时，他才带着新娘回到浙江余姚老家，路过广信府（今江西上饶），王阳明特地前去拜见大儒娄谅（娄谅的女儿后来嫁给了宸濠，曾经屡次劝宸濠不要造反，宸濠不听，最后，王阳明打败了宸濠，娄妃投水而死，宸濠悔之莫及，王阳明厚葬娄妃）。

娄谅见了王阳明胸有大志，谈吐不俗，很亲切地告以宋儒格物致知的方法，并且告诉王阳明，圣贤的确可以由力学而有所成就的。娄谅的这一番话，启发了王阳明追求圣贤的途径。

回到余姚之后，王阳明埋首苦读，讲求宋儒身心修养之道。弘治五年（1492年），王阳明二十一岁，在浙江考取了乡试，便到京师，跟随父亲，准备参加进士科的会试。父亲王华发现儿子的举止神态不同以往，仿佛原本脱缰的野马被驯服了，变得沉静、儒雅、斯文，忍不住笑眯眯地说："嗯，士别三日，刮目相看，我的儿子显然不一样了。"

王阳明不好意思的一笑："昔日放逸，现在知道错了。"

王阳明虽然外表上比较内敛，骨子里他还是相当狂傲的。他在乡试中了举人，接下来第二年便要参加礼部的会试，按理说来，他应当努力读书求取功名。但是，他自信满满，认为此乃探囊取物，不用太挂心，因此，他整个心思沉浸于朱子理学之中，他想要研究宋儒格物致知之学。

所谓格物致知，意思是说，穷究事物的道理，充分发挥心智的辨识能力。这番话听来是玄之又玄，凡事务求甚解的王阳明心想，既然宋儒说过，一草一木都有至高无上的道理，那么，我不如来做一个实验，看看格物如何致知。

于是，王阳明邀了一位与他一般好学的朋友，两个人来到院子里席地而坐，两眼盯着竹子，发愤作一次"格物"的功夫。

他们的实验是借观察竹子（格物），以求获得一些知识（致知）。

他们不说一句话，眼睛就注视着竹子，两个人愈坐愈困，愈看愈累，一天下来，腰酸背痛，头昏脑胀。

王阳明问朋友："你看出什么道理来了吗？"

"没有，我只想躺下来，明天再试吧！"那朋友打了一个大呵欠。

第二天，两个年轻人又对着竹子坐了一整天，努力看，努力看，但是，怎么也看不出其中道理。

第三天情形依旧如此，到了第三天晚上，这一位朋友病倒了。

二人相比较，王阳明的身体其实是比较虚弱的，可是，他一向意志力坚强，他告诉自己：“我的才能好，坚持下去，一定能了解格物致知的道理。”

第四天、第五天，一天一天过去，王阳明不眠不休对着竹子发呆，他实在没自竹子中悟得任何道理，他是一个诚实的人，不愿意一拍大腿，自欺欺人宣布，他找到了竹子的道理，所以，他就继续这么耗下去。

一直到了第七天晚上，王阳明发了高烧，“冬”的一声倒在竹子旁边，他终于累垮了，家人赶紧去为他找医生。

病好之后，王阳明对着竹子，叹了一口气：“唉，格了七天竹子，竹子仍是竹子，我仍是我，看来，我无法自竹中找寻圣贤之道了。”

王阳明实验失败，却让他领悟到如此格物，难成圣贤，王阳明只好放弃研究朱子的学说，把兴趣移到文章诗赋，他约同几位诗友，组织了一个诗社，每天沉醉在诗歌吟咏之中，他似乎变成一个诗人了。

王阳明二次落第

王阳明为了探究格物致知之理，对着竹子，格物格了七天，实在无法致知，于是，他又把兴趣转回词章之学。

由于王阳明自小便是乡里知名的天才儿童，众人对他的礼部会试寄以厚望，他自己也以为状元非他莫属，不料竟然名落孙山。

当时同在京师为官的浙江人，纷纷前来慰问王华、王阳明父子，宰相李西涯为了冲淡沉闷尴尬的气氛，半开玩笑道："小老弟，你今天不成，来年必为状元，不如先写一篇状元赋。"

"好啊！"自视甚高的王阳明就真的拿出纸笔，毫不犹豫写了一篇《状元赋》，文情并茂，仿佛认定了三年以后的状元一定是他，在座大老们传观之后，频频赞美："不得了，不得了，真正是天才，三年之后看你的了。"并且对王华说："三年之后，这杯状元酒是讨定了。"

王阳明这篇《状元赋》写得好是真的，不过，大老们心中滋味却不见得真好。中国人一向认同"满招损，谦受益"的古训，王阳明年轻，不晓得人性中嫉妒心理的可怕，大老们的恭维只是面子上做戏，心里却像是打翻了醋罐子一般酸，当大老们出了王家，在路上就同时啐（cuì）了一口："这个张狂小子，若是三年后得魁（kuí），他眼睛里还有你我吗？"这份酸性酵素很快在京师大老之间蔓延开来，所以，三年之后，王阳明由于强烈的遭忌，再次名落孙山。

大老们再次前来慰问，假惺惺一番，语中却少不了带着奚（xī）落。

王阳明连遭二次打击，他逐渐了解现实中的残酷，原来世界上没有什么真正的公平，原来优秀的人不一定就能够出头。不过，虽然他满怀抑郁，表面上依然潇洒，并没有露出任何沮丧的神色。他有一个很要好的朋友，同样名落孙山。整个人瘦了一圈，同时深以为耻，难过得不肯出门见人。王阳明反过来安慰朋友：“世人皆以不登第为耻，我独以不登第而动心为耻。”这一席话传了出去，许多人忍不住夸奖：“王阳明毕竟是王阳明，气魄如此雄伟，却又如此狂傲。”

话虽如此说，功名无成，圣贤之途又不得其门而入，王阳明内心的挫折感好深好深，纷纷乱乱的心情，简直不知如何安定下来。于是，他又拿起了《朱熹文集》细细的读，有一天，他偶然读到朱熹上宋光宗的奏疏：“居敬持志，为读书之本，循序致精，为读书之法。”王阳明突然悔悟，对了，读书还是应当按部就班循序以进。

因此，王阳明又开始乖乖重读《论语》、《孟子》、《大学》、《中庸》，细心玩味孔子孟子的原意。

明孝宗弘治十二年（1499年），王阳明二十八岁，第三度参加礼部会试，终于荣登金榜，钦赐二甲进士出身第七名。从小到大，王阳明总是拿第一，人人都说，王华是状元，有其父必有其子，王阳明一定也是状元，经历了二次落榜，王阳明早就醒悟，考场之中难以论英雄。因此，虽然没有考上状元，他还是欢天喜地，到底，他开始有机会参与实际政务了，他可要摩拳擦掌大干一番，他先是担任工部观政，不久，转为刑部主事。

这一段时期，边疆接二连三出了事，王阳明一向关心军事，年少之时还曾经实地考察过，于是，他勇敢地上了一封“陈言边务说”，十分坦率地指陈问题的症结所在，并且提出了八项非常具体的建议，他满腔热血，以国家兴亡为己任，结果朝廷不予采纳且不论，甚至于差一点直言惹祸，因为他一开头便老实不客气地批评："现在最大的问题在于一些大臣，外头享有老成持重之名望，其实，一天到晚想着如何保持禄位，如何博取上面的宠爱，对内互相攀结利益，对外招权纳贿，因循又苟且，最后终于会衰耗颓塌（tā），不可支持。"

王阳明痛言中国官场的弊病，他讲的全是事实，可是，言词如此激烈，下笔如此不留情面，那些个身居高位的大官们感觉到王阳明简直就在骂他们，王阳明这个小子太可恶了，岂能容许这个小子得意？所以，这个忠心报国的奏章，不但没有让王阳明施展抱负，反而严重影响了王阳明日后的仕途发展。

王阳明不适应官场文化

由于王阳明痛言官场弊病，朝廷里，王阳明成为了被议论的人物，当然，讽刺的人多，赞赏的人少。

于是，有人建议："这个少年人勇于任事，想必是个负责之人，不如，派他去督造威宁伯王越之墓，这可是大事一件。"

王阳明一心匡正国事，希望成圣成贤，现在居然派他去当修坟墓的监工，乍听之下，他实在是咽不下这一口气，很想断然回绝，继而深思，一来，朝廷有令，不得拒绝。二来，他有这份自信，做什么事像什么事，而且会一本敬谨原则来完成任务。

于是，王阳明欣然前往修坟，他拿出统驭部队的办法指挥工匠，并且按时工作，按时休息，有奖有惩，完全是一套制度化的管理。

按修坟，虽是小事，毕竟也是工程一件，毕竟也是一大肥缺，历来凡是与工程有关者，总得捞上一笔，这已是不成文的惯例了。但是，以王阳明刚正不阿的个性，他是不屑于贪捞油水的。

通常监工的人不把工匠当个人看，总是差遣工匠做自己私人的事，甚且暗中扣钱以饱私囊。工匠也有工匠玩花样的办法，他们通常是偷工减料，把挪出来的用料拿去变卖，至于说品质低劣，那就不是他们关心的事了。

工匠们从来没有见过王阳明这般的官员，他不摆架子，亲切又和善，但是，温和中又透着庄严，让人不敢侵犯。王阳明与工匠们一块吃大锅饭，用军事化方式带领大家。

在这种状况下，一座巍峨壮丽的墓园很快兴建完成了，比预定时间还提早了一个月，这可是从来没有过的事。

威宁伯的家人喜出望外，尤其听说了王阳明廉洁的种种，更是感激莫名，中国人一向认为，祖先的墓庇护后代，如今威宁伯的墓不但风水好，又修得极为坚实壮观，后代子孙兴旺可期，因此，他们家人执意送来大批金帛，王阳明自然是不收。

“那么，这一把宝剑乃是威宁伯生前佩带之物，可否留下来当成纪念？”威宁伯的家人恳切地说道。

“好吧！”王阳明见那宝剑又古又旧，也就欣然留下来当纪念，工匠们报以热烈的掌声，他们从来没见过如此廉洁的官员。

修墓之后，王阳明又陆续接了一些卑微繁琐的小事，他满腹经纶完全用不上，内心十分的郁闷。

有人建议王阳明，假如想往上爬，必须结交权贵，王阳明不想做大官，却希望有做大事的机会，在朝廷做官，如果不认识一些权贵，真的什么大事也落不到头上来。

在京师，王阳明有一个叫黄孚（fú）的同乡，虽然官位只是吏部郎中（郎中是官名，官阶为正五品，属于中级官员），但是为人十分圆熟，有交际手腕，结识不少达官贵人。王阳明对这位乡长的长袖善舞，很不欣赏，所以平日甚少往来，虽然黄孚数次邀请王阳明饮宴，王阳明都推辞不去，有一次，黄孚又来邀约，王阳明觉得不能每次都推掉，于是答应赴约。

这一天晚上，黄孚请了一桌客人，多是浙江人，在京为官，官位不及黄孚。

在虚假的推让之后，客人入了座，王阳明被推为首席。

“黄大人为人豪爽，在京师广结人缘，真让我们佩服。”留着山羊胡子的邓启抢先拍马屁。

“嗯，好说，好说。”黄孚微笑点头。这时佣人端上鱼翅羹(gēng)，为大家分好每人一碗。

“黄大人，鱼翅要加点醋，味道更美。”像猴子般的刘义手中拿着醋罐子，跑到黄孚身旁，殷勤为黄孚加醋。

“不错。”黄孚吃了一口，点头道：“原来你很懂美食。”

“岂敢，是黄大人府上的佳肴味美，我要谢谢黄大人的赐宴啊。”刘义谄媚地笑着。

接着端上来的是干烧明虾，大盘一端上桌，惯于弯腰的张丕立刻站到了黄孚身旁，低声说：“这虾带壳，我来替黄大人剥虾。”

黄孚也不客气，把张丕剥好的虾放入口里，慢慢品尝，张丕这才躬着身子回到自己的座位。

“黄大人，”像个小老头一般的赵木元站了起来，“我经常蒙黄大人照顾，心里万分感激，我干一杯表示敬意，还请黄大人以后多多提拔。”说完，必恭必敬端起酒杯，一饮而尽。

明代官员，佚名绘。

一桌客人纷纷向黄孚敬

酒，更有人抢着向黄孚献殷勤，只有王阳明仅仅同黄孚举杯一次，一句恭维的话也没说，黄孚有些不悦，当他见到佣人捧来了瓜果，故意点一下王阳明："守仁，最近的瓜特别甜，可惜子是多了点。"他是在暗示王阳明可以为他剔除瓜子。

王阳明装着不懂，不过，干干瘦瘦的陈吾全一步向前抢过了瓜，非常仔细地挑干净每一粒瓜子儿，然后万分恭敬地呈献给黄孚，长长一作揖道："请黄大人赏用。"

这一顿饭吃下来，王阳明真正是如坐针毡，他心想，小小一个郎中，不过与当朝权贵有点交情，这些读书人就如此费心巴结，如果真要来了一个大官，还不晓得这些人如何丑态百出，莫非中国官场素来只用奴才不用人才？

王阳明觉得自己一肚皮不合时宜。

王阳明声援戴铣

王阳明既忧心国事，又挑灯苦读，一向体质不好的他终于病倒了，并且患的是麻烦的肺病。弘治十五年（1502 年），王阳明请假还乡养病，时年三十一岁。

回到浙江余姚，他筑室于阳明洞，很想脱离尘世，当一名道士。可是，摆脱不掉家人的感情牵挂，只好打消当道士的念头，转往西湖养病，清心寡欲，打坐调息，经过了两年的静养，总算病情好转，他就又回到京师，担任兵部主事。

王阳明养病期间，每天面对湖光山色，自然心情开朗，反正一切眼不见心不烦，回到了名疆利场的京城，看到官员们争宠的丑态，不免心情又变得灰暗。

幸而王阳明在这个时候，遇到了湛（zhàn）若水，两个人一见如故，结为知己。湛若水是当时有名的学者，他原无意于仕途，只因母命难违，考取了进士，担任翰林院编修。

王阳明与湛若水都有一个共同的体认，那就是京师的士大夫只知词章记诵，仿佛在比赛记忆力，却忘记儒家的精神在圣贤之学，两人遂在京师召募学生讲学，因为他二人学问好，口才佳，一时之间，吸引了不少有志青年前来拜师。

这段期间，王阳明尽管官场不如意，却在教导学生之中，得到相当大的满足。

可惜好景不常，明孝宗青壮之年突然崩逝，明武宗正德皇帝即位。明武宗是个风流顽童，旁的不会，只会声色犬马，民间故事中调戏李凤姐，在梅龙镇上喝酒的就是他。武宗在太子时代便重用刘瑾、马永成等八大太监，人称之为八虎，其中以刘瑾最为狡狯（kuài）。

刘瑾把少不更事的武宗玩弄于股掌之间，带着他玩杂耍、逛宫市、扮商人、逗虎豹，日日夜夜浸泡于醇酒美人之中。可想而知，关心国事的王阳明，每听到一件明武宗的荒唐事，就会感到一阵忧伤愤怒。

明孝宗很了解太子武宗的性情，曾经拉着刘健、谢迁的手，老泪纵横道："东宫年轻好逸乐，请辅以正道，使成明主。"刘健、谢迁虽然努力规劝武宗，奈何不听就是不听，王阳明几次按捺不住，想要上书，想了又想，还是对刘、谢寄以厚望，暂且忍耐。

刘瑾用各种杂耍，例如盘杆子、三上吊、猴儿骑车等拴住了明武宗的心。有一天，武宗正在欣赏大锯活人之时，刘瑾故意趁这个时候，搬来大批奏章，要求武宗马上批阅，武宗气得把奏章一推："又来扫兴，上次我在卖布时也是如此，不晓得用你们做什么，一而再再而三的烦朕。"

从此以后，刘瑾开始独断独行，大学士刘健、谢迁等也就这样被赶出了朝廷。南京六科给事中戴铣（xiǎn）上书为刘、谢说情，却被刘瑾以假传圣旨逮捕，关入锦衣卫大刑伺候。

王阳明一向具有澎湃的正义感，戴铣做的事，正是他所想做的，因此，他不顾一切地写了一篇奏章，说明戴铣是"言官"（即监察官），纠举奸邪，维护正义乃是言官的责任，希望明武宗能够追回前道圣旨，让戴铣等仍然能够担任旧职，以表现皇上大公无私的仁心，也表示皇上知过能改的胸怀。

当然，这道奏疏明武宗既看不着，也没有兴趣看，刘瑾看到，气得头顶冒烟，阴险地笑道："这个小子不怕死，也罢，捉来与戴铣一般受刑。”

就这样，弱不禁风、肺病缠身的王阳明被毒打了四十大板，这种刑罚，称之为“廷杖”，始于明太祖洪武八年（1374年），中国古代，一向刑不上大夫，朱元璋得到天下以后，唯恐朝臣们不够忠实，便用廷杖来恐吓镇压、折辱士气，使得士大夫在血肉模糊之中，个个被训练得俯首贴耳。

戴铣因为被打得太重，没过多久一命呜呼，王阳明同样被打得遍体鳞伤，他一声也没哼，只是痛得数度昏厥（jué）。这一顿棍子挨下来，打得王阳明痛彻心扉，但仍保持头脑清醒，他知道自己是对的，就算这一回活活被打死，他也无怨无悔。

以王阳明一个肺病刚刚痊愈的虚弱身体，屁股被打得皮开肉绽，不时渗出血水，竟然还留了一口气在，实在像是奇迹一般，除了王阳明之外，李光翰、葛浩、任惠等二十一人，或独自上奏章，或联名上疏，全部逮捕，各打三十大板屁股，比王阳明少了十板。

王阳明“难缠”

明武宗时，太监刘瑾当道，朝廷之中正人君子纷纷上谏，刘瑾皆以廷杖伺候。

除了王阳明之外，遭遇最惨的人是蒋钦，蒋钦是弘治九年（1496年）进士，担任南京御史。正德元年（1506年），当刘瑾赶走大学士刘健、谢迁，蒋钦当场直言上谏，明武宗反正无所谓，左耳进右耳出，刘瑾可受不了，以皇帝名义，逮捕蒋钦，结结实实打了三十大板，并且把蒋钦贬为平民百姓。

蒋钦捂着打烂的屁股，居然又写了一道奏章，批评刘瑾“不过是一个小小的宦官，陛下居然视之为心腹，举国皆为之寒心”！

武宗没有看见蒋钦的奏章，刘瑾却看了，把蒋钦再抓来，又是一阵毒打，打得血肉模糊，站都站不起来。没有料到，过了三天，蒋钦又上奏章。

那天深夜，当蒋钦在昏暗的油灯之下写奏章时，突然听到身后有类似哀叫的声音。他回头一看，黑暗之中什么也看不到，于是继续握笔，又听到那鬼哭神嚎的声音。他想，也许是蒋家的祖先在暗中显灵，劝他停笔。可是，蒋钦不为所动，他对空长长一揖道：“蒋钦我无法缄（jiān）默，死就死，这篇奏章可不许更动。”

第二天，他的奏章上去，可想而知，蒋钦第三次被打，打完之后三天死于狱中。

不论蒋钦、王阳明都是专制政治之下的牺牲品。

王阳明一向体质虚弱，由于他是刘瑾心目中头号敌人，因此，旁人只打三十大板，王阳明特别“优惠”，打了整整四十大板，直打得不成人形，不过，居然没有死，人还活着。

王阳明不但挨了打，并且丢了官，兵部主事的官帽被摘了下来，谪为贵州龙场驿丞。所谓驿，明代各府州县均设有驿站，提供给洽公官员住宿与传递文书，当然，若是重要的交通枢纽，房舍考究，交通工具一应俱全。至于贵州龙场驿，连地图上都找不到的不毛之地，其残破荒凉可想而知。

听说王阳明被谪（zhé）为龙场驿丞，了解他忠直者，无不为他一哭，可是刘瑾依然不放过，他恨恨说道：“王守仁这个小子真是难缠，老是拿什么孔孟的道理来教训人，简直不通人情世故，瞧他那弱不禁风的模样，竟然挺过了四十大板，所以，龙场驿那一个鬼地方，不见得能够要了他的命，不如，派一个刺客，在半途之中，悄悄收拾了他，免得将来留下一个祸根。”

明代邸驿，选自《三才图会》。

这四十大板下来，王阳明屁股全烂了，瘫在床上不能动弹。肺病又复发了，终日咳嗽、哮喘，不时咳出浓痰血丝，肺病最忌讳生气，他即使修养再好，又怎么可能不动气？他在床上躺了好一阵子，刘瑾不断地、不断地派人催促，最后，他只好在正德二年（1507 年）被迫踏上旅途。

在此之前，王阳明的父亲王华，也因为不擅长奉承，被刘瑾勒令提早退休，回到浙江余姚。王阳明思家心切，在前往龙场驿之前，特地绕道回家乡，拜见家人。

父子相见，真正有恍如隔世之叹，王华定定的望着王阳明：“孩儿，你做得没错，此后，多多珍重。”说着，王华喉咙梗塞，讲不下去了。

王阳明离情依依，奈何皇命难违，不得不告别。

刚出家门，王阳明立刻惊觉，有可疑的人跟踪，他猜想那必定是刘瑾派来的。出了城门，来到郊外，突的，树林中窜出一个蒙面黑衣人，双手举剑，朝着王阳明脑袋劈下来，亏得王阳明早有准备，喀嚓一声，用长棍搠（shuò）倒黑衣人，黑衣人手一松，长剑落地，落荒而逃。若不是王阳明学过几手，这一回早就丢了性命。

以后一路之上，靠得王阳明身手矫健，三番两次躲过了刺客的追击，他知道，刺客不达到目的绝不甘休，但他自幼以圣贤自许，若是没头没脑在半途之中，遭到刺客杀害，那真是死得不明不白，这样死掉，实在太不值得，王阳明一向不轻易向恶势力低头，他要设法渡过被刺杀的难关，或许这正是刘瑾批评他难缠的道理。

王阳明急着赶路，刺客尾追不舍，来到了钱塘江边，王阳明心生一计，他一个箭步，窜入江边的丛林之中，刺客不敢轻易进入丛林，只好在森林边等候。到了夜晚，王阳明搬来一块大石头，扑通一声，假装投江自尽，并且把衣帽投入江中，衣帽很轻，当然会浮在水面上，同时衣袋中藏有遗诗：“百年臣子悲何极，夜夜江涛泣子胥（xū）。”

王阳明唬住老虎

王阳明被贬到贵州龙场驿，但是，刘瑾仍然不放过他，派出刺客在途中暗杀王阳明。机警的王阳明假装投江，同时留下遗诗："百年臣子悲何极，夜夜江涛泣子胥。"

刺客在黑夜中只听到重物落水声，也不知发生什么事。第二天一大早，有人见到王阳明的衣帽，正漂浮在水面上，而且有遗诗，只是打捞不到尸首。附近的官员与百姓赶过来看，都以为王阳明效法屈原投江而死。

钱塘知县杨孟瑛特赴江边吊祭，悲哀得说不出话来，并且向大家解释："王守仁这一首诗是以伍子胥自比。"

想当年伍子胥协助吴国打败越国，越王勾践请求和解，吴王夫差答应了，伍子胥坚决反对，许多小人进谗言，离间子胥与夫差，夫差果然信了谗言，赐以宝剑命子胥自杀。

伍子胥一片忠心，落此下场，悲痛地对家人说："请在我的坟墓上种植樟树，将来好做为吴王棺木之用，请把我的眼睛挖下来，悬挂在东门之上，我好亲自看到越国的军队前来灭吴。"说完，自刎而死。吴王听说了伍子胥的遗言，气得命人用一个皮囊装了伍子胥的尸体，投入江中，吴国的百姓很同情伍子胥，便在江边为子胥建立了祠堂。

杨孟瑛讲完了这一段典故，许多人都忍不住哭了，这时，王阳明的父亲也率领家人前来祭拜，场面十分哀戚。

王阳明可以想见父亲的悲痛，但是，他没法回家，他成为一个亡命之徒，天地之大，竟无他可以容身之处。

王阳明茫茫然往前走，来到一个江边码头，码头上停靠一艘商船，正准备开航，他就跳上船，也不问开往何处，只求随遇而安吧。

吴王夫差赐伍子胥属镂剑自裁，选自明刊本《新镌绣像列国志》。

王阳明在船舱里，闭上眼睛，准备好好休息一下，这些日子的奔波，一向孱（chán）弱的身子实在是吃不消了，也不晓得过了多久，船身忽然摇晃起来，而且晃动的情形愈来愈厉害了。船伕告诉王阳明，这是遇到了台风。

狂风暴雨万马奔腾，实在让人害怕，巨浪翻滚，船在海面上忽而被卷上天，忽而被摔下地，王阳明在船中早已昏晕欲呕，他想，莫非老天爷也在帮刘瑾惩罚他，要结束他的生命吗？

老天爷终究是公正的，他不能让一个有智慧、有正义的人就此葬身鱼腹，经过了一天一夜的风雨，终于风停雨歇，这条船竟然完整无恙，又走了二天，船靠上了福建的海岸。

拖着疲惫的身子，王阳明登上了陆地，抬头望着远处的山峦，有一种茫然的感觉，迈开沉重的步履，竟不知身归何处。

王阳明又累又饿，身心俱疲，他觉得膝盖是软的，他不是在走路，而是勉强地拖着步伐往前行进。天色渐渐暗了下来，四周却杳无人烟，怎么办呢？幸而前头发现了一古寺，王阳明兴奋地前去叩门。

“扣扣扣”，王阳明敲了半天门，终于寺门开了，出现一个干干瘦瘦、皱着眉头的老僧。

王阳明礼貌地一鞠躬：“拜见师父，可否借住一宿？”

“不可以。”

老和尚眉头皱得更紧，“哑”的一声，把门给关上了。

王阳明吃了闭门羹，叹了一口气，无可奈何继续走。终于让他找到一座破破烂烂的庙。他实在累到了极点，倚着香案就呼呼睡着了。

到了半夜，破庙中竟然进来了一只老虎。

老虎发现香案旁有个人，开始大吼，这一吼声闻数里。但是，王阳明真是累坏了，终于有个机会可以平平安安地阖眼，因此，老虎在旁，他竟然充耳不闻，继续睡觉，并且打呼。

王阳明的镇定，可把老虎给唬住了，老虎一定是猜想，此人不好惹，所以又吼了几声之后，就离开了破庙。王阳明浑然不觉，继续睡他的大头觉。

其实，这个破庙里是有个和尚，他住在后厅，半夜里听到老虎在前殿的吼声，吓得不敢动，等到天亮了，才放大胆子到前殿，很惊讶地发现王阳明不但没被老虎吃掉，反而正在呼呼大睡，睡得还挺香的，不由得惊叹道：“此公必非常人，否则岂能安然无恙乎？”

于是，和尚等到王阳明醒来，好心地端了一碗热粥让他充饥，并且对他说："寺中有位异人，也许他想见见你。"

王阳明一见异人，双方都惊呆了，原来这位异人不是别人，正是二十年前，当王阳明十七岁时，在江西铁柱宫教他打坐、让他忘了洞房花烛夜的那位道士，正是人生何处不相逢，一切是如此的戏剧化。

于是，王阳明娓娓道来别后种种，道士只是微微点头，不过，神色之中，似乎也洞悉一切。

最后，当王阳明表示，今后将"浪迹天涯，远离世俗，也当个道士"时道士却摇摇头，不以为然道："万一被刘瑾发现，必然牵累尊翁。"

一听此话，向来心软的王阳明立刻打消了逃亡的念头，决心赴汤蹈火，免得连累家人。

道士留王阳明在庙里，好好休息了几天，帮他打点行囊，并且赠诗相送："二十年前曾见君，今来消息我先闻，此去前途多艰难，云开月朗待君临。"

王阳明“复活”

刘瑾派出刺客，企图暗杀王阳明。王阳明假装投水，留下遗诗。原准备自此隐居山中，求仙求道，过宁静淡泊、不问世事的生活，但是，偶然又遇当初教他打坐的道士，道士提醒王阳明：“万一被人发现，连累尊翁该如何是好？”

一听此话，王阳明全身热腾腾、火辣辣，他晓得刘瑾手段之残酷，也明白刘瑾假如知道他尚在人间，那么必然迁怒父亲王华，因此，他立刻断了浪迹天涯的打算，准备还是乖乖赴龙场驿报到。

假如王阳明没有再遇老道士，他一定也成为一个道士，那么历史上也就没有王阳明这个人物流传至今，人生的遭遇实在是奇妙啊，冥冥之中似乎有天意。

王阳明拜别了老道士，执手相握，不胜依依，他问老道士：“下一回，我们何时再相见？”

老道士笑笑回答：“有缘千里来相会。”

王阳明心中对老道士有说不出的感激，他连遭打击，对人生几近失望，就在心情最灰恶的时候，他乡遇故知，又遇到老道士，他什么话都不必多说，老道士用诚恳的眼光一扫，似乎完全了解他的委屈、他的愤慨、他的善良，王阳明觉得整个人暖烘烘的，充满了爱的温情。王阳明再次确定，他的一切作为是正确的，虽然正确正义的事不见得会得到好的结果。

他回到故乡浙江余姚，此时钱塘江已结冰，大雪纷飞，他心情千百种纠缠，写下一首诗：

危栈断我前，猛虎尾我后。
倒崖落我左，绝壑临我右。
我足履荆榛（zhēn），雨雪更纷骤。

王阳明回想这段日子的奇遇，自我解嘲道：“什么奇怪的事全遇上了，竟然还能活到现在，大概是命不该绝吧。”

他回到家中，发现家人正摆着香案在祭奠他，王阳明的突然出现，他的父亲王华先是以为见了鬼，等到摸摸王阳明的脸是热热的，忍不住抱着他大哭特哭。

这一哭，哭得惊天动地，王阳明八十多岁的老祖母听到消息赶了过来，王阳明投入了祖母的怀中，祖孙二人激动万分。

祖母擦干了眼泪，不断说：“回来就好，回来就好。”

王阳明回答：“孩孙还是得赴龙场驿。”

老祖母哽咽道：“前些时，听

王阳明，佚名绘。

说你的死讯，我不断安慰自己，死了也好，死了就不要去龙场驿受活罪。现在你回来了，又得去那个鬼地方，我不晓得该哭还是该笑。”

王华说：“当然该笑，人活着，就有希望，留得青山在，就是力量。”

老祖母依然心疼：“我听说那是一个鸡不生蛋、鸟不拉屎的人间地狱，天无三日晴，地无三里平，人无三两银，我舍不得我的乖孙去受苦。”说着，老祖母又泪流不止。

王阳明心如刀割，但是扮着笑脸安慰祖母：“奶奶，别担心，连老虎都被我唬住了。”

接着，他绘声绘影描述野庙遇虎的经历，并且告诉父亲，如何又巧遇白眉毛、白头发、白胡子的老道士。

王华长叹一声：“我真该谢谢这位老道人，否则我将失去一个好儿子。”

王阳明在家中盘桓数日，充分享受了久违的天伦之乐，最后不得不走了，这一年是正德二年（1507 年）十月中旬，他取道江西、湖南，直往贵州，他不晓得命运之神会如何安排。

正德三年（1508 年）初夏，他终于到了贵州龙场驿。

贵州已经是穷乡僻壤不毛之地，龙场更可怕，位于一大片连绵的荒山之中，王阳明倒抽了一口冷气：“这真是连峰际天，飞鸟不通。”到处都是蛊（gǔ）毒瘴疠，处处皆是蛇虺（huǐ）狐鼠。脚一踩下去，就不知道会蹦出什么怪物。

王阳明不晓得龙场驿在哪儿，想问路，当地苗傜咿咿哑哑，互相语言不通，鸡同鸭讲。

好不容易找到一个会讲汉语的，竟然告诉王阳明：“这儿就是龙场，不过，没听说过什么龙场驿。”敢情刘瑾做得真绝，这不毛之地原先根本没有驿站，有心置王阳明于死地。

王阳明的眼泪在眼眶之中打转，真是“人生至此，天道宁论”。天底下哪还有什么公道可言。

他勉强平静下来，找了一块石头，闭目打坐，恢复精神，理清思绪，仿佛见到老道人在为他打气，他缓缓站了起来，展露微笑，刚复活的王阳明又开始了生死之搏斗。

王阳明“悟道”

王阳明得罪了宦官刘瑾，被贬到贵州龙场。他一路忍受风霜雨露，攀登悬崖峭壁，越过无数山顶，筋骨疲惫，饥饿晕眩，终于到达龙场，发现这是一个草长及肩、满地毒蛇的荒芜恐怖之地。

王阳明的仆从一路抱怨，长吁短叹，这会儿更紧张得大呼小叫：“奇怪，怎么空中有一股怪味。”

当地的翻译人员解释道：“喔，这是瘴（zhàng）气嘛，瘴气就是山林里湿热蒸郁的一股气，容易让人生病。”

“天啊！”仆役一听，整个人立刻崩溃，应声而倒，马上就病了，而且病得不轻。

王阳明的身体一向孱（chán）弱，又有肺病，又被刘瑾打伤了屁股，他却在此时发挥了潜力。亲自打水，沾湿了毛巾，为仆役洗脸，并且温柔地坐在仆役旁边，轻轻哼起了家乡小调。

其他随从听着歌声，想起遥远的家乡，忍不住嘤嘤哭了起来，有人甚且嚷道：“我一定是在做梦，梦到来到这么一个可怕的原始世界。”

王阳明拍拍他的肩，淡淡一笑道：“别这样，既来之，则安之，快，我们一起来建一个草棚，不然，晚上睡觉都没地方。”说着，王阳明卷起了衣袖，抡起斧头伐木。

长期跟在王阳明身边的小厮忍不住霍的一下站了起来：“这不公平，不公平，太不公平了，老爷一向尽忠朝廷，什么过错也没犯，却被贬到这个鬼地方来，还得做粗活，我想，我们全都会死在这里。”他哽咽着哭着控诉，没多久，头晕、恶心、想吐，头一歪，也倒了下来。

王阳明轻轻叹了一口气，温和地拍着小厮的肩：“抱怨也没有用啊。”

众人七手八脚搭建了几个低矮的草棚，刚刚建好，天上刮起了风，顷刻之间，乌云笼罩，倾盆大雨，大伙躲在草棚里避雨，王阳明笑眯眯道：“幸亏我们早一步动手。”

一个随从哭丧着脸道：“老爷竟然还笑得出来。”

“不然，怎么办呢？总不能一直哭啊，我们还是来唱歌吧。”王阳明又哼起了家乡小调，他的声音充满了感情，又有磁性，大家都听得入神，暂时忘记了身处蛮荒世界的悲哀。

没多久，雨停了，大伙揉揉肚子，饥肠辘辘，已经太久没吃东西了，可是，在这个鬼地方吃什么？王阳明潇洒一笑：“总该有野生的瓜果蔬菜吧。”于是，他们分头去寻觅，不久，果然采集到好多种野菜瓜果，从此，大伙儿开始以这些异地风味来果腹了。

贵州苗人，选自《皇清职贡图》。

生活在这样恶劣的环境之中，正如同王阳明所形容的“人生至此，天道宁论”？既然不能谈天道，他就安安心心过着原始生活，平平静静接受残酷的考验，他猎鹿、种树、植五谷，并且透过翻译，教导当地土人基本礼仪，以及建造木屋的方法。

这些苗夷土人，虽然言语不通，虽然智识不高，倒是十分纯朴善良，他们能够体会王阳明的友善与好意，他们也会摘些果蔬回赠王阳明。

有一天，王阳明忙了一天，到土人家里教导医学常识，又开始教土人们识字，固定的打坐调息之后，他安然睡觉，突然之间，他坐直了身体，高兴得大喊："我悟出了，悟出了。"

旁人赶过来，不晓得发生了什么事，王阳明开心地说："我曾经对着竹子格物，格了半天，格不出道理，现在我了解了，所谓圣人之道就是致良知，良知是我们每个人心中本来就有的，不假外求，所谓致，就是发挥之意。"

众人听了半天，仍然不太了解王阳明何以如此开心。王阳明一直苦苦追寻圣贤之道，终于他发现，只要在心中寻求本性就是格物，一个人要秉持良知，当然，秉（bǐng）持良知不一定有好的结果，譬如他就被贬到龙场，虽然如此，他心中十分快乐，他做了他该做的事，这大概就是孔夫子所说"君子坦荡荡，小人长戚戚"吧！戚戚是忧愁之意。突然之间，他觉得十分豁达，胸中洒脱，精神振奋。

王阳明继而又想，他因为得罪刘瑾而痛苦。倘若他与刘瑾合谋，自然不会陷于目前的痛苦，但是，与刘瑾狼狈为奸的本身，对王阳明而言，简直比死掉还痛苦，人生既然免不掉痛苦，他还是宁愿选择目前的痛苦，以求心之所安。

想通了这一层道理，王阳明把得失荣辱抛弃一旁，所有的苦闷完全一扫而空，他兴奋地编了一首歌曲：

大道即人心，万古未尝改。
长生在求仁，金丹非外待。
谬矣三十年，于今吾始悔。

王阳明从七岁小圣人时代，开始苦苦追寻圣贤之道，三十七岁那一年，他终于找到了安身立命之道。

苗人放蛊

王阳明千里跋涉，来到了贵州龙场驿这个天然监狱，精神上的超脱，让他克服了环境的险阻，随从的人都受不了生理心理的双重侵袭而病倒，弱不禁风的王阳明反而浑身是劲地照顾他们。

其中一个名叫胡安的随从，病得最为厉害，他的肚子痛极，不断“哎哟”、“哎哟”地大呼小叫，并且一口咬定：“完了，我一定是被苗人给放了蛊了。”

“哪有这种事，你不要胡乱猜想。”王阳明安慰道。

“怎么没有？昨天一个苗人来，眯着眼睛对我望，我就心知不妙。”

“他对你望一望，又没靠近你，你担心什么？”

“老爷，你不知道吗？放蛊只要把蛊放在指尖，远远一弹，你就中了蛊，就像我这样，一定活不久了。”

胡安悲悲切切地诉说，并且央求王阳明，一定把他的骨灰送回老家。

“别讲这些丧气话，自己吓自己，平白无故的，苗人何必放蛊？”王阳明再三劝慰胡安，胡安却死命闭着眼睛，仿佛在等死一般。

未来贵州之前，王阳明就听过蛊毒之说，到底什么是蛊，如今真有研究的必要。

于是，他找来通译，请他说明究竟什么是放蛊。

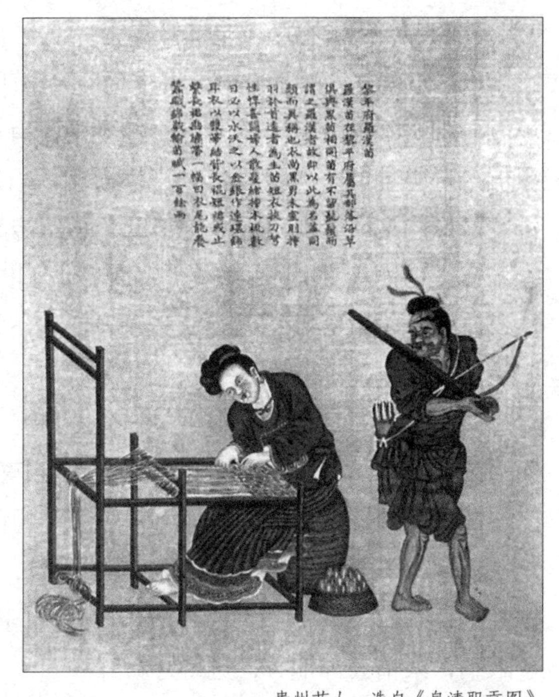
贵州苗人，选自《皇清职贡图》。

“没错，苗人的确有放蛊之说，会放蛊的男人，称为娘公，女的称为娘母。他们多半对外来的人放蛊，以保护自己家乡的人。”

“蛊到底是什么东西?”王阳明好奇地追问。

“老爷，我是汉人，在这儿住了两三代，所以会讲苗语。并不是每个苗人都会放蛊，据说蛊是用盆盂培养的毒虫，通常是养一些毒性强烈的癞蛤蟆（há ma）、蜈蚣、毒蛇，合起盖子，让它们互相咬食，斗到最后留下来的，正是把其他全吞食的胜利者，他乃毒中之毒，用以晒干，这就是蛊的基本材料。接着，他们还得去山里采一种无风自动草。”

王阳明追问：“何谓无风自动草？”

“顾名思义，这种草无风却自动，因此，必须挑选一个没有一点风的日子，仔细去寻觅，由于它外形与一般草无二，所以不容易被发现，此草极毒，另外，还有一种‘无娘藤’，它是攀附大树的无根植物。材料齐备之后，娘公或娘母就准备一个大锅，把无风自动草、无娘藤，以及晒干的蜈蚣、癞蛤蟆、毒蛇一块烘焙（bèi），再捣成细粉，这细粉便能杀人，当然，还得加上咒语。”

通译这一番话，把众人吓得个个毛骨悚然，不自觉的发抖。

王阳明沉稳地说："这个世界上充满了神秘不可知的事，我相信苗人会放蛊，但是我不相信他们会毫无道理的放蛊杀人。"

王阳明不理会旁人的警告，他不但没有远离苗人，反而比以前更加亲近当地的土人，虽然他不懂得苗傜当地土语，他用温和的眼神、诚恳的笑容，加上通译的帮助，不断传递种种的友善。

土人们对王阳明又新鲜又好奇，他们以前也见过中原来的官员，全都是神气活现，摆足了架子，完全不把土人看在眼中，与王阳明的态度完全不一样。

王阳明总是亲亲切切地拍着土人的肩，用刚学来的苗语问好，土人就用害羞的、腼腆的笑容回报，他们喜欢围绕着王阳明打转，露出憨憨的笑容，不断向通译打听王阳明的种种。

因此，王阳明干脆在草屋前席地而坐，正式开讲，通过通译，他教他们礼仪，教他们种树、植谷，教他们如何架屋。土人们瞪大了眼睛，聚精会神地听，觉得好新鲜。

没多久，真的有土人照着王阳明的方法，架木为屋，这木屋可比以前的草屋坚固多了，耐用多了，大家都十分兴奋，于是，一座一座的木屋造起来了，王阳明在土人们心中，也渐渐成为了一尊神。

至于胡安，先是抱必死之心，过了几天，拉了几次肚子，似乎不药而愈，他拍拍胸脯道："幸亏苗人没真的放蛊。"

胡安见到王阳明如此不怕死地接近苗人，他担心极了，可是，日子一天一天过去，王阳明身体健壮，土人似乎也被他收服了，胡安觉得眼眶湿热，心中一片感动。

天然监狱中的龙图书院

王阳明来到贵州龙场驿，到处瘴疠蛊毒，成堆蛇虺（huǐ）狐鼠，陷入天然原始监狱之中。但是，他不但没有被打倒，反而超越了痛苦。旁人警告王阳明，小心苗傜土人放蛊，他却与土人交上了朋友，成为当地居民心目中神圣的老师。

每天下午，王阳明的草棚四周围满了土人。透过翻译，王阳明教他们种植五谷、医疗保健、利用树木造屋。土人们虽然言语不通，开化较迟，没有经过文明的洗礼，可是憨厚纯朴，王阳明愈来愈爱他们，相形之下，朝廷里那些天天忙着斗争的小人，显得多么可厌可鄙，王阳明感谢上天，让他有此机会重新发现人的良知本质。

王阳明对土人太好了，土人也想回报，他们透过翻译，向王阳明表示："希望帮老爷造一座大木屋。"

草棚原不适于人居，难得土人有此盛情，王阳明也兴匆匆地开始绘画设计图，他很有几何学的概念，一会儿草图便完成了。

森林里旁的没有，全是高插入云的大树。土人们旁的本事没有，力气倒是不小。于是，在王阳明的指挥之下，大兴土木，加上他原有指挥工匠、修建威宁伯王越坟墓的经验，过了没几个月，一栋巍峨的楼房落成，取名为龙图书院。

王阳明身边的随从，曾经一个一个不适应的病倒，准备就死在这个蛮荒世界。后来发现王阳明非但没有被放蛊，反而收服了土人，又开始建楼，因此，也被感染了兴奋，心情好转，身体逐渐康复，这一会儿也忙里忙外，准备乔迁入新居。

王阳明写得一手好书法，他把起居室命名为“何陋轩”，意思是君子住的地方，哪儿会担忧简陋？轩前一座凉亭，花木扶疏，翠竹围绕，命名为“君子亭”，王阳明取来一张琴，在凉亭中抚弄唱歌，神态优雅，歌声动人，土人们都看呆了，在他们心目中王阳明是神仙下凡。

不过，土人眼中的神仙，在思州太守眼里，王阳明不过是一个被贬的小小驿丞，岂可“大兴土木，聚众煽惑”，该当何罪？因此，太守差了人来调查究竟。

这个差人，不过是芝麻小官，却自命不凡，他大摇大摆到了龙场，大吃一惊：“乖乖，什么时候不毛之地中，竟然出现如此像样的楼房？”

差人摆足了官架子，把王阳明找来问话，第一句话就是喝斥王阳明：“你不懂规矩吗？还不赶快下跪？”

差人这种小人，王阳明看得多了，只是没想到在这儿还会遇见，他拱拱手道：“跪拜之礼，也是小官常分，算不得羞辱。不过也不该无故行之，无故行之，与当行不行，都是自取其辱。”

差人火了，他眼睛骨碌碌到处打转，接着，他目光停在龙图书院，冷冷言道：“你这个厅堂的式样不错。”

王阳明淡淡应道：“哪里！”

差人又提高了声音：“你不觉得僭（jiàn）越吗？”（所谓僭越，超越也，意思是，超越其本身应有的地位。）说着，差人就吩咐身边的小喽啰：“还不给我拆了。”

小喽啰正准备拆屋，屋外赶来了一群苗傜土人，拿起木棒就往喽啰头上一敲，这些土人别的本事没有，论起打架，汉人哪是对手，他们眼见芝麻小官欺负王阳明，自然立刻上前救援。

差人被打得鼻青眼肿，一拐一拐地逃了回去。思州太守大惊失色，一张脸气得肿成通红，他不解道："奇怪，王守仁不晓得你是我派去的吗？"

差人无限委屈道："怎会不知呢？"

"奇了，小小驿丞，如此嚣张？"

思州太守万分不解，正在思量该如何治一治王阳明，此时毛宪副来访。

毛宪副是王阳明的朋友，听说了这件事，曾经派人去找王阳明，劝他前往思州太守处赔罪。

不料，王阳明非但不赔罪，反而写了一封措辞极为强烈的信，表达心迹。

王阳明先是诚恳地谢谢毛宪副的美意，继而解释："差人挟威势凌辱龙场，非太守之意，同样的，诸夷愤愤不平，上前救援也不是我王某人的意思。"

他又说："我身陷瘴疠蛊毒之处，一天之中可以死三次，现在竟然可以处之泰然，那是因为深深了解生死有命，假如太守准备加害，我也没什么遗憾，在我看来，也不过是因蛊毒而丧生罢了。"

思州太守看着信，背脊不断有凉意往上窜，他看出来王阳明视死如归，绝不会低头。他也看出来，苗傜土人对王阳明心服口服，忠心耿耿，若是不小心触怒了土人，惹起什么乱事，他可担待不起。所以，思州太守识时务为俊杰，立刻换了一张脸孔，对毛宪副打躬作揖："素仰王先生学问，佩服佩服，还希望王先生大人大量不予计较。"

石棺中的王阳明

春去秋来，王阳明在龙场驿已经待了三年，这里被原始森林笼罩着，潮湿蒸郁，暗无天日，人烟稀少，瘴疫猖獗（jué），仿佛是一座天然监狱。王阳明以精神力量超越了生理心理的双重痛苦。

正德四年（1509 年）秋天，王阳明听说京城里来了一个吏目，不晓得姓什么名什么，只知道他带着儿子仆人前往上任，经过龙场驿，借住在土苗家里。

王阳明刚好经过，从篱笆中遥遥望见，只见三个人都一脸苦相，他本来想去问问京城里的消息，可是当时天空墨黑，即将大雨倾盆，因此打道回府，准备第二天再去问话。

第二天一大早，派人去看他们，说是已经出发了。到了中午，有人自蜈蚣坡来，神情惨淡地说："有一个老人死在坡下，旁边两个人哭得很伤心。"

王阳明十分难过，长长叹了一口气："这一定是吏目死了，唉！"

到了傍晚，又有一个人来说："坡下死了两个人，旁边一个人哭得死去活来。"

王阳明摇摇头："吏目的儿子死了。"

第二天一大早，又有人来说："蜈蚣坡下有三具尸首。"这一回，连仆人也死了。

王阳明哀怜他们无人收尸，命令两个差役拿着畚箕（bò jī）、铁锹（qiāo）去埋葬尸体。天气好热，秋老虎正在发威，两个差役面有难色，一脸不愿意的表情，又不敢埋怨王阳明多管闲事。王阳明幽幽道："唉，你我的处境与他们三人差不多。"

这些话重重打在差役心中，想起自己远离亲人，走到这孤寂荒凉的龙场，不晓得哪一天，这个陌生的异地也会是自己的丧葬之地，忍不住嘤嘤哭了起来，对吏目三人也勾起了同情。因此，擦干眼泪，跟着王阳明，来到了蜈蚣坡。

王阳明到了坡旁，指挥差役在山旁挖了三个坑，把他们埋下去，并且准备了一只鸡、三碗白饭吊祭。

挖好埋好之后，王阳明流着眼泪祭拜他们："呜呼伤哉，呜呼伤哉，你们是什么人？你们是什么人？我是龙场驿丞余姚县王守仁，我与你们都是中原人，但是我不晓得你们姓名，也不知道你们家乡在哪里，你们为何来到这儿当鬼？古人是不轻易离开家乡的，就是出外做官，也不超过一千里以外，我是因为被贬斥，不得已来到这儿，你又是为了什么冤屈呢？"

说到这儿，王阳明已哽咽不成声，旁边二个差役也哭得窸窸窣窣（xī sū），王阳明继续为吏目叫屈道："我听说你的官职，不过是一个小小的吏目，俸禄不超过五斗，你率领妻子种种田也不止于五斗米，何必为这区区五斗米换取你昂藏七尺之躯，还嫌不够，又赔上你的儿子、你的仆人。

"假如，你真是为五斗米而来，你就应该欣然前往，为什么昨天我见到你，你一脸愁苦，似乎不能承担忧虑。唉，一个人承受着风霜雨露，攀登悬崖峭壁，从无数山峰走过，饥渴劳顿，筋骨疲惫，再加上瘨（diān）疠侵其外，忧郁攻其内，怎么可能不死呢？我固然早就知道你会死，没想到你会死得这么快，也没有料到你的儿子和你的仆人，也会仓促之间死掉，这是你自己找来的，再说也没有用。

"我因为顾念你们三副尸骨无人收拾才来埋葬，使得我心中有无限无限的悲怆、呜咽，就是我不来收尸，深山之中的狐狸成群，暗沟里的蛇粗壮得像是车轮，也一定会把你们吞到肚皮里去，不至于让尸骨常常暴露在外，你们虽然人已死，没有知觉，我又怎么忍得下心？

“自从我离开父母，离开家园，来到这个龙场驿，转眼之间已经三年了，历经瘴疠还能苟且活命，因为我没有一天是忧忧戚戚，今天我如此之悲伤，是为了你们的缘故，我不应该再为你们伤心了。我来为你们唱一首挽歌吧，你们听着：

“连绵的山峰接近天际，连飞鸟都不容易通过。游子怀乡啊，却辨不清东西的方向，虽然分辨不清东西南北，却有相同的天空，无论如何遥远总还是在中国啊，达观一点，随遇而安吧，何必非守在自己的家乡，你们的灵魂啊，不要太过于悲伤啊！

“我再唱一首歌来安慰你，我与你都是离乡背井的人，在这个野蛮的地方，言语不通，不晓得什么时候就会死去，假如我也死在这儿，你率领你的儿子仆人与我一块玩耍，我们一块骑着神虎，登

棺椁。

上高处眺望故乡互相唏嘘。如果我能活着回去，你的儿子仆人还跟随着你，你不必因为没有伴侣而感到哀伤。道旁一个一个的坟墓，大都是中原来的，你可以与他们一起呼啸徘徊，餐风饮露，朝与麋鹿相伴，暮与猿猴同宿，你安心住在你的墓穴中，可别在这儿当个厉鬼。”

葬完了父子仆三人，王阳明非常哀伤，他也发现要超脱生死一念，还有待努力，因此，他订了一口棺材，有事没事就躺在棺材里修身养性，棺是石头做的，冰冰凉凉十分舒服，偶尔他干脆在石棺中睡个午觉，久而久之，愈来愈豁达。

事实上，王阳明被扔到龙场驿，差不多就是一脚已踏入了棺材，他还是本着悲天悯人之心，同情与照顾陌生的三个旅人，这一分高贵的情操让人动容，他亲笔所写、记录这一段经过的《瘗（yì）旅文》（瘗乃掩埋之意）也就自明代流传至今。

席元山重修贵阳书院

王阳明在龙场驿凿了一具石棺，有事没事便躺在里面，希望能突破对生死一关的忧惧。

跟随王阳明前来的仆从，有的可以受到王阳明的潜移默化，逐渐变得豁达开朗。但是仍然有些熬不过环境的恶劣、心情的苦闷、水土不服的困窘，终于一病不起。面对这样的生离死别，王阳明依然十分哀痛，无法超脱。当然，人总是人，王阳明内心深处也不免担心，下一个向阎王爷报到的，该不会就是他自己。

因此之故，王阳明时时躺在石棺之中修身养性，在人生的大熔炉里千锤百炼。

有一天，王阳明又窝在石棺里做白日梦。他忽然念着一段庄子的话："生死修短，岂能强求？予恶乎知悦生之非惑邪？予恶乎知恶死之非弱而不知归者邪？予恶乎知夫死者不悔其始之蕲生（蕲，qí，求也）乎？"

这一段话十分深奥，王阳明过去读过，没有太多领悟，如今随时等待着死神的召唤，他突然明白了庄子的意思："一个人的寿命长短岂能强求？我哪里知道，贪生是不是迷误？我哪里知道，人的怕死，并不是像幼年流落在外而不知归故乡？我哪里知道，已经死了的人不会懊悔他从前求生？"

王阳明潇潇洒洒自石棺中一跃而出，自言自语道："可不是吗？生未必乐，死未必苦，生死其实没有太大的分野，说不定哪一天死了之后，会懊恼从前活着的时候多么愚蠢，为何当初不早一点死了。”

这一次大彻大悟之后，王阳明整个心境豁然开朗，神采奕奕，每天讲课更是带劲。

当地苗傜土人对于王阳明的学问能够了解的实在有限，他们是把王阳明当成活神仙在拜。倒是贵州的少数汉人，听说王阳明在开课，不辞劳苦远道赶来旁听，愈听愈有趣味，王阳明学问好、口才好且不说，身处困境，他依然慷慨豪爽，英风飒飒、谈笑风生，单单这一分修养就让人佩服不已。

贵州提督学政席元山听说了龙图学院开讲的盛况，亲自前来龙场驿向王阳明讨教。

王阳明针对当时学者知而不行，只晓得挂在嘴边说一说的毛病，特别提出了“知行合一”的学说。

王阳明认为，知是行的主意，行是知的功夫，知是行的开始，行是知的完成。譬如，看到美丽的颜色，闻到秽（huì）恶的臭气，这是属于知。当见到美丽的颜色心生欢喜，闻到秽恶的臭气心生厌恶，这是属于行，由此可见知与行的关系，牢牢不可分离。

王阳明真正想说的是，一个人在意念发动之时，就要彻彻底底扬善去恶，任何一个意念的发动，便是为善为恶的分别，也就是君子与小人的差别。

席元山一听之下，大为叹服，再三称谢，“圣人之学，重见于今日矣。”回去之后，隔不了两三天，席元山又来了，又想听听王阳明讲学问。

又过了几天，席元山与毛宪副一块前来，后面还跟着一大批青年学生，一致要求王阳明赴贵阳书院讲课。

王阳明有些惶恐，他谦虚道：“野夫一向疏懒，旧学都抛弃了，有这个威仪去讲学吗？”

“当然。”众人一再邀请，王阳明终于答应了。

贵阳书院位于贵阳城东的东山山麓，风景秀美，有云遮雾障的仙气，也有松石笔立的峥嵘（zhēng róng），王阳明一眼就爱上了这个地方，他面对着绿草如茵，开心地朝身后的学生们说：“不如，我们就在草地上互相讨论吧！”

“好啊！”席元山、毛宪副以及一群渴望求知的学生，全都围拢过来，席地而坐，聆听一代大师的精彩讲学。荒僻的贵阳县，也因为大师的来到，立刻变得斯文典雅、古风蕴藉（yùn jiè），从此之后，贵州学风大盛，甚且连土苗也大为开化，这不能不归功于王阳明。

就在王阳明逐渐适应龙场驿，也不对未来抱持任何希望之时，突然之间，时来运转，他被朝廷赦免，调升江西庐陵知县，庐陵位于赣（gàn）江中游，地虽偏僻，却以富饶著名。

回首三年不堪的谪居生涯，王阳明心中有无限的感触，他经历了心理生理双重的痛苦，却也因此“居夷三年，见得圣人之学，如此简易广大”。他在痛苦之中找到真理。

王阳明提倡务实哲学

正德四年（1509年），王阳明终于否（pǐ）极泰来，升任为江西庐陵知县，他循着当年旧路东归，心情十分轻松愉快。

当王阳明经过绿水西头泗州寺，遇到一位老僧，见到王阳明便惊喜地叫了出来："这不是王先生吗？"

"你还记得我？"

"怎不记得？王先生的气质与众不同，三年了吧，依然如此清癯（qú）。"

老僧笑着打量王阳明。

王阳明摸摸脸笑着回答："是啊，始终胖不起来。"他心中想说的是，能保住一条命已经不容易了。

王阳明到达任上之后，消弭盗贼，除暴安良，兴学校以教导子弟，辟防火巷以防火灾，对于才高八斗的王阳明而言，这小小的庐陵县不过是牛刀小试，没有多久，当地大治，甚且留下来的风气，历数百年而不衰。

不久之后，也就是正德五年（1510年）八月二十五日，当年陷害王阳明的刘瑾被定罪，刘瑾被判磔（zhé）于市，（磔，是古代分尸的酷刑。）分三天处死，让他慢慢的受折磨，最后，他的头颅又被砍下来示众，当时的人们竟然纷纷抢买一小块刘瑾的肉生食，用以发泄心中的愤恨。

这年十一月，王阳明奉召入京，觐（jìn）见明武宗。离京四年，景物依旧，人事已非，他开始受到朝廷重用，先后调升吏部主事、文选清吏司员外郎、考功清吏司郎中、太仆寺少卿等职务，不论担任任何职务，他永远全力以赴。

正德八年（1513年），王阳明思乡情切，与弟子徐爱同行，畅论学问种种。徐爱是王阳明的妹婿，武宗正德二年（1507年），当王阳明出狱之后，他就跟着王阳明求学问，是王阳明最早的弟子，也是最疼爱的弟子，王阳明才气逼人，自然有时不免锐利，因此他曾自叹不如道："我是不及徐爱的温和谦让。"

徐爱十分善良，尽力协助王阳明普及教育，在王阳明心目之中，常把他与孔子弟子颜渊相比，不幸的是，后来徐爱竟然与颜渊一样，三十一岁就早死，王阳明伤心极了，时时讲学一半，想起徐爱，恸（tòng）哭失声，率弟子赴徐爱之墓祭吊。

徐爱的死是后话。当正德八年（1513年）回乡之时，师徒二人沿途说说笑笑十分愉快，尤其此行徐爱晋升为南京工部员外郎，而王阳明省亲之后，也要接任南京太仆寺少卿，二人春风得意，谈兴极浓。

徐爱一路发问，王阳明娓娓回答，对于尧、舜、禹、文王、武王、周公、孔子、孟子一脉相传的儒学，王阳明都有独到的见解，徐爱牢牢默记在心，成为王阳明传世的经典《传习录》。

所谓传习，语出于《论语·学而篇》，曾子说："吾日三省吾身，为人谋，而不忠乎？与朋友交，而不信乎？传，不习乎？"

这句话的意思是说："我每天反省三件事：我替人谋事，有不尽心尽力的吗？与朋友交往，有不信实的吗？老师教导我的，我有不熟习的吗？"

《传习录》一书，多半是王阳明与弟子谈论学问，或者答覆他们提出来的问题，由徐爱、钱德洪等人记录下来，与《论语》一书产生的方式差不多。

徐爱认为王阳明的学问是“孔门嫡传”，他因为听了之后“欣喜如狂，不觉手舞足蹈”。因此忍不住记录下来，与其他人分享。

譬如其中有一段谈到务实的很有名，经常为后人拿来引用。

这是王阳明与门人薛侃（kǎn）的一段谈话。

有一天，王阳明讲到修养，他长长叹了一口气：“为学的大毛病，你们说，在哪里？”

“哪里？”门人一起望向王阳明。

“在好名，太爱追求外在的虚名了。”

薛侃道：“可不可以请老师深入解释，求名乃是一种人性啊。”

王阳明慢条斯理道：“名与什么相对？”

“与实相对。”徐爱回答。

王阳明用嘉许的眼光望了一眼徐爱。

“正因为名与实相对，一个人务实的心多一分，那么，务名的心就轻一分，如果一个人全是务实的心，就全无务名之心，当务实的心像是饿的时候求食物，渴的时候求饮料，哪里还有工夫好名？”

王阳明深刻地剖析着。

薛侃又问：“不过，人们其实往往口中讲务实，内心却在务名。”

“正是，因此要致良知啊，当然，运用良知来评断事物，不能武断，不能全凭直觉，必须依赖智慧实事求是。如人走路一般，走得一段，便认得一段，走到歧路，有了疑问，问了再走，才能达到预定之地啊。”

徐爱薛侃望着王阳明，同时在想，老师的行事，就为“务实”二字下了一个最好的注脚啊。

王琼爱才

王阳明离开龙场驿之后，否极泰来，官运亨通，从南京刑部主事，升为考功郎中，又跳到南京太仆少卿，顺利得让人咋（zé）舌。

从表面上看来，似乎花花大少明武宗偶尔也能知人善任，懂得王阳明的优秀。事实上明武宗沉醉于醇酒美人，脑子里全是他自封的“威武大将军”的英雄梦，他对王阳明实在没有太多的印象；王阳明之所以时来运转，自万丈谷底翻身，那是因为背后有贵人相助，这个重要的贵人就是王琼。

王琼是山西太原人，成化二十年（1484 年）进士，王阳明的父亲王华是成化十七年（1481 年）的进士。王琼与王华同姓王，是本家，王琼对王华十分佩服，王阳明是生于成化八年（1472 年），算起来，王琼是王阳明的父执辈。

王琼是看着王阳明长大的，王阳明少有神童美誉，王琼十分欣赏看好他。但是，他也担心王阳明的硬骨头、臭脾气，王琼早就料到，这个狂小子迟早会出问题，因此，王阳明后来得罪刘瑾，被贬到龙场驿，全在王琼的估算之中。

王阳明高贵善良，正直纯洁，为了坚持原则，不惜牺牲生命。王琼却认为，身处乱世，应当“同流而不合污”，这才能在混乱的局面之中，设法为国家尽一分力量。

王琼喜怒不形于色，见人说人话，见鬼说鬼话，因此他与明武宗身边的小鬼，不论是小宁儿钱宁，或是勇将江彬，平时都能混在一块儿，嘻嘻哈哈打成一片，这才能有机会见到明武宗，不被武宗身边的小人所排挤。

另一方面，王琼则是深沉而厉害，他中进士不久，以工部主事的身份，曾经出来治理漕河三年，三年之中，他把一切治理得井井有条不说，还把一切经过，详细写在志书上，让接替他职务的人十分方便。所谓志书，指的是记载各地疆域沿革、古迹、险要、人物、物产、风俗习惯的书，例如记地方的叫县志、府志，记省的叫通志，记全国的叫一统志。

王琼自己重视留下纪录，他也懂得在档案之中寻查资料，譬如他担任户部尚书之时，边帅要求这、要求那，王琼如数家珍某某仓库有多少粮草，某郡岁输多少，数目一清二楚，把大家都吓坏了。

王琼自己一肚子才学，因此他特别爱惜人才，他早就看准了王阳明是不可多得之才，他要好好爱护王阳明，培养王阳明。王阳明自龙场驿归来之后，历任要津，王琼就是希望他多历练，多养望，所谓养望乃培养声望也。

这一回，王阳明南下就任南京太仆少卿之时，提出要求，希望能够顺道回家探亲，恰好担任王阳明长官的王琼不但立刻答应，并且给了长达半年的长假，这不能不说是王琼的一番惜才。

正德八年（1513 年），王阳明终于回到了阔别多年的家乡浙江余姚，这一路行来，王阳明都在默念李白那一首著名的“床前明月光，疑是地上霜，举头望明月，低头思故乡”。当他躺在龙场驿的石棺之中悟道之时，真不敢想象这一辈子还有机会回到家乡。

余姚自古盛产杨梅，杨梅收获季节甚短，过不了几天就会烂掉，王阳明记得小时候杨梅成熟时，小朋友总是在树上边摘边吃，吃得口中发酸，肚皮鼓起，全身被杨梅汁染得又红又紫，好玩极了。

王阳明回到家，啜（chuò）一口酒浸杨梅，觉得幸福极了，并且用家乡余姚方言与家人亲切聊天，余姚方言十分难懂，王阳明觉得讲土话当然有母语的温情，不过，实在不方便与外人沟通。经过了监狱之灾，挨过廷杖之痛，遭过贬谪的折磨，逃过刺客的暗算，王阳明丰富的阅历也让他对许多事，有了不同的看法。

回到余姚，也算是衣锦还乡，亲友纷纷前来道贺。接着他与徐爱等门人赴会稽（kuài jī）山、兰亭、四明山游历，身心十分舒畅，他尤其欣赏四明山的雪窦寺，寺旁有一飞泉，状似雪花飘飘，所以称之为雪窦寺，王阳明徘徊流连，得诗一首，其中名句是："林间烟起知僧往，岩下云开见鸟飞。"

在与大自然共交融时，他每每会想起那位教他打坐，指引他勇敢面对人生的老道士，王阳明盘起腿来，就在飞瀑之下与弟子们传道、授业、解惑。

其后，他赴南京上任，又到安徽滁州监督马政，再升为南京鸿胪寺卿，这些职务全是官高轻闲，王琼的意思是让王阳明轻闲一下，养一养虚弱的身体，以备他日大用。但是，这一切，王琼都没对王阳明说清楚。

王阳明是个想做事，不是一个贪图官位的人，自龙场驿回来五年之后，闲散的职务愈做愈没趣，加上老祖母九十六岁高龄，企盼孙儿，所以他二度上疏，请求归乡。

这回王琼可没答应他，因为国家多难，该是起用王阳明的时候了。

商船变舰队

提起王阳明三个字，中国人都知道他是明朝伟大的思想家，事实上，他还是了不起的军事家，能文又能武，只不过，军功为文化所遮掩。

正德十一年（1516 年），由于兵部尚书王琼的力荐，王阳明被擢（zhuó）为右佥（qiān）都御史。巡抚江南，原来，当时广东、福建、湖南、江西四省出了不少的强盗，尤其江西与福建一带的匪寇剽悍异常，朝廷屡次派人围剿，官兵捉强盗，捉来捉去，总是扑空，有时反而被打败，官兵面对山林，真是束手无策。

想王阳明从小沉醉于兵法武艺，崇拜汉朝马援老将，甚且在十五岁之时，偷偷跑到居庸关玩了一个多月，观察塞外山川形势，真有一番立军功的雄心壮志。

但是，事隔三十年，到了已经四十五岁的王阳明，面对这一项任务，实在不能抱持乐观，因为他身体虚弱，因为他了解世事艰困，更重要的是，因为他太清楚明武宗花花公子的调调儿，以及满朝几乎全是奸臣小人当道。

王阳明上疏请辞，皇帝不准，他只好硬着头皮上阵。

王阳明在上任途中，就小露了一手。当他舟过万安，听说沿途盗贼出没，商船吓得躲在岸边，不敢渡赣江。

王阳明亮出身份，把商船船主聚集在一起："你们应该团结在一起，人多势众，盗贼自然也会害怕。"

被王阳明这么一鼓动，商船船主们合拢起来，在王阳明的调度之下，摆开阵式，扬旗鸣鼓，破水前进，这江上的盗匪原本一向吃定落单的商船，从未想到，商船竟然连成一队，而且水手们卷起袖子，挺着胸膛，站在船头，船上还有战鼓声，这些商船怎么一会儿变成了舰队？

“怎么回事？羔羊变成了老虎啦？”强盗中的老大石破天在江边的空地上大声吼叫，显得又愤怒又畏惧。

“老大，我打听到消息。”一个小喽啰满头大汗跑来报告：“这些商船是被新上任的御史大人组织起来的。”

“哪一个御史大人？”石破天问道。

“这位御史大人名叫王守仁，奉旨到江西、福建来巡抚视察。”小喽啰高声回答，似乎是说给四周围的强盗们听的。

“这位王大人是有学问的人，心地善良，待人极好，又精通兵法，听说他在贵州做官的时候，贵州的土人把王大人当成了神。”

“老大，”强盗中的副首领丁成说：“我们这群人在江上打劫商船也不是干什么好事，我们弟兄们有的是没有饭吃才铤（tǐng）而走险，有些是被贪官污吏迫害而加入，干我们这种事的人，将来也没有脸到地下见祖先，不如趁此机会向王大人投诚，免得王大人带兵来剿，那我们就惨了。”

丁成的话立刻引起了强盗们纷纷议论，极大多数人都赞成向王大人投诚。

“大家听着，”石破天高声说：“既然大家都想向王大人投诚，那么，我就带领大家到江边去见王大人。”

于是，几百个江贼齐集江边，石破天与丁成则驾着一艘小船划向商船。

“我是石破天，我求见王御史大人。”石破天在小船上对着商船高唤。

“大人，这个石破天是这一批江贼的头头，你要不要见他？”一位船主对王阳明说。

“当然要，让他们到大船上来谈。”王阳明果断下令。

石破天和丁成上了商船，见到王阳明，立刻扑跪叩头。

“两位请起。”王阳明亲自拉起了石破天和丁成：“你们可是来和船主们谈判的？”

“不敢。”石破天低头抱拳道：“我们这几百人都不是自愿干强盗的，我们弟兄们有些是饥民，有些是被贪官污吏所迫害，不得已才干起劫船的勾当。听闻王大人清廉公正，爱民如子，所以我们才敢前来归顺，请大人赦免我们以前的罪过。我们愿意从此改过迁善，重做良民。”

“善哉，善哉！”王阳明不自觉双手合十：“人非圣贤，孰能无过，过而能改，善莫大焉。你们既知前罪，从此改邪归正，各自务农务商，做一些正当的生意，我保证朝廷不会为难你们，同时，只要有我在，这江西福建一带也不容许贪官污吏迫害良民，你去告诉你们的弟兄吧！”

石破天和丁成叩了三个响头，登上小舟，回到岸边。

商船上的人都涌到了船边，看到岸上那些原本穷凶极恶的江洋大盗竟然全跪在地上向王阳明遥遥叩头，大家心里有一个共同的感觉，王阳明的道德感召真是胜过于千万雄兵。

象湖山的滚石

王阳明不但有学问，并且懂得用兵，这是一般人所忽略的。

正德十二年（1517 年）一月，王阳明抵达赣（gàn）州，当时赣州地方治安不好，土匪出没扰民，他推断土匪每次出动，必定有内应，才可能得心应手，满载而归。

因此，王阳明下了一个命令，实施“十字牌法”，集合十户人家为一“牌”，登记各户人口的姓名、年龄、相貌、职业等，每天由一家担任巡察，只要发现有可疑的陌生人，必须立刻报官处理，假如有所隐匿，十家都得连坐处罚。并且要求百姓各安本业、互相尊重、守望相助。同时，又遍选民兵，勤加操练，更通令江西、福建、广东、湖南四省都加强民兵的组织与训练。

过了没有多久，福建漳州地方的盗匪发动猛烈攻击，准备给王阳明这个新官来一个下马威。

王阳明一点也不畏惧，他一方面用石佥（qiān）都御史的身份，命令福建、广东、湖南三省部队会同剿匪，一方面他又率领江西民兵亲自出征。

走到漳州附近，王阳明的官军便遇到漳州的盗贼，双方发生了激战，向来政府军队都是花拳绣腿，根本不能真正打仗。由于王阳明的部队经过训练，士气高昂，有旺盛的战斗力量，漳州盗贼屡战屡败，眼见情势不妙，赶紧前往老巢逃命去也。

王阳明是一个锲（qiè）而不舍的人，他一声令下：“追！”精锐的部队尾随漳州土匪，奔向象湖山，一路之上黄尘滚滚，真正是惊天动地。

土匪们逃回象湖山，这象湖山山岭险峻，百丈悬崖，居高临下，易守难攻，当王阳明率领官军前来象湖山麓，眼望狭小山径，笔直而上，犹如天梯，大家心中不免有所恐惧。

“大家小心！”王阳明指着上山小径，高声对官兵们说：“现在我们要从这条路上山，这条路太陡峭了，要当心山上的土匪会扔下大石头来。所以，大家一边往上爬，一边得注意山上是否有东西滚下来，如果有东西滚下来，赶快藏身于小路边的大树下，或者巨石旁，躲过被击中的危险。现在，大家先高声叫三声‘冲呀！’声音愈大愈好，但向山上走的时候，越慢越好，这叫虚张声势。”

于是山下的官兵大叫了十声“冲呀”，大家愈叫愈兴奋，好像在比赛嗓门，一时“冲呀”之声响彻云霄。

山上的盗贼们听到山下官兵的大叫声，感到事态严重，便将平日准备好的大石与大木头推下来，这些巨木与巨石沿着小径向前滚，“轰隆”“轰隆”之声在山谷中传开来，颇为吓人，官兵们早就受到王阳明的警告，发现一路向下滚的巨木、巨石，赶快找躲藏之处保护自己，所以，无数的滚石、滚木，虽然惊险，实际上却没有伤到人，只不过，巨木巨石也发生了一点作用，那便是把上山的山径多处堵死，不能通行。

山上的土匪眼见官军上不了山，总算放下了心，大伙儿搬进巨木巨石，早已疲累不堪，于是纷纷寻觅荫凉之处，倒头便睡大觉。

“杀！”不知自哪儿传来一声大吼，接着从后山窜出成百上千的官军，手挥刀剑，直奔而来。象湖山上的土匪好梦正酣（hān），哪里想到王阳明早已暗中派了另外几支官军，从象湖山的后面与侧面攀登上山，前山的官军只不过是个诱敌的棋子罢了，土匪们张皇失措，不是被杀，就是投降，于是，困扰地方数十年的象湖山土匪完全被消灭。

朝廷为了表扬王阳明平定寇乱的事功，一再奖励升迁，但是王阳明实在是累了、倦了，他原本体质就差，长期的透支更疲累得只剩一把骨头。再加上祖母岑太夫人已经一百岁了，卧病在床，天天想念王阳明这个宝贝孙子，王阳明二度上疏，请求返归乡里，可是朝廷不准。

皇上不肯，他又曾上书恩公王琼，表示："群盗虽已剿灭，但是漏网尚多，将来之祸，不可胜言，固非我所能办也。"王阳明心中是担忧宁王宸濠，终必作乱，王琼也是同样为此操心，所以不准王阳明退休。

正德十四年（1519 年），王阳明正在福州处理叛逆，听说宁王宸濠造反，立刻赶回吉安，兴起义兵，讨伐叛乱，护卫王室，并且接出夫人与儿子正宪来到吉安，表明随时全家殉国。

当宸濠造反的消息传到京师，朝廷个个着急，只有兵部尚书王琼气定神闲道："诸君勿忧，我用王守仁安赣州，正为今日，没多久，贼旦夕可就擒。"

王琼长期栽培王阳明，等的就是这一天。

王阳明比赛射箭

明朝正德十四年（1519 年），王阳明在短短二个月之中，平定了宸濠之乱，关于这一段，前面讲得十分详细。

王阳明是个随时不忘读书研究的人，即使在军事危急之时，他也有这分定力，一面指挥作战，一面讨论学问。

有一回，他正为学生们谈论古书，谈到某一段十分起劲，颇有不凡的见解，突然接到前线失利的报告，他神态自若地走了出去，十分明快地下达命令：“立斩阵前退却的士兵。”这一刻王阳明可是严厉的军事统帅。

一转身，他回到书桌前，又开始谈学问，学生们好奇问了方才发生的事，王阳明告诉大家，个个目瞪口呆，大家心中悬挂着战争不知如何发展，难免有些紧张不安，实在没有读书的心思。

作为老师的王阳明却挥挥手，淡淡说：“别放在心上，这是兵家常有之事，不足挂齿。”

后来，宸濠被擒，消息传来，所有的人都欣喜欲狂，甚且有人跳到桌上高声欢呼，王阳明依然面无表情，不动声色，他的学生们望着老师喜怒不形于色的表现，忍不住说：“这不是谢安的再版吗？”

按谢安是东晋的宰相，当时北方前秦君主苻（fú）坚率领大军南下伐晋，谢安的侄儿谢玄统领晋军抵抗，淝水一战，苻坚惨败，退回北方，东晋才得以保存。当晋军在淝水打仗的时候，谢玄从前线派了使者送来打胜仗的捷报，谢安看完了谢玄简单的捷报，默默不动声色，从从容容继续下他的围棋。

客人忍不住问道："前线的军事胜负如何？你看的是什么信？"

谢安轻描淡写道："小儿辈大破敌军，传来捷报。"讲这一句话之时，谢安的意态神色举动，与平日毫无不同处，客人们闻听捷报都雀跃不已，却深深佩服谢安的镇定功夫。

谢安下围棋的镇定，传为千古美谈。其实，谢安心中怎么可能不牵挂不焦虑。只是，努力做到心平气和，尤其是作为一个领导人物，如果毛毛躁躁，神色张皇不安，那么，他的部下岂不更是如热锅上的蚂蚁？

王阳明在龙场驿的锻炼，让他学会安定，安定能带给自己，带给旁人最为深刻的力量。

王阳明大破宸濠，拯救了大明朝廷，却惹得明武宗不悦，原来，宸濠谋反之初，明武宗原准备要亲征，遭到群臣谏阻，正在郁闷不乐，听说宸濠正式叛变，武宗兴奋得下诏亲征，自封为"奉天征讨威武大将军镇国公朱寿"，一面把打仗当游戏，一面借机畅游江南。出发不久，王阳明的捷报传来，武宗把这一个扫兴的讯息摆在一边，不予以理会，继续南征。

这时，明武宗身边的江彬、张忠等人为了满足明武宗好大喜功的心理，竟然三番两次派人阻挡王阳明，甚且希望王阳明把宸濠放回鄱（pó）阳湖，让武宗亲自擒拿才过瘾。这真是天下再荒唐不过的事了，王阳明不假思索就加以拒绝，同时改道钱塘，把宸濠交给张永，张永是难得一见的好宦官。

把宸濠交给了张永之后，王阳明回到江西。这时，武宗身边的宠臣张忠、许泰已经等候多时，他们得不到宸濠，便开始借题发挥，无理取闹。他们指使追随他们来到江西的京军，成群上街谩骂王阳明，到处挑衅。王阳明修养深厚，不为所动。相反的，京军的将士们如果生了病，王阳明会派当地的医生来免费诊治医药，如果京军的将士死了，王阳明会赠送棺木，京军被感动了，个个都说："王都堂如此爱我，我怎么忍心去侵犯他？"京军原本是前来找麻烦的，到了江西南昌，竟然见到王阳明张贴的告示："北军离家远来，客中思乡，种种苦楚，应当格外体谅，居民务必要敦（dūn）主客之礼。"有一位小兵看了告示，感动得直掉眼泪，并且说："除了我妈妈，我到了军队以后，没人这么体贴我。"

看到京军不肯闹事，张忠、许泰火大了，非得想办法挫（cuò）一挫王阳明不可，在他们眼中，王阳明是一个文弱书生，手无缚鸡之力，虽然打败了宸濠，自己一定不懂弓矢，不如约他比武，让他当场出个丑。

王阳明知道张忠、许泰是故意找麻烦，自己想躲也躲不掉，只好答应。在大操场上，王阳明换上武装赴会，张忠、许泰得意万分，斜着眼望着王阳明，脸上充满了嘲笑的表情。

张忠轻蔑地问王阳明："你知道怎样张弓吧？"

"大概知道。"王阳明谦虚回答。

王阳明缓缓走到武器架前，取出弓与箭，利落地扣箭搭弦，稍稍瞄准前方的箭靶，很轻松地，"飕（sōu）"的一声，箭如流星一般，射中红心。

这时，不论京军、地方军暴喝一声："好！"

张忠、许泰相对望一眼："怎么会是这样？"

许泰小声说："瞎猫碰上死耗子，第二箭就要出笑话了。"

张忠点点头："对，看他射到哪里去了。"

没想到，王阳明不慌不忙，第二箭依然射中红心。

张忠见京军鼓掌喝采，大不以为然道："弟兄们疯了，长他人志气，灭自己威风嘛。"

等到王阳明第三箭仍然正中红心，可不得了，满场骚动，人人如醉如痴如狂，拍手欢呼情绪的兴奋与激昂，真是无可比拟，人们的手掌拍痛了，喉咙喊哑了，还是久久不肯停止。

张忠发挥小人特质

张忠、许泰邀请王阳明比赛射箭，原是准备安排在大庭广众之中羞辱王阳明的，不料竟成为王阳明武艺的表演场，王阳明表演得太出色了，当然没有人敢来比武，更让王阳明成为当地军民心目中的神明偶像。

张忠对王阳明格外愤恨，因为张忠与张永一般，同为明武宗亲信的大太监，王阳明把宸濠交给张永，而不交给他，显然就是看他不起，这个仇是非报不可。

张忠用挑衅的口气责问王阳明："王巡抚箭术不凡，令人钦佩，不过，还有一件更让人钦佩之事，宁王宸濠富甲天下，人尽皆知，怎么破了宸濠，府中财物一空？"

张忠此话极不友善，言下之意，王阳明是饱入私囊了。

王阳明坦诚回答："宸濠把财货都用来贿赂京师要人，他的送礼簿在我手中。"

王阳明说的是实话，却重重打了张忠、许泰一拳，因为他二人都收过宸濠的厚礼，他们很担心王阳明把送礼簿当场摊开，那可就难看了，因此他们不敢再追问。不过，这一口气不能不出。

张忠眯缝着眼睛打量王阳明，他打心底讨厌王阳明的正直模样，忽然之间，张忠笑开了，因为他想到一条毒计：

他开始到处散播谣言，说王阳明原来是依附宸濠的，换句话说，王阳明和宸濠是一伙的，后来听说皇帝亲征，心中一害怕，赶紧擒住宸濠，实在是一个反覆无常、精于权谋的小人，像王阳明这种小人迟早必会造反，皇上应当早日加以除去。

张忠散播的谣言，简直是一派胡言，但是，这一套谎言还有不少人相信，有些嫉妒王阳明的人和一些好事之徒帮忙添了许多佐证，例如：

——王阳明被皇上贬到龙场驿，受了三年活罪，心怀怨恨，伺机报复。

——皇上修建豹房，沉迷享乐，多次爆发民变，王阳明是个有为的读书人，存心赶走昏君另立宁王宸濠。

这二个理由都编得合情入理，张忠另有一种说法更能打动人心："你们看王阳明肺病缠身，弱不禁风，凭他那文绉（zhòu）绉的模样，如何能在两个月之中消灭宸濠，可想而知，窝里反嘛！"张忠当然不会老实说出，别看王阳明一派斯文，骑马射箭还真有一套哩。

这一波一波的谣言，自然最后传入王阳明耳朵之中，任凭他修养再出色，也不免气恼异常，正好这时王阳明奉召前往晋见明武宗，他想，见面总是会说清楚。不料，张忠等人担心王阳明的口才一流，与武宗一碰面，极可能解释清楚，所以先下手为强，下了一道皇帝的假圣旨，命令王阳明到芜湖就回去，不用觐见皇帝了。

王阳明是个聪明人，马上就知道一定又是张忠从中作梗，这一时刻，不但见不到皇帝，王阳明知道自己可能会遭到陷害，他一气之下，把乌纱帽一甩，脱下朝廷官服，换上野服芒鞋，避入九华山之中，这时王阳明的心情，真是恶劣到了极点。

王阳明在一个草庵里住下来，苦苦思索最近发生的事，他觉得自己太傻，太不懂得保护自己，皇帝要放掉宸濠，便乖乖把宸濠放入鄱阳湖之中，不愁没有高官厚禄，但是，他能这样做吗？

王阳明记得他与张永说的每一个字："江西老百姓，长年以来遭到宸濠的暴政，早已困苦不堪，况且大乱之后，又逢旱灾，老百姓有衣无食，有食无衣，如果把宸濠放回鄱阳湖，宸濠和部下一定逃匿山谷，聚众为乱，以前帮助宸濠的土匪，也一定加入，一齐造反，实非国家百姓之福也。”

王阳明不能了解，堂堂一国之君，如何把捉放宸濠，看成是办家家酒的儿戏，这可不像皇帝玩卖布游戏，游戏结束之后，布匹一收就没事了，宸濠不是布匹，宸濠是老虎，放虎归山，这，像话吗？

王阳明的内心，实在是非常痛苦，当时除了如张忠般小人造谣，平日看起来颇为君子的朋友，也帮忙散播谣言。有些其实非常了解王阳明的为人，但是这几年王阳明的学问小有名气，不少人在暗暗嫉妒着，听到了王阳明出事，心中窃窃自喜，情不自禁开始兴奋，开始像小鸟一般，啄啄啄到处吱吱喳喳，说王阳明的坏话，在诋毁王阳明之中，找到了内心的平衡。

王阳明修养再好，境界再高，也难以承受这般冤屈，午夜梦回，他睡不着觉，干脆坐了起来，静听窗外的松涛盈耳，他抱着头，十分痛苦道：“我一身遭到谣言毁谤，不如死掉算了。”

后来，他又亲口对一个门人说：“当时如果地上有一个洞，可以让我背着我父亲逃走，我一定这么做。”假如不是顾念父亲，他真想一死了之。

可是，如果自己真的就此死去，就能还自己的清白吗？就对得起国家社会吗？王阳明迷惘（wǎng）了。

活捉宸濠的闹剧

王阳明由于得罪了太监张忠、许泰，虽然大败宸濠，却落得避入九华山。曾经入过监狱、挨过廷杖、遭过贬谪、逃过暗算、躲过瘴疠的王阳明，这次有撑不下去的感觉。

他掩面哽咽："我到处遭到痛骂，一身谗谤，真想以死解脱。"

王阳明最疼惜的学生徐爱一步向前，跪在地上，轻轻抚着王阳明的手，缓缓劝说："老师，这就是你常说的致良知啊！"

徐爱的话，触动了王阳明的灵魂，他抬起头来，与徐爱四目相望，两人眼中都泛着泪光，在辉映的泪水之中，师生间产生了难以言喻的共鸣。王阳明感激地拍拍徐爱的手，是的，任谁都有支持不下去的时候，都需要周围的关爱与鼓励，即使光辉夺目的王阳明也不例外。

王阳明又开始精神抖擞了，又拿出当年在龙场驿愈挫愈勇的劲儿，与门人高谈阔论致良知，尤其是遭逢了如此大的冤屈，他更加体会到，想要致良知，真得付出不少的代价。

某日，他与门人于中道："每个人胸中都有一个圣人，因自信不足，淹没不见，你瞧，你胸中就有一个圣人。"

他这话可把于中吓住了，于中连忙站起来，连连推谢："不敢当，学生愧不敢当。"

王阳明笑道："良知是每个人都有的，你不必过谦，良知在你，随便怎样，也不会泯灭，譬如盗贼，自己也知道行为不当，你唤他为盗贼，他还忸怩（niǔ ní）不安哩。”

于中说：“我懂了，譬如浮云蔽日，日何尝遗失了？”

王阳明夸奖道：“嗯，于中聪明，他人见不及此。”

另外一方面，张忠与许泰把王阳明逼到了九华山，却不满足，害人的人永远没有安全感，因此，他们又向明武宗进馋言：“王阳明这一个跋扈的臣子，心怀叵（pǒ）测，将来必造反。”

“哦？”明武宗问：“怎么证实呀？”

“很简单啊，召他来，他必不来。”张忠回答。

在张忠的想法里，现在朝廷上下都在盛传，王阳明与宸濠是一伙的，假如此时前来，岂不如当年岳飞一般前来送死？

不料，王阳明坦坦荡荡，武宗召他，他立刻前来，明武宗倒非一个残暴的皇帝，他笑眯眯说：“王守仁是道士嘛，召他来就马上来，哪儿会造反？”

武宗虽非暴君，实在是一个昏君，宸濠明明是王阳明活捉的，他偏要抢这个锋头，王阳明把宸濠交给了张永，张永在南京城外设了一个大广场，上演生擒宸濠的节目。

明武宗向往英雄，不耐烦当皇帝，自封“威武大将军朱寿”，因此众人投其所好，在广场前面，飘起威武大将军漂亮鲜艳的大旗，四周布满了军队，个个怒马鲜衣，神气漂亮，五色旌旗，刀光闪烁，明武宗最钟情这一套中看不中用的把戏。一会儿，男主角上场了，明武宗骑着一匹高大的白色骏马，顾盼自得驶入广场，他真以为自己是凯旋归来的大英雄。

按照张永原先安排的戏码，该是让宸濠脱去桎梏（zhì gù），奔跑于场中，明武宗像梁红玉一般亲自击鼓，再亲手抓住宸濠，然后江彬向前行礼：“恭请威武大将军，大奋神威，生擒叛逆。”这时掌声雷动，高奏凯歌，进入南京城。

可惜，男配角宸濠演出不佳，他原先被关在一个兽笼之中，上

明武宗，选自《乾隆年制历代帝王像真迹》。

面盖着一块青布。

打开青布，把宸濠放了出来，他应当满场奔跑、撒野，让明武宗过一过官兵捉强盗的瘾。

不料，宸濠被兵士自笼中提出来后，蹲在地上，瑟瑟发抖，蒙着眼睛，仿佛要哭出来。

这时，伐鼓鸣金，声动天地，扮演威武大将军朱寿的明武宗正在起劲擂着大鼓。

宸濠自知死期已近，后悔莫及，干脆一屁股坐在地上，开始大哭特哭。

"快跑啊！"一个士兵发急了，站起来踹着宸濠的屁股："别赖在这儿装死啊。"

宸濠也听说了，他应当满场奔跑，跑得上气不接下气，然后筋疲力竭，让皇帝活捉好过瘾，这场死刑前的游戏，也许正对明武宗的胃口，他老兄马上就要去阎王爷那儿报到的，实在打不起精神卖力演出。

小兵又踢了宸濠一脚，他还是瘫在那儿，一动也不动。

"真是扫兴！"明武宗觉得不好玩，一赌气，放下鼓槌（chuí）就走了，江彬无奈，只好把这个宸濠横拖直拽的弄到了明武宗跟前，结束了这一场闹剧。

据说，当时的南京城，流行着一首打油诗讽刺：

国事看同儿戏场，修心太甚几成狂，
纵囚擂鼓夸威武，笑柄贻（yí）人足哄堂。

正德皇帝的钓鱼游戏

明武宗终于“擒获叛逆，活捉宸濠”，自南京回师北京。

到了镇江，已经退休的大学士杨一清接驾，住了整整三天，招待得十分丰盛，根据《武宗外纪》记载：“是日一清有所献，上大悦。”

此一献，非金珠玉帛，乃是貌美女子。总之，大家都知道，当今万岁爷最欢喜这个调调儿，后世只晓得梅龙镇上的李凤姐，殊不知张凤姐、王凤姐不可胜数。但是，美人儿的皮相之美，乍看之下，惊艳异常，相处了一两天，这位正德皇帝又厌了、倦了、腻了。一个美女，若能宠三天，就算是难能可贵的纪录了。

于是，杨一清又赶紧绞脑汁，看看有什么新鲜事儿让皇帝解解闷。驰马、逐兔这一套老把戏玩得太多了，不如动极思静，何妨垂钓。

杨一清一提出这个建议，酷爱新鲜的明武宗立刻拍手叫好。既然是万岁爷想要享受垂钓之乐，可不能让他扫兴，因此，杨一清急忙派人在潭中放置了大量的锦鲤，锦鲤多得挤来挤去。

这天天气极热，武宗快马奔驰，急着赶去钓鱼，他的个性一向就是如此，急、急、急，毛躁、不耐烦，但是任何东西到手，没多久马上就兴趣索然。这一会儿他急着垂钓之乐，一刻也不能忍耐，到了目的地，早已全身湿透，豆大的汗珠一颗颗迸（bèng）落地上，他气喘吁吁，两腿发软，简直站不住，左右的人前来搀扶，一个说："今儿个天气太热了，万岁爷下回再来吧。"

另一个则劝说："万岁爷今天骑马太累了。"

"谁说我累，我精神好得很。"武宗的性格最爱逞强，很容易被激怒，他气吁吁说："待会儿，我要一个人划船，你们谁也不许跟。"

一听这话，众人都呆了，不过，谁也不敢再开口，因为说了也是白说。

杨一清叹口气道："幸而今日风和日丽，积水潭平静无波。"

明武宗从小任性，谁也拦他不住，只好任着他一人划着小船，直往潭心。左右划的船稍一靠近，武宗便大喊："离我远一些。"因此，谁也不敢再靠近武宗。

武宗第一次划小舟，而且自己一个人划，虽然好玩，到底生疏，显得十分笨拙，事实上，他是一个笨手笨脚、极不灵光，却又凡事想要自己尝试的人。当然，皇帝当久了，任何事，包括穿衣吃饭，样样都有人伺候，也是一件烦人讨厌的事儿。

武宗觉得自己像是一个名角，众人在看他表演，就像他演卖

松溪钓艇图，元赵雍绘。

布，或者扮演大将军朱寿一般，所以，他慢条斯理慢慢划，装着一副很熟练的样子，并且故意转着脑袋，似乎在欣赏两岸风景。他缓缓打桨到了潭中心，停下船来，将钓竿往水中一沉，仰着头，静待鱼儿上钩，他想自己这神情，就像诗人李白所写的“闲来垂钓碧溪上”，一定看起来十分优闲惬（qiè）意，嗯，他欢喜。

为了迎接万岁爷驾到，积水潭中早已放满了锦鲤，而整个潭中，就只有明武宗这一个宝贝花花公子在垂钓，很自然的，一会儿工夫，钓丝上的浮标晃动，武宗好得意，将钓竿使劲朝上一提，哇，一尾一尺多长的金色鲤鱼，闪烁生辉，这下子可露脸了。明武宗想炫耀炫耀，又怕后头随从看不清楚，于是，边笑边喘，忘情地把钓着的鱼四下晃动着，没有料到，这鱼儿还相当沉重，跳跃不停，挣扎着想脱离钓钩。武宗缺乏控制鱼的经验，这一颠一簸（bǒ），小船摇晃得厉害。武宗慌了，努力想把船稳住，他又不晓得方法，愈扶愈摇，左摆右晃，最后，哇，不得了，皇帝扑通一声掉下水。

这可把众人给吓慌了，也不管是不是会游泳，一个一个跳入水中，并且惊慌地大叫：“快快，快救驾。”

没多久，这个宝贝皇帝给捞了上来，已经面无人色，太监把武宗按倒在地，轻压他的背部，咕噜咕噜吐出许多夹着泥沙的脏水，然后又是灌姜汤、又是嚼人参片，把武宗给救了回来。

武宗悠悠然睁开眼睛，却还嘴硬：“朕方才钓到一尾大鱼，你们看到了没有？”

武宗虽然嘴巴不服输，一张脸却像白纸一般，白得吓人。

过了三天，车驾回返京师。文武百官迎于正阳桥南，京军身着耀目的铠甲列于道路两旁。抓来的宸濠之乱的俘虏与家人，也跪在两旁，活人头顶上插着白纸标，写明姓名，死人则头颅挂在竹竿上，白色飘带迎风飞扬。武宗身着戎服立于正阳门下，一眼望去，举目皆白，白得恐怖、阴森、不祥，在场的人都有一种诡异的感受。

两天之后，大祀南郊，就在明武宗捧爵（举起酒杯）致敬时，突然之间，他口中喷血，昏倒在地，众人七手八脚抬入豹房，拖了几个月，武宗驾崩，不过只有三十一岁。

佛家讲因果报应，虽不可尽信，但是行善积德会使内心轻松愉快，有利于健康，而享乐纵欲容易使人身心疲惫，明武宗纵情声色，造成了他自己的短命。

杨廷和的小心眼

正德皇帝钓鱼翻了船，元气大伤，没多久，一命呜呼，年仅三十一岁。在中国历史上，凡是放纵任性胡为的皇帝，几乎都是短命的，就像孔夫子所说的“自作孽不可活”。

正德皇帝没有子嗣，一旦驾崩，无人继任。大学士杨廷和与张太后商量，决定由皇帝嫡堂弟，湖北安陆兴献王之子，十五岁的朱厚熜（cōng）入承大统。

在这段过渡期间，杨廷和诛除江彬、张忠、许泰，人心大快。同时，把明武宗正德皇帝生前一切荒诞不经的玩意儿如豹房之类，完全革除。在摄政的三十七天之中，将明武宗的乱朝来了一个彻底的收拾，处理得人心大快。

正德十六年（1521 年）四月，兴献王世子朱厚熜入京师，继承皇位，是为明世宗。以明年为嘉靖元年。

世宗即位不久，立刻下诏王阳明入京受赏，这件事让杨廷和心中颇为不舒坦。

杨廷和是成化十四年（1478 年）进士，极有才气，人也长得漂亮，风度翩翩，办事能干，对于掌故、边境之事都有一套。或许是“文人相轻，自古皆然”，样样优秀的杨廷和，一听到王阳明，心中就涌出酸酸的味儿。

王阳明有一件事，得罪了杨廷和。但是，心中坦荡荡的王阳明一点儿也没有感觉。

杨廷和，选自《吴郡名贤图传赞》。

王阳明的崛（jué）起，不能不感谢王琼的栽培提拔。事实上也是兵部尚书王琼事先的安排布置，才使得王阳明能够顺利讨平宸濠之乱。所以，王阳明每次上疏，饮水思源，总是对王琼多加揄（yú）扬。

如此一来，身为宰辅的杨廷和就吃味了。尤其王琼在正德皇帝时代，每次都由皇帝直接交办命令，把内阁摆在一旁，明朝内阁大学士的权是很大的，因此之故，杨廷和对王琼早就不满，也把王阳明归为王琼的人，连带厌恶。再加上，王阳明声誉日隆，允文允武，杨廷和颇有不胜嫉妒之感。

这时，朝中议论纷纷，个个都说，王阳明此次前来必获重用，也有许多未见过王阳明者，急着想一见王阳明，瞻仰他出类拔萃的风采。

杨廷和对自己的才、自己的貌都有相当强烈的信心，不过，他也暗暗担心，王阳明恐将为世宗所重用。所以，杨廷和先下手为强，以“国哀未毕，资费浩繁，不宜行宴赏之事”为理由，说动了明世宗，让王阳明暂缓入京，并且升为南京兵部尚书，意思是王阳明不用到京城来了。

王阳明也不是头一遭碰到这样的事，反正，夺目的光辉让他四处受难，他上了一道“乞便道归省疏”，请求顺便道归乡省亲，明世宗答应了，这一年，王阳明五十岁。

杨廷和虽然阻止了王阳明入京，明世宗仍封王阳明为“新建伯”，表彰他的军事贡献，并且派人携带白金，赐以羊酒送给王阳明的父亲王华。

当朝廷特使到来之时，恰好王阳明回到了家乡余姚，正在为父亲王华办寿宴，一时之间，亲朋随欢乐高涨到了极点，把王氏父子给捧上了天。

但是，阅历多矣的王华却有怨言，他语重心长道：“宸濠之乱初起，大家都以为你一定会死，没想到你竟然不死。宸濠之乱结果很快平定，没想到事情一直不得平，你受尽冤屈，如今，天开日月，遂显忠良，滥冒封赏，你我父子能相见一堂，但是我担心啊，盛者衰之始，福者祸之机。现在如此圆满，虽然我觉得幸福，可又充满了恐惧。”

王华的话，正是王阳明心中想说的话，人生之事，祸福相倚，他有无尽的感慨啊。

王阳明虽然受到应当有的封赏，但是，跟着他出生入死的官吏将士却没有得到奖赏，王阳明是个最为体恤（xù）下属的人，他争了又争，杨廷和硬是从中阻挠到底！

王阳明没有办法可想，王琼此时因与杨廷和结怨，被言官攻击，关在都察院，当然更帮不了王阳明。

最后，王阳明只好上疏，辞谢自己的封赏，他说：“罪莫大于掩人之善。”他不能把底下人的功劳完全归到自己身上，因此，干脆都不要了。

这个杨廷和也妙，他看出来王阳明是一个为属下着想的人，他就偏偏不让王阳明如愿，所以，他把王阳明请辞的事解释为：“王阳明对于朝廷的爵赏不满意。”于是，将王阳明的曾祖槐里公、祖父竹轩公、父亲龙山公统统封为新建伯，王阳明再辞，朝廷依然不为所动。

王阳明好难过，他从来不在乎自己的封赏，他在乎跟着他的部属的封赏，他也深深忧心："自今而后，虽有大难，忠义之士，谁肯舍身为国！"

杨廷和非但在公事上阻挠王阳明，同时用"伪学"、"标新立异"攻击王阳明的"致良知"。王阳明的学生陆澄看不下去，挺身要为师门辩护，被王阳明给劝阻了。

王阳明对陆澄说："古人说过，受到诽谤（fěi bàng），不用自辩，诽谤自然就会停止了，这正是我们学习动心忍性的好时光。"

王阳明始终没有站出来自辩，他也用不着站出来自辩。

阳明思想东传日本

在中国古代的官场上，一向都是“朝中有人好作官”，王琼被斗倒了，内阁大学士杨廷和把王阳明看成眼中钉，王阳明只好闲居在家乡余姚。

从明世宗嘉靖元年（1522 年）到嘉靖五年（1526 年），整整五年，王阳明没有被朝廷召用。但是，他也不得清闲，四方涌来的学生络绎不绝，门人并于越城郭部门内建立了“阳明书院”，经常有三百多人围拢环坐，聆听王阳明教诲。

朝中以杨廷和为首的臣子，继续攻讦（jié）王阳明的“伪学”。王阳明也继续宣扬“致良知”，他并不是否定知识与才能，他只是特别在意“一颗善良的心”，特别强调“诚意与尽心”，他认为“一个君子事奉双亲，以求尽吾心之孝，并不是要表现自己孝顺，一个君子对国家忠心，以求尽吾心之忠，并不是故意要显现自己有多忠心。尽心之后，也许富贵也许贫贱，君子都能怡然自得，一般人以为君子有多了不起，其实，他不过是求心安罢了。”

其实，王阳明的学说就是这么简简单单、诚诚恳恳，虽然如此平易，真要做到，也不容易啊。

朝廷不愿起用王阳明，可是，当碰到棘手困难之时，又想用王阳明出面解决。所以，嘉靖五年（1526 年），广西田州的土族岑猛作乱，继而八寨、断藤峡蛮贼作乱，朝中束手无策之时，也不管王阳明肺病缠身，咳嗽气喘，照样赋予重任。而王阳明这位“致良知”的忠臣，依然“不敢爱身”拖着病体，漂漂亮亮把乱事平定，他永远是英雄肝胆，菩萨心肠。

但是，乱事虽然平定，王阳明的咯（kǎ）血老毛病却犯了，每每喉咙一甜，接着吐出大量鲜血。王阳明自知病危，连番上疏请求归去，朝廷就是不允，最后，他只好不待朝廷批示，启程东归。

当他经过广西乌蛮滩的马伏波庙，想起了年少时对东汉大将军马援（马伏波）的崇拜，他扶病入庙。

想王阳明十五岁之时，曾经瞒着父亲，一个人跑到居庸关外，在塞外骑马游历了整整一个多月。回来之后，天天向往马革裹尸、老当益壮的马援。有天夜晚，梦到赴伏波将军庙烧香，醒来之后，在枕头上写了一首诗纪念。

如今，他病颤颤站在伏波庙前，心中波涛汹涌，他想起少年时代如何崇拜马援，想起这一生颠沛流离，打过宸濠、打过叛军、打过山贼，打的都是大仗，虽然辛苦万状，总是理想的实践，王阳明思潮澎湃，写下一首诗：“四十年前梦里诗，此行天定岂人为？”……

隐隐之中，王阳明觉得壮志已酬，对他所崇拜的马援也有了一番交代，他又开始剧烈的咳嗽。到了赣（gàn）南，南安推官周积赶来问安。王阳明仍打起精神问周积：“近来学问可有进展？”

周积见老师病体消瘦，一双腿仿佛一截竹竿，忍不住背过身去拭眼泪，王阳明平静地说：“生死定数，无须悲戚。”

午后，小船继续前驶，到了晚上，停泊在一小镇，王阳明问：“这是什么地方？”

书僮回答：“青龙铺。”

第二天清晨，王阳明询问周积：“还有多久到南康？”话没说完，喘个不停，他气息微弱道：“我将去了。”

周积含着眼泪问：“老师有什么遗嘱？”王阳明指着心道：“此

心光明，亦复何言，只是平生学问方才见得几分，未能与同学们共成就，实在是相当大的遗恨。”

话没说完，瞑目而逝，享年不过五十七岁。他的棺柩所到之处，男女老幼，个个换上白衣相送。另一方面，当王阳明的死讯传到京师，还是有小人上书明世宗“追夺封爵，禁邪说以正人心”。

明世宗也就接纳了建议，下诏“不予恤典，禁讲伪学”，把王阳明所论斥为伪学，所谓“盖棺论定”，盖棺往往不能论定，但是，明世宗的举措，王阳明若是地下有知，也会见怪不怪地指着心道：“此心光明，亦复何言。”

次年，王阳明安葬余姚，发引那天，远近前来的门人多达千人，同时，王阳明被各地人民奉为神明，早晚祭拜。

阳明学说影响晚明，影响清朝，一直到今天。

阳明学说尤其影响日本，早在明武宗正德六年（1511 年），日本八十七岁高僧了庵和尚出使明朝，阳明便曾接见，迄今日本仍保存阳明手写《送日本正使了庵（ān）和尚归国序》一文。

阳明学说正式传入日本，该是德川家康成立幕府之时，阳明著作风行日本书肆，不但对日本德川幕府三百年学术文化产生影响，且鼓舞了日后的明治维新，对伊藤博文启迪颇多。

甚且日本海军大将东乡平一郎，他随身携带一颗印章，上面刻着“一生低首拜阳明”，意思是说他一生崇拜王阳明。王阳明是伟大的思想家，也是杰出的军事家，他，是中国人的光荣！

与传说不一样的唐伯虎

说到唐伯虎，谈到他的“三笑姻缘”，中国人总要会心一笑。唐伯虎不愧为男人最羡慕的男人，女人最爱慕的男人。但是，事实永远与传说有一段相当的距离，让我们一起先来看一看真实的唐伯虎，如何颠沛流离、穷困潦（liáo）倒，甚且还得应付家有恶妻，这真是人们想象不到的事。

唐伯虎生于明宪宗成化六年（1470年），由于这一年，恰好是庚寅（gēng yín）年，因此取名为唐寅，又因为他属虎，所以字伯虎。不过呢，老虎太可怕，又号子畏。

唐伯虎的父亲名叫唐广德，母亲郭氏，中国女人很可怜，通常都是某某氏，连自己的名字都没有。

唐伯虎是苏州人，家里开了一个不小的酒食店，由于地理位置良好，唐广德又擅于经营，因此，生意兴隆。唐伯虎很少留在家里帮忙，他总是带着弟弟妹妹，以及一群小玩伴，四处玩耍，青少年时代的唐伯虎，的的确确是十分快乐的。

中国人有一句话：“上有天堂，下有苏杭。”苏州有“东方的威尼斯”之称，城内大大小小，共有二百多条小河弯弯，再加上别致的小桥、幽静的巷弄，形成了极为特殊的所谓“苏州园林”。

据说，苏州城的建造，乃出自伍子胥（xū）的策划，他不但亲自查勘地形，并且用舌头尝过水味咸淡，同时研究天上星象，这才着手建造。如此说来，伍子胥也是一位了不起的建筑大师。

苏州繁华，清人绘。

伍子胥当年曾经苦劝吴王夫差，一定得要杀掉句践，夫差不理，伍子胥含恨自杀，后人在此建“胥定桥”怀念他，此为苏州名胜。唐伯虎最喜欢玩的地方则是“馆娃宫”。

“馆娃宫”位于灵岩山，乃当年吴王夫差为取悦西施所建造，吴人一向称美女为娃，故名“馆娃宫”。

唐伯虎有一个弟弟名申，字子重。一个妹妹，照例没有名字，只能称为唐氏。这兄妹三人，个个眉清目秀，斯文秀丽，走到哪儿，人们的目光便集中在哪儿。

馆娃宫中有一斜廊，据说这便是当年著名的“响屧（xiè）廊”，唐妹妹奔上逐下，扮演西施，由于她气质脱俗，唐伯虎常叹气：“西施再世，恐怕也比不上我家小妹。”

所谓响屧廊，又称之为鸣屐（jī）廊。据说它铺着一层由梓（zǐ）木制成的地板，人一走过，发出琮琮（cóng）之声，十分悦耳。美丽绝伦的西施常领着一批宫女，在响屧楼翩翩起舞，她们穿的是木屐，颈上又戴着珠玉，人已经够美了，再加上特殊的音响效果，西施眼波流转回眸一笑，夫差怎能不醉？

西施还嫌不够，她撒娇对夫差说："大王不是说什么都依我吗？我现在想要把美丽的月亮拿在手上玩儿。"

"这……"夫差不晓得该怎么回答。可是，答应美人儿的话可不能不实践啊，夫差苦恼万分。

这时，有个最擅长于逢迎的臣子建议："不如在山上挖一个池子，明月倒映在水中，这不就可以玩月了吗？"

夫差拍手叫好，于是，命人在山上日夜赶工挖地，接着，又命人一担担挑水上山灌池，池建好了，西施也可以在月明之时，以手扬水中明月，不过，夫差的吴国江山也就丢了。

唐小妹妹除了貌似西施，她同样也是苏绣高手。苏绣与湘绣、蜀绣、粤（yuè）绣合称为中国四大名绣，苏州妇女几乎个个会绣。

根据苏州自古流传，古代有一位漂亮聪明的女子，新婚前夜，自己用手裁制了一件好美的新衣，一不小心，剪了一个小洞。情急之下，她在小洞上绣了一朵小花，相当别出心裁，衬托得衣服更为美丽，以后，姑娘们纷纷效法，成为著名的苏绣。

苏绣还有一件有趣事儿，母女一起刺绣时，如果妈妈用左手绣，女儿一定用右手，反之亦然，原来这是怕挡到光线。

唐伯虎的小妹，不但人长得漂亮，会绣花，更知书达礼，可惜很早就病逝了，真可谓红颜薄命。

苏州除了苏绣著名，手工业一向兴盛，尤其宋徽宗成立了"造作局"，雕刻金、银、玉、竹、牙、角、犀，带动了手工业蓬蓬勃勃的发展。

另外，自三国时代，魏蜀吴中的吴国，开始对外发展，曾经派出妇女到日本传授丝织与缝纫技术，有人说，日本的和服就是这么来的，一直到今天，日本到处可见“吴服店”。

手工业兴盛，商业兴盛之下，自然带动了饮食业，必须有闲有钱，才会懂得吃的艺术，苏州精美可口的茶食有椒盐桃片、玫瑰酥（sū）糖、雪花糕、核桃糕、山楂糕、桂花方糕、黑麻酥糖、米花糖、绿豆糕、桃酥、油枣、糖莲子、南枣糕、松子糕、芝麻酥、麻粩（lǎo）、杏仁糕，此外还有各式干果蜜饯（jiàn），如核桃、杏仁、松子、瓜子、花生。

唐伯虎生长在如此人杰地灵的环境之中，难怪成为才华卓绝的不朽艺术大家。

唐广德望子成龙

唐伯虎的父亲唐广德在苏州开了一家酒食店，生意兴隆，不过，唐伯虎与弟弟妹妹从来不在店里帮忙，尤其是对唐伯虎，唐广德总是催促他“有空多读书，将来我们唐家就靠你光耀门楣。”

唐广德为爱儿重金礼聘名师教导，唐伯虎也自小流露非凡的才气，小小年纪，四书五经、《昭明文选》，全部都读完了，而且颇有心得。名师遇高足，心花怒放，到处夸耀唐伯虎有多么优异，将来必是状元，每听到这话，唐广德就开心极了，唐伯虎也一心巴望早日登第，满足父亲的愿望。

其实，唐广德并非胸无点墨的生意人，他读过不少书，气质优雅，平常讲起话来引经据典十分斯文，也结交了不少读书人。

但是，唐广德有一件事十分气闷，想起来就呕（ǒu）。虽然酒食店高朋满座，他永远没资格与官员同桌进餐，反之，即使是个连秀才也没有考上，只考上了最低等的“文童”，在餐桌上也有一个座位、一副筷子。

唐广德每遇此景，总是用“将来我的伯虎会上座”来安慰自己。

唐广德望子成龙的心情，中国人一点也不陌生，“万般皆下品，唯有读书高”的观念，牢牢控制了中国人心。不过，“唯有读书高”似乎应该改为“唯有做官高”更为贴切。

科举制度在中国实行了一千三百多年，它举拔了相当多的优秀人才，王维、柳公权、文天祥都是科举中的状元，科举的公平性，也让广大士人有了翻身的机会，所谓“十年寒窗无人问，一举成名天下知。”

但是，凡事有利有弊，全国读书人一古脑全投入科举的竞争，做官又成为唯一光宗耀祖的事，其中真是血泪斑斑，中国的小男孩，打从刚认字开始，全家就把考中科举的责任扣在他头上，因为，一旦家中有谁中了第、做了官，整个家族都会沾光，值得把整个人生放在这上头。

考场中总有幸与不幸，有人金榜题名，也有人名落孙山。考中的进士，真是如孟郊诗中形容的“春风得意马蹄疾，一日看遍长安花”，不幸落第的可就悲惨了。

据说，如果能够取到新科进士的旧衣服，来年考试中穿着赴试，将会带来吉利，因此，新科进士不但人红，连破旧的衣服，也抖了起来。可以想象，落第考生，听着外头一阵阵传来的鞭炮声，然后低声下气，央求旅舍中仆役设法购得进士旧衣，仆役（yì）扬着脸，摆出不屑的神情，落第考生心中滋味如何可想而知。

家中有一个考生入京考试，全家人的心都悬在半空之中，登第的幸运儿毕竟有限，绝大多数是痛苦与失望的。

曾经有一个姓杜的读书人，考了许多年，次次入京，次次落第，他总是用“五十少进士”安慰自己，意思是说，一个人到了五十岁考取进士，还算是年纪轻的。

这一回，姓杜的又落第了，他正准备收拾行囊回家，收到了妻子的一封信，这妻子也有几分文才，却是十分尖酸刻薄，她写了一首诗：“良人的的有奇才，何事年年被放回，如今妾面羞君面，君若来时近夜来。”

这首诗的大意是说：良人啊你的的确确有文才，可是为什么年年考不中，灰头土脸地回家来？如今小妾我为你感到害羞，你若是

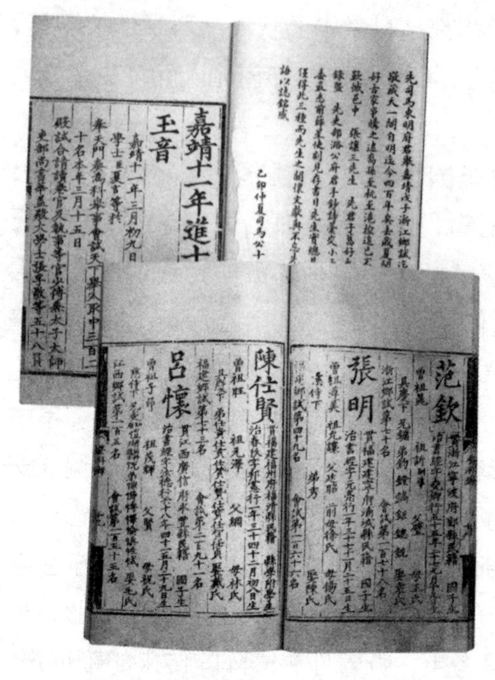

嘉靖十一年進士

王音

陳仕賢

呂懷

張明

范欽

清代进士登科录，明嘉靖刻本，天一阁藏。

回来，最好趁夜晚归来，免得被人看见了，不好意思。

这个可怜的杜秀才，看到妻子这封信，吓得连家都不敢回了，只好困守京师，一次一次考，一次一次忍受挫败的打击。他也许会是一个不凡的艺术家，或是擅长经营的商人，可是在中国古代一元化只崇拜做官的价值标准之下，落第秀才整个人生一片灰白。

唐朝有一个叫公乘亿的人，因为没考中进士，无颜见江东父老，就这么待在京师，一年又一年，愈考愈心寒，愈考愈不中，就这么一待十几年。

有一回，放榜之后，公乘亿再一次落第，他实在承受不住，就在乡馆（京师中有各种同乡会馆）中病倒了，这一病，病得可不轻。有个同乡回到老家，就对公乘亿的妻子说：“你丈夫病死在京师，你赶紧去奔丧吧！”

公乘亿的妻子，一听之下，几乎昏倒，踉踉跄跄上路，到了京师，找不到会馆，忽然见到一个老头，好面熟，有点像公乘亿，可是怎么背也弯了，肚子也大了。

公乘亿病得是差不多了，却还没死，这一回上街，见一黑黑干干瘦瘦的老妇，也觉得似曾相识。

等到二人走近一看，再加上会馆的人的介绍，这才认出彼此，想当年，郎才女貌，偏偏新婚燕尔，便赶来京师应试，一别十多年，惨喔，两人不禁抱头痛哭，不知分别如此长久所为何来。

唐伯虎不负父望，十六岁那年考中了秀才，至少，他可以与官员同桌吃饭了，唐广德十分欣慰。

张灵唐伯虎孔庙前打水仗

唐伯虎的父亲唐广德一心盼望儿子能做官，唐伯虎十六岁那一年，参加秀才考试，得到第一名，正式向官场迈向第一步，唐广德十分高兴，在自己开设的酒食馆大宴宾客。

从此之后，唐伯虎成为苏州府的学生员。唐伯虎有才气，肯用功，自负得不得了，当他高中秀才，朋友们前来道贺，他一点也不谦虚，狂傲地说："奇了，如果我考不上秀才第一名，那该什么人考上？"

唐伯虎这番话给传了出去，惹得不少人反感。尤其是没考上的读书人，个个都批评，唐伯虎未免太不谦虚了。唐伯虎丝毫不在意，并且到处公开表示："八股取士，哪儿能够试得出真正才干？"

中国的考试制度，到了明朝变得非常僵硬，为了便利阅卷，改用八股文取士。所谓八股是一种文体，也就是一篇文章之中一定用破题、承题、起讲、提比、虚比、中比、后比、大结八个段落的格式。由于内容限定，格式相同，甚且连联结虚词也相同，实在发挥不了创意。

唐伯虎的见解是对的。不过，他如此放言高论，免不得又被人们指指点点，嫌他好发议论。

唐伯虎对天文地理音乐历算都有研究。此外，当他初学写字，老师就发现唐伯虎的书法好漂亮，当他随意画上几笔，老师又惊又喜地到处宣传，唐伯虎具有绘画天分。

唐伯虎自幼被父母宠爱，被老师夸赞，他晓得自己人长得美俊体面，肚子里也有货色，言语行动之间，不自觉流露出强烈的优越感。他知道邻里之中有人看不惯，问题是，那些凡夫俗子向来也不在他眼中，所以他完完全全不在意。

看泉听风图，唐寅绘。

唐伯虎自视甚高，不容易交到朋友，他考取秀才之后，遇到了同为苏州府学生员的张灵。张灵姿容俊逸，是个标准的美男子，能诗能画，性格豪放，他二人一见面就投缘，彼此亲亲热热挽着手臂，仿佛从小就认识一般。

当他二人互相交换诗文欣赏，旁人走过，忍不住又爱又怜注视这一对璧人，人漂亮，才高妙，仿佛人间的美好，全部集中在他二人身上，他们莞（wǎn）尔而笑，互相惺惺相惜。

每天放学，唐伯虎与张灵总是一块离开，把许多人生的理想，脑中打转的奇怪念头，互相交换。他们边走边谈，大笑出声，惹得行人注目，这更让他们得意了。

有一天，他二人肩并肩，互相嘲笑只懂得念古书的腐儒，信步走到孔庙前，孔庙是读书人最敬重之地，路过时无不庄严肃穆，快步通过。

这二位青年故意要表现与众不同，旁若无人地继续大声交谈。

张灵说：“天气好热。”

“可不是嘛！”唐伯虎挥挥汗。

张灵慧黠（xiá）的大眼睛闪了闪：“假如有冰水擦擦脸一定很舒服。”说着，他双眼注视着泮（pàn）池，所谓泮池是孔庙前的池塘。

唐伯虎了解张灵的意思，他先有微微不安之感，继而在彼此感染气氛之下，也用轻侮的语气道：“不如我们到泮池中玩玩水。”

于是，两位俊美的青年，脱下了鞋袜，自以为英雄好汉地跳入了泮池。泮池的水冰冰凉凉的，光着脚丫踩着水，好清凉好舒适，他们捧起了水，轻轻啜口，忍不住高声欢呼：“哇！太有意思了！”

既然下了水，索性玩一个痛快，张灵敞开衣领，唐伯虎撩起衣袖，蹲下身来，双手捧起水，向张灵泼过去。张灵岂甘示弱，立刻也回敬过去。

他俩放浪形骸（hái）的举动，简直把路人吓坏了，纷纷围拢过来，指指点点。可愈是有人指摘，他二人愈要表示藐（miǎo）视规范、横行无忌，他们继续打着水仗，亲热地嬉笑，把青年人压在心底想叛逆、想反抗、想摧毁一切礼教、想痛快发泄自我的种种心情，整个儿全抖了出来。

这时，有个路人忍不住走近喝斥：“两位年轻人，你们知道这是泮池，是孔庙庄严重地吗？”

张灵扮了一个鬼脸：“否则我们就不在这儿打水仗了。”

“什么？”路人简直不敢相信自己的耳朵，他惊骇得微微发抖，把孔庙的管理先生找来，结结棍棍训了张灵唐伯虎一顿。

张灵与唐伯虎有蓬勃的精力，有狂放的性格，他们自以为英雄，藐视一切限制，对于脱轨的举动丝毫不以为意，反而沾沾自喜。

这件事被唐伯虎的老师知道了，十分忧心地教训他："老子有一句话：民之所畏，不可不畏，你们并无恶念，可是，行为轻率，你会遭到恶果，而这，实在是不必要的。"

张灵与唐伯虎耸耸肩不当一回事。

祝枝山多长一根小指头

自从唐伯虎考取秀才之后，他的父亲唐广德对这个天才儿子益发有信心。唐广德甚且时时在脑中打草稿，幻想着有一天，当唐伯虎果真高中状元时，他该如何在筵席中致答谢辞。

唐广德家中开酒楼食堂，他自己最偏爱状元糕，状元糕是用米磨成粉，中间包芝麻、枣泥之类，以大火蒸成，香糯可口，不过，唐广德喜欢状元糕，倒不是为了口腹之欲，而是讨个吉利。

唐广德递状元糕给唐伯虎之时，总会嘀嘀咕咕："我们苏州不但物产丰饶，工商繁荣，并且人文荟萃，例如晋人陆机、唐人陆龟蒙、宋人范仲淹，以后就看你的了。"

唐伯虎自己也喜欢做状元梦，尤其他生得玉树临风、英俊潇洒，可想而知，一旦夺魁必然有达官贵人选为乘龙快婿。新科状元娶媳妇，那个"乘龙快婿"四个字可不是形容词，船上会高高举灯，写着"翰林院""状元及第"，那份荣耀和威风是少见的。

船上张灯结彩之外，船头放着一顶簇新的花轿，这木制精雕（diāo）、金光灿烂的花轿，照例由八位壮汉扛抬。此外，楼船旁边且有小船相伴，呜呖呜啦吹着音乐助兴，沿途之中多少民众观望鼓掌，这正是中国读书人最为艳羡的"洞房花烛夜，金榜题名时"。

每次想到这一幕，唐伯虎就心里热烘烘的，恨不得马上金榜题名，但是，他到底生性疏懒，虽有才气，却不耐烦啃无趣的八股文，一直没去参加乡试。

状元及第、连中三元，清代房门画。

十九岁那年，唐伯虎不待金榜题名时，就娶了一位徐姓妻子，第二年生了一个宝宝，这位妻子十分贤慧，夫妻感情也挺不错，当然，唐伯虎的老婆，容貌秀丽不在话下。

可惜，这位徐氏红颜薄命，在唐伯虎二十五岁那年，一场大病之后香消玉殒，唐伯虎十分伤心，写了一首诗追悼亡妻："抚景念曩（nǎng）昔，肝裂魂飞扬。"

二十五岁这一年，对唐伯虎而言，真正是流年不利，父亲、母亲、妻子，外加出生不久的儿子，乃至刚刚出嫁的妹妹相继过世，他一口气办了五个丧事，生性多情的唐伯虎，被一次又一次的悲剧弄得肠断心碎。

唐家只剩下一个唐伯虎，以及小弟唐子重。唐伯虎一向好面子、重排场，唐家在苏州也是有头有脸的人，丧事办得不能寒酸，葬仪社的张老板看准唐伯虎公子哥儿的性格，再加上他心情沉重，素来又不会讨价还价，趁这个机会，狠狠敲了唐伯虎一大笔钱产。

唐家的酒楼一连出了五起丧事，店门外老是张贴着白纸，客人远远走避，深怕沾了晦气。没有多久，手艺精良的大厨师另有高就，擅长招呼客人的店小二接着请辞。负责采办的小李一向油滑，平日靠着唐广德的精明才制住小李，这会儿老板走了，老板娘也死了，留下的唐伯虎对餐饮完全是个门外汉，唐伯虎一向是君子远庖（páo）厨，这辈子也没进过菜市场，向来只懂得品尝美味，他哪儿晓得一只鸡多少钱、一两油多少钱，小李也知道唐伯虎是个大外行，放心大胆能捞就捞，能揩（kāi）油就揩油。

祝枝山，选自《绘图前笑中缘金如意全传》。

一年下来，唐家的庞大家产几乎耗尽，唐伯虎是个胸怀大志的人，实在也不耐烦掌理酒楼琐（suǒ）事。

在心情最郁闷的时候，幸亏还有几个知己，如张灵、祝枝山、文征明等可以谈谈心。在民间传说之中，所谓“唐祝文周”，唐伯虎、祝枝山、文征明都是确实存在的历史人物，至于周文宾，则是虚构的小说人物。

祝枝山常常为唐伯虎打气道："子畏，你的才气高，发个狠考个功名吧，这样的话，老伯也会含笑九泉。"

祝枝山名祝允明，字希哲，别人有十指，他却多了一个小指，他也不自卑，开玩笑地自号为枝山，又号枝指生。

祝枝山与唐伯虎一般天才横溢，他五岁大的时候，就能写直径一尺长的大字。

当大人把棉纸摊开铺在地上，五岁大的祝枝山握着大毛笔，飞快地写了一个大大的"缘"字，大家都拍手叫好。有个亲友跑过来，摸了一把祝枝山的头道："你这么小，字写得这么好，道理在哪儿？"

祝枝山伸出小手，神气地说："我比别人多了一根枝丫。"

祝枝山的爸爸妈妈本来以此为羞，总认为他该把手藏起来，背在身后，不料，祝枝山竟然以此为荣，不以为是缺陷，父母也就放心了。

九岁的时候，祝枝山开始写诗。再长大一点，博览群籍，文章带有奇气，经常在筵席之中，朋友出一个题目，祝枝山拿起笔来，大笔一挥就是一篇绝妙的好文章。

可想而知的，祝枝山有才气，也相当自负，这一点与唐伯虎一样，难怪同类相聚，两人会结为莫逆。

方志打压唐伯虎

唐伯虎二十五岁那年，恶运接连不断发生，父亲、母亲、妻子、幼儿、妹妹相继谢世，五个丧事办下来，家产几乎耗光，唐伯虎身心俱创，几乎也活不下去了。

幸亏身旁几个好朋友不断安慰、鼓励、打气。祝枝山对唐伯虎说："马上就是科考了，你赶快准备一下，朋友之中，你的才情最高，我们都看好你，别让大家失望。"

唐伯虎嘴角渗出一丝苦笑："这二年来，我整个人浸在丧事之中，也该擦干眼泪，好好振作起来。"说着，唐伯虎拿起桌上新写好的一首《夜读》交给祝枝山。

祝枝山朗声念道：

> 夜来欹（yī）枕细思量，独卧残灯漏转长。
> 深虑鬓（bìn）毛随世白，不知腰带几时黄。
> 人言死后还三跳，我要生前做一场。
> 名不显时心不朽，再挑灯火看文章。

这首诗的意思是说，我半夜醒来偏倚靠着枕头心中细细思量，一个人睡在床上，倾听巡夜人敲更的梆子声，我深深忧虑鬓角的白发已经出现，但不知何时能换上官服的黄腰带。有人说，人死后不甘愿辞世，还要跳上三跳，我要赶着生前，好好做它一场，非到名声显扬不甘心，因此我又起身挑灯夜战准备考试。

祝枝山翘起大拇指赞道："好，预祝你金榜题名。"

所谓"科考"，指的是乡试前一年，所有秀才必须参加的资格考试。孝宗弘治十年（1497年），朝廷派遣监察御史方志前来江南主持科考。

方志，人如其名，方方正正志向远大，他很喜欢自己的名字，认为这代表自身的耿介。方志是标准的读书人，非常重视礼义廉耻，他看不起舞文弄墨的诗文，他常引用孔夫子的话："弟子入则孝，出则弟，谨而信，泛爱众，而亲仁，行有余力，则以学文。"

这句话的意思是说："弟子在家要孝顺父母，出门要恭敬长上，言行当谨慎信实，广博地泛爱众人，亲近有仁德的人，如此修行有余力，再向诗书六艺上用心。"

当方志准备起身前往江南之时，有个不识趣的朋友张夏半开玩笑地说："方兄，你可知为何古来皇帝总爱梦江南，不只是江南山明水秀，最重要的是江南佳丽太迷人了，多的是秀秀气气、削肩细腰、俊眼修眉的美人儿，远非北方姑娘所能比得上的。"

方志咳嗽一声，脸上露出不悦的表情，但是，张夏浑然不觉，继续往下说："苏州妓女是天下一绝，她们见多识广，风度优雅，秀色可餐也，你一定得去享乐一番。"

方志终于忍不住了，他把脸一正道："我生平最看不起的就是这种文人无行。"

张夏耸耸肩，两手无奈一摊："好，算我没有说。"

方志到了苏州，他也发现张夏所言不虚，苏州城里的姑娘一个个容貌姣好，亭亭玉立，那一分斯文闲静，是其他地方看不到的。不过方志一向律己甚严，非礼勿视，顶多不经意的看一眼画舫（fǎng）姑娘，当然，妓院是绝不会去的。

方志到了苏州，少不得入境问俗，打听当地知名人物，十个有九个都会提到唐伯虎。唐伯虎人长得俊俏，又有一身才气，还从不知收敛，最喜欢出风头。一般守旧又才智平庸的读书人早就看他不惯，因此，纷纷背后批评："这个人是成天泡在妓女院中的。""他自认为是天下最风流的人。""唐伯虎反对四书五经，最爱风花雪月的诗词。"

凡此种种，都让方志听着不悦耳，当他听到唐伯虎与张灵曾经光着脚丫子，跳到孔庙前的泮（pàn）池中戏水，他真是受不了，霍然站起来宣布"如此纨袴子弟，管他卷子答得如何，我是绝不会让他录取的"。

这个消息传到唐伯虎的耳中，吓得手脚发软，全身冰凉，他虚软地倒在椅子上，喃喃道："完了，这下仕途不全都完了？"

文征明不平道："卷子都还没看，就先下了定论，这未免太过分了。"过了一会儿，文征明冷静下来，前前后后想了一遍道："苏州知府曹凤，算起来是我的父执辈，我找他帮忙去。"

曹凤平日就很欣赏唐伯虎的文采，立刻一口答应，第二天一大早，登门拜访方志。方志先是一副有理不能让的神态，曹凤也拉下脸来："就算唐伯虎科考不第，科考之后朝廷还有补救的录遗，到时候一定录取，人们会不会说方兄私心太过？"

方志心里想，曹凤是苏州知府，犯不着得罪他，所以，勉强答应了。不过，心中有气不能不发泄，从此以后方志到处宣传唐伯虎作风荒唐。在方志看来，他自己是在替天行道。

唐伯虎家有恶妻

由于方志的打压，唐伯虎差一点在科考之中名落孙山。受到这个教训之后，唐伯虎摒（bǐng）弃一切，在家中闭门读书。第二年，二十九岁那一年，唐伯虎终于如愿以偿，高中南京乡试第一名解（jiè）元。

这次的主考官是太子洗（xiǎn）马梁储。梁储发现唐伯虎的文章磅礴激健，雅洁深秀，不禁叹气道："真是想不到江南出现这般奇特之士。"

梁储自己有才气，也欣赏有才气的唐伯虎。他命人把唐伯虎的试卷抄了一份，郑重其事对人说："我要把这份试卷带到京里让大家传阅。"

唐伯虎对自己一向自信满满，被梁储这么一夸更是整个人飞了起来，他写了一首诗："三策举场非古赋，上天何以得吹嘘。"

经过了这场乡试，唐伯虎对于明年进京会试胜券在握，苏州的乡亲也都如此盼望着。

既然唐伯虎颇具状元相，他的夫人又已经过世，自有媒人络绎不绝上门来，一扫父母亲过世之后的冷落。没多久，唐伯虎娶了一位仕宦之家的大小姐何氏，她形体俊美，体态袅娜，与唐伯虎走在一块就是一对璧人。

新婚燕尔，小两口也快乐了一阵子，两人一块做梦，梦想一年之后，一个是新科状元郎，一个是人人羡慕的状元夫人。

有一天，唐伯虎啃八股文，实在啃得累了，顺手拿起笔来，画了一张仕女图，画中的美人儿栩栩如生，画的正是美丽可人的唐妻，唐伯虎得意万分，捧着这张画到夫人面前献殷勤，在他想来，唐妻不晓得该如何如何兴奋，一定会亲他一个笑得乐呵呵。

不料，何氏两眼直瞪瞪瞅了他半天，气得说不出话来，用指头狠命在他额头上戳（chuō）了一下，"哼"了一声，把画往他怀里一摔，一张脸凶得像个母夜叉，嘟嘟囔囔道："还剩几天就要进京了，你还有闲情作画？你有没有为我设想过？"

从此以后，开始冷战三天。唐伯虎觉得好委屈，何氏更是气坏了，从早到晚拿着帕子擦眼泪。

唐伯虎傻了眼，心想，假如明年高中也就罢了，否则，一定天天开战，他不晓得为什么运气这么背，讨到如此不可理喻的恶妻，想唐伯虎如此俊俏风流，真是瞎了眼睛。

当天晚上，唐伯虎实在无心啃四书五经，随手拿起一本唐人所写的《因话录》，其中有一段真实的故事：

唐朝有一个人，名叫赵琮（cóng），他娶了一个妻子是钟陵守将的千金。新婚没多久，赵琮入京赶考，这一去就杳无音讯，赵琮年年名落孙山，也就只有一年熬过一年……

赵琮入京之后，赵妻搬回娘家住，钟陵守将家境丰裕，自然不愁多一个人吃饭。但是，这个女婿年年不第，久而久之，连家中的下人也对赵妻白眼相向。

唐朝人欢喜打扮，唐朝妇女都是珠光宝气，赵妻的发簪首饰都典当光了，换取一点小小的零花用。嫁出去的女儿是泼出去的水，她也不好意思向父亲开口，因为父亲也不会答应的。

有一年元宵佳节，军队中有高官请来戏园子唱戏，并且在广场之中搭棚，凡是有头有脸的人家都搭起了帐棚，看戏之外，也是各家家眷争奇斗妍的时刻。

清代进士匾额。

赵妻怯生生对父亲说："我也想去看看热闹。"

"不行，你瞧你一身寒酸相。"守将一口拒绝。

"那我躲在布帘后，和厨房的师傅在一起。"

"好，你就跟下人在一块，可不许出来丢人现眼。"

守将瞪了女儿一眼，快步走了出去，赵琮这个女婿不成材，害守将每次见到女儿就觉得心烦。

元宵节的戏唱了一半，忽然有节度使派人快马来找守将。

守将心惊肉跳，快马赶到节度使前。

节度使问守将："赵琮是你什么人？"

守将心想，该死，一定是赵琮在京里惹了事，连连撇清："赵琮是小婿，不过流落在外，久不通音讯。"

节度使笑答："别急，赵琮进士及第。"说着，把手中的榜书交给守将，守将擦擦眼，仔细看看没错，谢过节度使之后，又飞奔折回广场。

守将骑着马一路高喊："赵琮及第……"这时家中亲友连忙撤去帷帐，把赵妻迎了出来，有人送披肩，有人急忙把发簪插在赵妻头上，还有人取出脂粉帮她上妆。

于是，本来被迫关在帷（wéi）帐后面，跟着下人打杂的赵妻，立刻成为座中首席，父母向她敬酒。

看到这儿，唐伯虎原谅了妻子，整个社会大环境如此，他怎么能怨叹家有恶妻。

唐伯虎进京赶考

明朝弘治十二年（1499 年），自信十足的唐伯虎入京赶考，他临走之前，搂着爱妻的腰肢道："等着当状元夫人吧。"

与唐伯虎结伴而行的是徐经，徐经肚子里也很有些墨水，同样是个翩翩美男子，他二人是在游湖时认识的，彼此都仰慕对方的丰采，一见如故，结成深交。这一回同时参加科举，苏州地方人士都等着他们光耀门楣。

唐伯虎虽然表现得一脸不在乎，心头上的压力还是沉重无比，他对徐经说："到了京城里，咱们找一个地方安静下来，赶快再温习一下功课吧。"

徐经却摇摇脑袋，以权威的口吻说："一个人能否平步青云，仕途坦荡，重点不在于学问，而在与权贵的交情，我们不妨利用考前的时间，多多拜会大老。尤其阁下的才名，经过梁储的宣扬，多少人等着见你这位江南才子，怎能不露露脸？"

唐伯虎被徐经这么一吹捧，心里头乐滋滋，他这个人又一向爱热闹，喜欢交朋友，所以马上就改口："对对，是该去见见前辈，开开眼界。"

徐经笑道："这才对嘛，你看，我带了大批江南土产，为的是什么？"

唐伯虎看到徐经连礼物都打点好了，推了徐经一把："老兄真是策划周详，心思细密。"

徐经昂首一笑："可不是吗？"

到了京城，住进旅舍，到处都是前来赶考的举人，彼此表面热烈寒暄（xuān）着，暗地里互相打量，等着一决胜负。科举的优点是公平拔举人才，缺点是优秀青年的成败荣辱全部押在里面，成为你死我活的争夺战。

唐伯虎与徐经原本气质非凡，看起来与众不同，穿着打扮又特别讲究，他二人各跨一匹鞍辔（pèi）鲜明的大白马，后面跟着六名家僮，手里捧着精美的江南名产，一路上行人指指点点，所谓"白马王子"当如是也。

他二人到了太子洗（xiǎn）马梁储的府宅，梁储原是唐伯虎参加乡试的主考官，对唐伯虎欣赏得不得了，他亲切地握着唐伯虎的手，由衷赞叹着："这一战而霸，是一定的了。"

唐伯虎报以谦虚的微笑，心中禁不住得意，这"一战而霸"四个字用得妙，于是奉上了一座精致的小小的花梨屏座。

梁储一边把玩着，一边夸道："果然细致，范仲淹曾言，天下之有学自吴郡始，苏州读书人的文玩也特别多。"

徐经接着说："可不是吗？苏州象牙、紫檀、铜、瓷、玉器，无一不精，算是相当有特色的古玩。"

由于气味相投，三个人聊得好开心，最后，他二人离座长揖："末学后进，还要请老前辈多多指教。"

梁储也还了礼，笑嘻嘻送别两位年轻人，心中高兴地想着："多俊的两个青年，这场大比就看他们的了。"

拜别梁储出来，唐伯虎感激地握着徐经的手道："多谢兄台，这些礼物全是你破费的，不知何以为报？"徐经昂首大笑："等你当了状元还愁不能报答吗？"然后感叹道："这该谢谢我父亲，他为我准备如此华丽的行装，如此宽裕的费用，让我们能够在北京城大举结交，广通声气。"

李东阳，选自《历代名臣像解》。

离开了梁宅，他俩又去拜见李东阳。

李东阳，字宾之，湖南茶陵人，天顺年间进士。他也曾是个天才儿童，才四岁大时，就写得一手好书法。明景帝听说京城里出了一个小天才，特地召见试试看。

小李东阳进来了，胖嘟嘟的，红咚咚的，穿戴整齐，一摇一摆往前走，因为才四岁，脚步不太稳，有点像个小鸭子。

虽然是个小不点，却毫不惊慌，肥肥软软的手用力握着笔，棉纸铺在地上，他大笔一挥，写了一个直径一尺的“福”字，圆润、饱满、有力，真不像是四岁小宝宝写的。

景帝好喜欢李东阳，招招手，唤他过来。李东阳来了，景帝将他一下子抱在膝盖上，亲切地问道：“你是不是小胖子？”

“是！”李东阳嗓音轻脆，大家都笑了起来。

“小胖子几岁？”景帝又接着问。

“四岁。”

接着，景帝又问他还会写什么字，家里有些什么人，景帝逗着他玩了半天，才依依不舍放他走。

李东阳历任礼部尚书，文渊阁大学士，他工于古文，典雅流丽，朝廷大著作多出自其手，他又工篆隶书，多才多艺。

唐伯虎颇以才学自负，但是，想到马上要见到李东阳，他还真是又紧张又兴奋又不安。

明朝科举严防作弊

唐伯虎与徐经入京赶考，徐经主张应该多结交权贵，为日后仕途铺路，因此他二人见过了梁储，又来到李东阳府第。

唐伯虎对徐经说："听说东阳先生原本饮酒有海量，初官翰林之时，常饮酒至深夜。有一回，他大醉而归，发现父亲在冬夜之中守候，心中不忍，当下决定滴酒不沾，可有此事？"

徐经道："确有此事，东阳先生尤爱提携后进，胸襟大度，让人佩服。"

他二人递了名帖，李东阳亲自出迎，并且为家中其他客人一一引见："这位是唐伯虎，是今年的南元也。"

所谓"南元"，乡试第一，称为"解元"，江南乃人文荟萃之地，南闱向为人们所看重，因此称为"南元"。

李东阳又指着徐经介绍："徐家乃江阴著名富人之家，才具不凡。"

唐伯虎的大名，经过梁储的吹捧，座中客人早已耳熟能详。这一回见到本人，丰神俊逸，吐属隽（juàn）妙，论诗文、谈文物，从容周旋，谈笑风生，一片欢洽热闹。

拜见过李东阳，他们又挑了日子去见程敏政。

程敏政与李东阳一般，同样是少有神童美誉，他父亲程信原任南京兵部尚书，后来到四川为官，巡抚罗琦听说程敏政的文才，献宝似的推荐给明英宗。

明英宗当场给程敏政考了试，发现果然不同凡响，命令他以后在翰林院读书，还发给粮食。这一年他才十岁。

程敏政既然如此优秀，眼看前程无量，朝中人自然争相交结，十多岁时，学士李贤就把爱女嫁给了他，程敏政果然也不负众望，成化二年（1466 年）进士及第。

程敏政家世优越，才情又高，走到哪里，头都抬得高高的，也不太瞧得起一般凡俗之辈，所以人缘奇差。但是，他的眼光是精确的，心肠是温热的，所以，他毫不犹疑地接见唐伯虎与徐经，并且极力赞美。

接连下来几天，他二人又拜会了吴宽等苏州前辈，以及吏部尚书倪岳等人。

这时候的唐伯虎，耳朵里听到的，全是一片赞美之声，心里头感受到的，全是热烘烘的温暖。缺乏阅历的唐伯虎没有想到，举凡梁储、李东阳、程敏政都是才德兼备的谦谦君子。因为他们有才情，他们才懂得爱才、惜才、怜才。因为他们有道德，他们气度宽广，乐于见到青年才俊出头。不过，这并不是世间经常有的美事。

对于其他考生而言，徐经与唐伯虎的嚣（xiāo）张，不仅是反感，简直是厌恶到了极点。任何两三个举子在一起，都可以把他二人狠狠数落一番，偏偏他二人浑然不觉，大声讲话，放纵狂笑，沾沾自喜。

这一回，朝廷点中的主考官正是程敏政与李东阳，难怪人们议论纷纷："唐伯虎当状元是囊中取物嘛。"

依照规定，会试一共考三场，每场连入闱（wéi）出闱各三天。

明代考场戒备森严，科举制度左右考生全家族的荣辱，难免有人想作弊，中国考场的作弊史那真是洋洋大观。

明代八股取士，最讲究引经据典，既然要引，就不能错一个字。因此，考生千方百计设计小抄，把四书五经抄在小纸条上，塞

参加科举考试的人用以作弊的夹带，上面写满备考的内容。

到鞋底、腰带、袜子、帽子，甚且就写在衣服背面，趁着老师不注意，偷偷抄上一段。这种作弊的心情滋味，凡是学生当都能体会。

明朝为了防止作弊，动用士兵搜查考生，士兵们一辈子没资格应考，也永远当不成大官，难得有这个机会，修理一下未来的大官，所以搜身十分严格。

唐伯虎虽然听说了搜身这件事，亲身经历，仍然不能接受，进入考场之前，门外站着二名凶神恶煞的搜检军，恶狠狠对着考生，考生一个个轮流接受检查。

这个检查可严格着，先把头发整个摸过，确定里面没有藏纸条，然后，考生把衣服解开，从头到脚，仔细搜身，不论肚皮、膝盖，不论脚趾、肛门，都一一查遍。

唐伯虎被摸得浑身不自在，这简直是斯文扫地嘛，太羞辱人了。他想起明太祖朱元璋曾经说过：“这些考生又不是强盗土匪，怎么如此搜身？”

不但唐伯虎，其他考生一样被摸得全身鸡皮疙瘩，但是，谁也不敢有所怨言，到底，这也是为了维护科举制度的公平，任何事都有利有弊啊。

程敏政涉嫌考场泄题

唐伯虎终于来到京城，参加科举考试，他自信十足，志得意满，甚且他的画上，已经盖上“南京解元”的图章。

明朝科举防弊甚严，唐朝时代，大诗人王维曾经向公主自荐诗文，成为头名状元，唐朝试卷是不弥封的，亮敞敞地让主考官看。到了宋代，把考生的名字给糊了起来，防止考官徇私。到了明朝，不但弥封试卷，试卷拆封之后，还让人整个抄过，再拿给主考官阅卷，免得主考官认出考生的笔迹，或者考生在试卷之中暗藏玄机，与考官互通声气。

这次考试的题目是由程敏政与华昶（chǎng）一块命题的，其中最难的是第三场考策论，一共五道题，其中有一道题“四子造诣（yì）”十分冷僻，一般考生都抓耳挠腮，不知该如何下笔。

唐伯虎倒是运气不错，他一眼就看出这道题的出处，洋洋洒洒写得十分尽兴。唐伯虎是个藏不住话的人，一出了场，忍不住眉飞色舞大大吹嘘。其他考生对着卷子发呆已经够难过的，再看唐伯虎满脸飞金的模样，心中当然更不是滋味了。

其中一个考生不免酸溜溜地说：“也许他早就知道题目了。”

这话一传开，其他考生也心有同感，就是嘛，你我都十载寒窗，日夜苦读，也未曾见过“四子造诣”，怎么唐伯虎这么一个不甚用功读书，派头十足的公子哥儿倒能破题，分明其中大有文章。

几天之后，程敏政阅卷之时，一面看卷子，一面大摇其头，口

东篱赏菊图，明唐寅绘。

中连连不断地叹气："哎，程度太差了。"一直读到最后，有两份卷子，不但切题，而且文辞典雅，程敏政一拍大腿道："这一定是唐伯虎与徐经的卷子。"

此话一出口，大祸酿成，一旁的给事中华昶（chǎng）立刻连夜上书明孝宗，弹劾程敏政，控诉他接受贿赂，泄漏试题。

原来，程敏政与华昶分属于朝廷之中两派势力，这一回，朝廷派了李东阳、程敏政担任主考官，已经让华昶这一派不是味道，尤其唐伯虎与程敏政走得如此近，未来唐伯虎一定是程敏政这一派的要角，并且这一对座主门生的关系想必十分亲密。

所谓座主就是主考官，中国社会由于重视科举，重视状元及第，连带的，主考官在社会上地位崇高，无与伦比，及第的进士为了感谢主考官的青睐（lài），自称为门生，也希望考官日后多多提拔照顾。

当然，这一方面也是中国人饮水思源的报恩观念，唐朝大文学家柳宗元曾经说过："凡是自称为门生，而不知道报恩的人，简直不配被称为人。"

通常来说，门生对座主是一辈子效忠到底，互相吹捧，你抬我，我抬你，汇合成为一股势力。

唐朝崔群有一次与夫人在花园之中闲聊。

夫人问崔群："你何时为我们的儿子在各地置庄园？"

崔群笑一笑："我早已在全国各地，设置了三十处美不胜收的庄园。"

夫人很生气，责问道："奇怪，我怎么不知道？"

崔群哈哈大笑："前年我当主考官，录取了各地三十名考生，这不就是三十处最美丽的庄园吗？也是我们子孙后代最可贵的资产啊！"

崔群的话，充分表露了座主与门生之间亲密的网络关系。

唐伯虎太优秀了，他的才气逼人，谁都看得出来。他的热情念旧，也是大家都能一旁观察到的。唐伯虎来到京城，没有拜会华昶，华昶已经不开心了，他也私心盼望，有这么一个露脸的门生，所以酸葡萄心理一发作，马上就向皇帝参了一本。

明孝宗早朝之时，看到了奏章，大吃一惊，科举是全国瞩目之事，出了泄题案，全国都会沸沸扬扬，孝宗又是最重视道德操守的人，当下决定，命令程敏政离开闱场，停止阅卷工作，改由李东阳阅卷。

同时，华昶一派的官员，纷纷落井下石："唐伯虎是梁储的得意门生，梁储一天到晚吹捧唐伯虎，大力向程敏政举荐。前些时日，梁储奉旨出使江南，唐伯虎出面摆酒饯行，席上彼此唱和题诗，唐伯虎还准备把这些诗印成集子，请程敏政作序，程敏政也答应了，可见这批人结为朋党。"

古代中国皇帝最怕人结朋党，成为小圈圈、大力量，明孝宗一听，无名火起："这是文人无行。"

于是明孝宗下令，把程敏政、唐伯虎、徐经一块逮捕入狱。

唐伯虎的冤狱

由于程敏政在阅卷之时，一时兴奋，脱口而出：“这两份卷子答得如此之好，一定是唐伯虎与徐经的。”华昶据此向明孝宗参了一本，于是孝宗下令，程敏政停止阅卷，徐经与唐伯虎逮捕下狱。

程敏政的阅卷改由李东阳负责，事实上，后来发现，程敏政赞美的这二份卷子，根本不是徐经与唐伯虎的。按理说来，这件泄题案水落石出，应该可以告一个段落了。

华昶这一派，却紧咬不放，非把程敏政斗倒不可。再加上明孝宗个性严谨，素来痛恨文人无行，也认为该给唐伯虎这种轻薄读书人一点教训，因此程敏政、徐经、唐伯虎一起留在牢里。

唐伯虎直直地躺在牢里，他心想，他一定是在做梦，在做一个最坏最糟的噩梦。可是牢房里的尿骚恶臭，一阵阵袭来，又是这般真实。天啊，唐伯虎心中呐喊着：“我怎么没当状元，反而成了阶下囚呢？”

“吱呀”一声，狱卒来了，丢下一碗牢饭。唐伯虎端起来，只觉得恶心，黑黑的、脏脏的，还有一股腥味，不晓得是什么难吃的东西，因为实在饿极，他勉强塞入一口，“哇”一下，全部给吐了出来。

想唐伯虎自幼锦衣玉食，家里开酒楼，苏州人又一向特别讲究美食，即使后来家道中落，他在饮食上也绝对精细。谁能料到翩翩浊世佳公子，居然会沦落到吃牢饭，唐伯虎简直恨不得一头给撞死。

第二天一大早，公堂开审，中国人一向最爱看热闹，何况是公审南元，南元是江南地方选出来的解元，唐伯虎又是出了名的风流潇洒，自然格外轰动。

唐伯虎自幼俊美体面，从来最爱出风头，从来最爱人们紧盯着他不放。今天，头一回，他想用衣服盖住脸，或者，找个地洞钻进去。

他听到人群之中传来的刺耳批评：“喏，原来那位白面书生就是唐伯虎，人长得不坏嘛，干什么作弊？年轻人真是不学好。”

唐伯虎委屈万分，他当下就想跑过去分辩：“没有，我没有作弊，凭我唐伯虎也用不着作弊。”

唐伯虎觉得自己一颗心都碎了，他再也无法从从容容、潇潇洒洒，他觉得脑子里“嗡嗡嗡”，仿佛一窝蜜蜂在叫。突然之间“砰”的一声，惊堂木的声音吓住了唐伯虎。

公堂之上，面目阴森的主审官问唐伯虎：“你就是举人唐寅？”

“是的。”

“现在你不是举人了，还不赶快跪下来？”主审官瞪着

唐伯虎，选自《历代名臣像解》。

眼睛呵斥。

唐伯虎正在迟疑，立刻有两个衙役向前，将唐伯虎揿（qìn）翻在地。唐伯虎万般无奈，一抬头，发现徐经也正跪在一旁。

主审官用鄙夷的口吻训斥："你二人身为举人，竟然贿赂主考官，买通关节。"

"没有的事。"唐伯虎着急地抗议："事实上，后来查出来，那两份卷子也不是我们的，应该可以案情大白。"

"哼！"主审官不以为然道："你们不是到京师之后，忙着拜会程敏政，你们不是刻印了一本诗集，央请程敏政作序，他也答应了。"

"没错。"唐伯虎平静地解释："这些全是正大光明的来往，并没有行贿泄题。"

"不用刑你们是不会招的。"主审官沉着脸道："你二人存心抵赖，也怪不得本官无情，来人啊，先打四十板再说。"

主审官一声令下，两个衙役上前，用力脱下唐伯虎的下衣，另外两个行刑的差役，一左一右，用力拍打，并且数着"一啊一"、"二啊二"，听起来仿佛在拍猪肉一般，可怕极了。

唐伯虎是何等细皮嫩肉娇滴滴的美男子，才挨了十板，整个人就软趴趴地瘫了。

一看犯人昏厥，差役很有经验，马上取来一碗冷水，满满含了一口，"啐"的一声，喷在唐伯虎的脸上。

唐伯虎人醒了，脸上全是冰冷的臭口水。差役又开始毫不留情地开打，打得他直冒冷汗，牙齿不断打颤，额头上汗如豆大。

主审官再问："招不招，不招再打。"

唐伯虎知道，再打下去，他的命就完了，因此凄厉地喊道："学生愿招。"

唐伯虎痛彻心肺，昏昏沉沉，伸出虚软的手，在供词上画了押。

唐伯虎遭到妻子奚落

唐伯虎在屈打成招之下，被罚降为浙江小吏。徐经革去功名，废为庶人。程敏政漏题失职，罢去官位。这一场冤狱就这么草草定案了。

程敏政打从十岁被视为神童开始，一帆风顺，他自问没有做错任何一件事，在阅卷之时，他忍不住脱口而出叫好的二份卷子，根本不是唐伯虎、徐经二人所写的，案情应可大白，他不晓得为什么会下狱，也不晓得为什么罢官。

出狱之后，程敏政从此不再有笑容，那苍白的脸色，深锁的眉宇，时时可以听到的长吁短叹，让家人十分发愁。

“你心里苦，不妨哭出来吧。”程夫人安慰道。

程敏政开始哭，大哭特哭，一面哭，一面用力捶胸：“我这就叫多言贾（gǔ）祸，我干什么如此多嘴，当时不讲那句夸奖的话，不就什么事也没有?”

程敏政不能原谅自己，也痛恨对手斗争的狠毒，他大声痛哭，哭得浑身发抖，哭得气促声断，没有多久，程敏政魂归西天，他受不住如此残酷的打击。其实，这件案子谁都清楚他是冤枉的，如果他沉得住气，潜沉几年，重新复出的可能性不是没有，可是程敏政自幼受英宗赏识，师长爱护，以文章、以德行名重一时，他闯不过这一关。

同样的，唐伯虎也受不住这沉重的一击。

此刻的唐伯虎眼光呆滞（zhì），神情落寞，早已看不出原先的玉树临风、顾盼自雄，他也是无限委屈，痛恨人心险恶。

唐伯虎在写给文征明的信中，吐露了内心的懊悔：“我当时如同基础不稳固的城墙，人人侧目，自己还得意，我从容微笑，不知道已身陷虎口，小人的谗（chán）舌遭来了天子的震怒，监狱中身贯三木（三木是古代套在犯人头颈、手、足的刑具），狱吏如狼虎般凶暴，举头抢地，哭得我涕泗滂（pāng）沱。”

唐伯虎终于明白，中国社会之中“满遭损，谦受益”的古训，可惜，大错已经铸成。

至于被罚为小吏，担任官府之中管理簿书档案的小公务员，这件事，唐伯虎不肯干，他甩着衣袖道：“我宁可卖画为生，也不屈就小吏。”他晚上睡在床上，心潮起伏，难以入睡，无边的悔恨交加，如利爪一般，撕裂着唐伯虎的心。

唐伯虎该回家了，他一想到回娘家等好消息的何氏，就恨不得自己可以赖在床上，永远永远不要起来。

自从唐伯虎入京赶考，何氏便回家守候，因为唐伯虎乃江南解元，颇具状元相，所以，何家人都用现成状元夫人的眼光看着何氏。

何氏对未来抱持无限信心，何父同样十分乐观。何父对女儿说：“咱们可是官宦世家，唐伯虎不过是开酒楼的白衣秀才，如果不是他文才高，中了解元，马上即将取得功名，我们何家哪儿会与唐家联姻。”

何氏也笑眯眯地回答父亲：“我相信，报喜的马上就会来了。”

“记着，准备一些赏银。”何父丢下一句话，也在盼着唐伯虎的好消息。

春试已经放榜，报喜的始终未来，何氏着急地在花园里转来转去，她一个人待在房间里，简直是坐不住。

何氏正在着急，张灵突然来了，一向玩世不恭的张灵，今天却是愁眉深锁："都元敬有信来，信中提到，唐兄因为牵涉到试场弊案，已经逮捕下狱。"

何氏一听，立刻昏厥，幽幽醒来之后，手脚冰凉，汗流浃（jiā）背，她心里空空的，拖着脚步向前，这个世界似乎与她无关。何家上上下下都知道了，何氏十分惶恐，不晓得该怎么办，连一向最疼爱她的父亲也不客气地下逐客令："你还是早点回到唐家吧。"

何氏回了家，满肚子的委屈与不满，她从小脾气就不好，这会儿更气得到处掼（guàn）东西，一面丢，一面骂，她不知道，为什么这般命苦，守了半年的空房，换来一个坐过牢的丈夫，这样窝囊，害她丢尽颜面的丈夫，真是不要也罢，她原先还指望妻以夫贵的呢。

唐伯虎终于回来了，一脸的落寞呆滞，眼中闪烁着泪光，他受伤惨重，他此时此刻，多么需要妻子的安慰。

何氏一言不发，烫了一壶酒，用最不自然的声音数落："官人一定记得，当初讲好的，待官人金榜题名归来，咱们夫妻同醉一场，共饮状元红，请官人喝了这一杯状元红吧！"

"不要再说了！"唐伯虎痛苦地喊了一声，用乞怜的眼光望着何氏，希望她住口，不要再说下去。

"你不喝，我喝。"何氏一饮而尽："我真是好福气，嫁了这样一位坐过牢的才子，真是前世修来的福气。"

唐伯虎受不了，拿起酒杯往地下一扔，他悲哀地发现，没有功名之后，美丽娇艳的妻子变成了母夜叉。

文征明情深义重

唐伯虎一心以为能够高中状元，衣锦荣归。不料遭到冤狱，带着创伤，回到苏州。

唐妻何氏天天哭个不停，唐伯虎忍耐不住，终于大吼道："你可不可以不要哭！"

何氏被唐伯虎的怒气吓住了，她紧闭双目，张大嘴巴，强忍着不让自己哭出来，却不断不断地掉眼泪。

唐伯虎的心情沉重到了极点，他叹一口气说："难道你一点都不能够了解，我现在需要的是安慰与谅解。"

"哼，"何氏哗的一下叫了起来："喂，你需要安慰与谅解，那么，谁又来安慰我呢？想我一个官府大小姐，迷迷糊糊嫁给了你，什么才子，专门舞弊的才子。"

唐伯虎不想再吵下去，他捣着耳朵，赶紧离开。

其实，在这个人生困难的时候，他们夫妻二人最需要互相安慰，彼此体谅，而不是像刺猬一般相戳。毕竟二人感情不够坚固深厚，他们抗拒不了外在险恶的环境。

唐伯虎甩甩头，冲了出去。迎面而来家中的老黄狗竟然扑了上来，仿佛逮着小偷一般，"汪汪"叫个不停，果真是"狗眼看人低"，看唐伯虎现在落魄了，连家中老狗也跟着欺负。

唐伯虎正在叹气，低着头往前走，差一点与小厮兴儿撞一个满怀。

“对不起！”唐伯虎不自觉地往后缩了缩身体。

谁知兴儿竟然没好气地顶撞：“你走路不长眼睛吗?”眼神中尽是不屑。

唐伯虎好难过，他写了一封信给文征明：“僮仆据案，夫妻反目，旧有狞狗，当门而噬（shì）。”

唐伯虎满心酸楚，一肚子的眼泪，他到哪儿去呢？想来想去，只有去勾栏人家买醉。有那唐伯虎旧日的老相好，倒是十分温柔体贴，可是妓女院中的老鸨，脸色可难看极了，事实上，他现在也没有心情偎红倚翠，耍什么风流。男人的事业失败，就是一切的失败。

一向高高傲傲的唐伯虎，失魂落魄地走到了伍子胥庙。这座庙，他自小常常游玩，他也晓得伍子胥受冤的故事，可是这一回，由于唐伯虎自己遭到如此大的痛苦，他突然了解了伍子胥内心深处最沉重的痛。

唐伯虎望着伍子胥塑像，斑斑驳驳，腰间佩的宝刀，只剩下了半截，他突然心中一股说不出的愤懑（mèn），拿出笔墨，在墙壁上题了四句诗：

白马曾骑踏海潮，
由来吴地说前朝，
眼前多少不平事，
愿与将军借宝刀。

唐伯虎真恨不得手上有一把刀，可以挥砍，砍掉世间种种不公平！唐伯虎回到家里，文征明等几个朋友已经在等他，文征明看着唐伯虎一脸惨淡，叹口气道：“子畏，我明白你所受的委屈，旁人嘲笑你、议论你，我们几个好朋友却永远支持你。”

文征明，选自《历代名臣像解》。

唐伯虎投以感激的一瞥（piē），大有患难见真情之慨。

“子畏，”文征明又恳切地说：“虽然你去浙江当一个小吏，的确是大材小用，委屈你了，可是，吏部的限期快要到了，你再不去上任，又是一件祸事。”

“我不去，”唐伯虎霍的一下站了起来，恨恨地说：“我宁可死，宁可再打四十大板，打死算了，我绝不去当个小吏，士可杀，不可辱。”

文征明皱着眉头，思索了半天，缓缓道：“这样吧，我帮你写封信给吴宽老伯，托他找浙江巡抚，给你打一声招呼，替你除名算了。”

“好。”唐伯虎应了一声。

文征明又拉着唐伯虎的手，殷殷劝道：“记得吗？立春之时，我们为你饯（jiàn）行，希哲兄（祝枝山）送了你一句话：‘人生岂有定，日月亦代明’。”

“人生岂有定，日月亦代明。”唐伯虎一个字一个字念着，是啊，人生的遭遇岂有一定，就是太阳、月亮也是互相交替映照人间，这个世界上，到底没有一帆风顺的事。

文征明又说："记得你当时离开后，希哲兄曾经说：你热情爽朗、胸无城府，把这个世界看得太简单、太容易，他很担心，你要是受了打击，恐怕会站不起来。哎，如今被他不幸而言中，我只好送你一句话：功名难求时，才名应远扬，你好自为之吧。"

唐伯虎握着文征明的手，他心想，幸亏人生还有几个好朋友，人生，实在是几个好朋友互相支持走过来的啊！

徐素素红粉柔情

唐伯虎经历了一场莫须有的考场弊案，身心俱创，幸亏好友文征明殷殷相劝，心里头才比较舒坦。

文征明一走，唐妻何氏又开始念经："还不赶快读读八股，你不想去考功名了啊？"

唐伯虎听着便烦，懒得吵架，他铁青着脸往外走，何氏追上来，非常生气地问："你又要去找妓女？"说着，呜呜哭了起来。

唐伯虎正不知该何去何从，被妻子这么一提醒，头也不回去找徐素素。

苏州美女是出了名的，也许是地理环境，也许是山川灵气使然。不过，中国文人偏爱苏州名妓，倒不全然是为了外表美貌，她们多半极有文学修养，风度优雅，谈吐不俗，在唐伯虎眼中比起粗鲁不文、浅薄鄙俗的官场中人，这些妓女，不晓得高明多少。

徐素素见着唐伯虎，忍不住握着他的手道："你瘦了。"

唐伯虎呆呆地点点头。

徐素素心一酸，眼前这个唐伯虎神情落寞，两眼无神，哪儿是那玉树临风、潇潇洒洒，欢喜开玩笑逗趣的唐公子，由此可见折磨之深。

徐素素人如其名，清清淡淡，素素雅雅，穿了一袭白衣，唐伯虎最欣赏素素这分静谧（mì），见到素素的安闲，他似乎也跟着平稳下来。

素素浅浅一笑，柔声劝道：“相公，不要如此颓（tuí）丧，你的才情，谁人不知，谁人不晓，历来状元有多少，又有几人能与你相比？”

屡受打击的唐伯虎心中为之一暖，他不明白，为什么家中的妻子就不能这么安慰一两句。唐伯虎抬起头来，发现素素那柔腻如羊脂玉般的颈子，几乎与一袭白衣分不出界线，伯虎笑曰：“素素，你真美，唱一曲吧。”

吹箫仕女，明唐寅绘，南京博物院藏。

徐素素回头使一个眼色，一名青衣侍儿递来琵琶。素素低首拨弦。她发声轻柔，小曲轻唱，回肠荡气，听得唐伯虎如痴如醉。

“唱得好！”唐伯虎赞赏道：“再来一首。”

素素又半侧着脸，拨弄琵琶，吐出呖（lì）呖的轻声。

唐伯虎一面听，一面在想，假如不是这场冤狱，自己现在是状元，该有多么风光，甚且假如没去参加过考试，悠哉游哉继续当个“江南第一风流才子”也不坏，这“江南第一风流才子”可是他自封的，也自认为当之无愧，现在最惨了，颜面丧尽，仿佛成了一只过街老鼠，人人喊打，不，他不要。

想到这儿，唐伯虎猛烈甩头，他痛苦地闭上眼睛，泪水不自觉又不听话地往下奔窜。

面对如此光景，素素也声音哽咽，再也唱不下去了。

素素放下琵琶，绞了一把热毛巾，亲切温柔地为唐伯虎擦了一把脸，然后，奉上一杯热茶，恳切万分地望着唐伯虎道："相公，千万不能自暴自弃，想想写《史记》的司马迁，他所受的痛苦，千百倍于你，假如不是那场腐刑，也许就没有《史记》一书。"

素素的一番话，竟然正是唐伯虎最近心里的话，他惊异地望着素素，没有料到，苏州娼家，出言吐语，如此隽妙深刻。

司马迁当年因为李陵投降匈奴，他为李陵讲了几句辩解的话，惹得汉武帝大怒，把司马迁给阉了，成为如太监一般不能生育的人。

中国读书人一向最看轻太监，司马迁陷于最大的悲痛与耻辱之中，发挥了史才文才，创作了历史不朽的《史记》。

这一段历史，唐伯虎太熟悉，但是直到他受到冤狱，受到杖刑，受到妻子嘲笑、恶狗咆哮、僮仆歧视，他发现，他体会到司马迁的精神痛苦。

于是唐伯虎坐直身子，对素素道："你懂音乐的，司马迁受刑，对他个人而言，诚然是一个太大的不幸，但是，从此之后，他的文章仿佛一杯浓烈的苦酒，又仿佛音乐中破折、急骤的调子，那么的酣畅淋漓，痛快！"

"对，"徐素素趁机而入："因此，相公这场冤狱，也会使你的文章、你的画风更上一层楼，更深刻。"

"不，我不要。"唐伯虎一摔酒杯："我宁可画艺平凡，我不要与司马迁一般伟大，我不要！"

素素依然平静，她走过来，拍拍唐伯虎的头，好像在安慰一个小弟弟："也许上天选择了你，谁要你这么有才情。"

“是这样吗？”唐伯虎迟疑道，他讲话的口气，撒娇的方式，似乎也像一个小弟弟。

“是这样的。”徐素素肯定地回答。

走出徐素素处，唐伯虎心中好温暖，他不知道，该如何谢谢素素如此温柔的体恤。

徐素素情爱悠悠

身心俱创的唐伯虎，自徐素素处归来之后，整个精神好多了。他一字一句回味素素的话，仿佛一股暖流传遍全身，素素的美，不只是外在的容颜，而是她的慈悲与温柔啊！

唐伯虎人在家中，只觉得疲倦无趣，心中空荡荡的，似乎世界与他毫无关系，他身上这个躯体，并不是属于他的，唐妻何氏仍在念念念，成天念个不停，唐伯虎把耳朵给关掉了，因此，他也听不见妻子的唠唠叨叨。

唐伯虎勉强又勉强地在家里熬了一天。他眼前全是徐素素的身影，耳边始终响着徐素素的声音。

到了第三天，唐伯虎心想，今天再不去会一会素素，他一定非发疯不可。

唐伯虎信步走到素素处，迎面遇到了朋友李信，李信劈头第一句话就是："素素死了。"

"怎么可能，别开玩笑。"唐伯虎推了李信一把："玩笑也不是这样开的，前天我还与素素在一起。"

"没错，"李信正色道："素素是昨天投水的。"

"投水，为什么？"唐伯虎手脚冰凉，又汗流浃背，他几乎一屁股坐到地上。

李信叹气道："你晓得郭六吧，仗着身上有几个钱，娼家的鸨（bǎo）母欣赏他，他喜欢为妓女赎身，买回家去又不好好疼惜，常把人打得全身青紫，这一回，郭六看上了素素，据说出了高价。”

“这是昨天发生的事？”唐伯虎追问。

“没有，谈了个把月了，素素也没说过不答应……”

李信的话，唐伯虎听不下去了，他耳旁嗡嗡嗡叫个不停，原来，原来前天素素的活泼、开朗、善体人意、笑口常开全是为着他扮出来的，其实，素素的心中正滴着鲜血。

唐伯虎想哭，哭不出来，他捧着要炸开来的脑袋，失魂落魄回到家中。他真恨，恨老天爷为什么要把他精神唯一慰藉（jiè），这么可爱的素素给逼死了。

他跌坐在书桌之前，似乎眼前浮现素素投水前的倩影，素素身着白色披风，清冷有如冰雪，肃穆之中蕴藏无限的哀哀怨怨，她好像正以从容就义的心情叙说着：“素素不幸生于娼家，又何幸与公子相识，今生无缘再聚，不如早死，希望来生能相见。”

唐寅，南京夫子庙大成殿浮雕。

唐伯虎站了起来，素素却消失得无影无踪。

唐伯虎有些气恼，为什么前天晚上素素不把自己的困难告诉他？不过，即使诉说了又能如何？唐伯虎目前岂有为娼妓赎身的能力，就算是有，又哪儿是置妾的时机？难怪素素绝口不提，只是反过来尽力安慰唐伯虎。两相对照之下，唐伯虎惭愧极了，堂堂一个男子汉大丈夫，竟然比不上柔柔弱弱的青楼歌妓。

唐伯虎终于忍不住掩面痛哭，他含着眼泪，写了一首七言律诗：

清波双佩寂无踪，
情爱悠悠怨恨重；
残粉黄生银扑面，
故衣香寄玉关胸。
月明花向灯前落，
春尽人从梦里逢；
再托生来侬未老，
好教相见梦姿容。

幸而，唐伯虎只是写诗遣怀，没有真的殉情，因为所谓来生相聚，只是荒渺的幻想。

突然之间，他听到撕纸的声音，原来何氏走进书房，见着律诗，醋劲大发，当场撕个二段，唐伯虎醒来，急着去抢，何氏更气，把张棉纸给撕得细细碎碎，揉了又揉。

“你要撕，尽管撕，反正诗在我脑子里，等下再写一张。”唐伯虎懒得再理。

“你倒好，”何氏气坏了：“你让我遭到的羞辱还不够吗？你不但没有发愤图强，反而一天到晚逛妓院、画画，再写这莫名其妙的诗，为无耻的歌妓写诗……”何氏愈说愈气，气得身体不断发抖，她希望唐伯虎能认错，能忏（chàn）悔，能安慰她，发誓再不做这些荒唐事。何氏实在是委屈万分，她心想，换了任何一个女人，遇到这样的丈夫，也一定会活活哭死的。

唐伯虎一点也没有前去安慰何氏的意愿，他心烦意乱，他看着哭得披头散发的何氏，真有说不出的讨厌，突然之间，唐伯虎了解了佛家所说的“怨憎（zēng）会，爱别离”，就是你愈怨恨憎怒的偏偏相会，你最爱的偏偏离别。唉，人生真是苦啊！

唐伯虎效法司马迁

自从徐素素自杀，唐伯虎写了一首哀悼（dào）诗，被妻子何氏发现，双方大吵一架，两人进入了冷战期，虽然住在同一栋房子里，却像是两个哑巴，静悄悄的；哑巴还会彼此打手语，他二人却尽量避免目光相接触。

在如此沉重的气压之下，唐伯虎终于病倒了，发起高烧，面红如火，连嘴唇都烧焦了，同时口中呓（yì）语不断，十分吓人。

何氏找来医生，问了诊，把了脉，还好，只是长期劳累过度，抵抗力太差，引起了严重的风寒。

何氏送走了医生，忍不住嘀嘀咕咕抱怨："你一定是嫌我的麻烦还不够多，或者，你是想借机不碰书本，我就不晓得这样子你还想不想要功名！"何氏愈说愈气恼，泪珠不断地往下滚，她好希望唐伯虎能稍微安慰她两句，至少该有一声"你辛苦了"，或者"我也十分抱歉"。

但是何氏不明白，如此的"撒娇"是只会让人反感的，唐伯虎用力把棉被一扯，整个人钻到被窝里，恨不得用个耳塞子把耳朵给塞起来，偏偏耳旁又传来何氏刺耳的声音："你没有考中状元也就罢了，竟然还作了弊，坐了牢，害得我跟着你抬不起头来。"何氏捶胸顿足，狠狠又发泄了一番。

唐伯虎突然之间，非常了解司马迁，他也明白了何以徐素素临死之前，拿他与司马迁相提并论。司马迁在《报任安书》中形容自己："我因为说话不小心，遭遇到这样的灾祸，深为邻里乡党所耻笑，污辱了祖先，我又有什么面目再上父母的坟墓呢？因此，愁肠一日九转，我一想到所受的耻辱，没有一次不是汗水沾满了背脊。"

唐伯虎一摸自己的后背，果然，被何氏这么一提醒，想起了耻辱，整件内衣都湿透了，黏答答地贴在身上，真是不舒服。

司马迁当时是怎么熬过来的？对了，司马迁用历史上的英雄豪杰来安慰自己，司马迁说："古来富贵的人虽多半名声埋没，只有倜傥（tì tǎng）非常的人才被世所称颂。周文王被拘禁而后推演《周易》，孔子遭受困厄创作《春秋》，屈原被放逐，才撰写《离骚》，左丘明双目失明，这才编《国语》，孙膑（bìn）膝盖骨被剔掉，这才写《孙膑兵法》，吕不韦被放逐到四川，《吕氏春秋》流传后世，韩非子在秦被囚，著述了《说难》、《孤愤》，这些人都是受了委屈，心中有抑郁，所以著书论述己见，发抒胸中愤慨。"

"对，我也要效法这些人，效法司马迁。"唐伯虎把被子一掀，站了起来，大声背诵着："所以隐忍苟活，幽于粪土之中而不辞世者，恨私心有所不尽，鄙陋没世，而文采不表于后世也。"

何氏着急地跑了过来，拿了一件衣服披在唐伯虎身上："你怎么了？这样会着凉的。"何氏虽然嘴巴厉害，心里还是很关心唐伯虎的。

唐伯虎不理会何氏，又大声地再次朗诵："所以隐忍苟活……"

"你在咕噜咕噜念些什么，我听不懂。"

"你当然不会懂。"唐伯虎白了何氏一眼。

司马迁这句话的意思是说，我之所以没有自杀，之所以隐忍苟活，情愿幽禁在污泥粪土之中，是因为理想未能实现，庸碌无闻，终结一生，我的文采不能传于后世。因为这个原因，司马迁才发愤创作《史记》。

唐伯虎打定主意，他也要效法司马迁，虽然功名从此绝缘，

西山渔隐图卷，明唐寅绘。

他要让后世知道他唐伯虎艺术方面不凡的才情，他要效法《史记》一般“藏之名山，传之其人”，他不要再窝窝囊囊躺在病床之上，长期忍耐妻子讨人厌的唠唠叨叨。

主意既定，唐伯虎开始快速地整理行装，司马迁写《史记》之前，曾经在二十岁之时，展开大规模的壮游，呼吸前代文化的遗泽，才华始得尽情开拓。

唐伯虎是艺术家，不亲眼观赏名山大川，笔下怎能有生命？他早想壮游了，只是因为要考功名，不得不耽搁下来，现在，正是时候。唐伯虎恨不得立刻站在高山上狂啸，发抒自己的郁闷，又恨不得马上投身于鸟语花香之中，洗涤一身的郁闷，他轻快地哼着歌，心情顿时轻松不少，他回过头对何氏说：“明天一早我要出外旅行。”

“你还有闲暇旅行？你不想考功名了吗？”何氏又气又恼，她不晓得这个丈夫何以如此“不成材”。

唐伯虎懒得多理论，他留下一封信，拜托好友文征明代为照料，他在信中写道："我现在如黄鹄（hú）般高飞，如骅骝（huá liú，骏马）般奋起，但是我弟弟子重弱小，无法撑起门户，他衣食空绝，必将流为难民，希望你能捐一些狗马食，免得唐家绝后。"这封信写得哀恻感人，唐伯虎的家境是如此困窘，恐怕不是一般人所能想象。

文林留下“却金亭”

唐伯虎壮游去矣，临行之前，他把家交给文征明，唐伯虎的弟弟子重，不事生产外带好酒，唐伯虎真的十分担心，这个宝贝老弟会不会活活饿死。

不过，文征明家中的景况，不见得比唐伯虎好多少，他同样是苦哈哈。

文征明与唐伯虎同年，同为明朝最出色的书法家、大画家。他俩比祝枝山小十岁，唐伯虎、祝枝山、文征明以及后辈的徐祯卿共称为吴中四大才子。

中国姓名之中，文不是大姓，提到文姓，大家马上会联想到文天祥，没错，文征明正是文天祥的后裔，因此，骨子里有一分浩然正气。

文征明的祖父文洪是举人，父亲文林是进士，书香门第。文征明小时候十分老实，木木讷讷的，与唐伯虎、祝枝山、张灵的天才横溢简直没得比，但是文林一点也不担心。他常说：“这孩子大器晚成，不用担心。”

文林心胸宽广，他爱自己的儿子文征明，也爱与儿子一般大的唐伯虎，一点也不担心唐伯虎的风头盖过了文征明，文林的气度也让两个青少年更加契合，在他们之间，没有一点“文人相轻”的坏习性。

文征明十六岁那一年，文林死于浙江温州知州（地方州长官，一般人俗称太守）任内。由于文林十分清廉，死后萧条。在中国古代，一个官吏若是不贪污，肯定是日子过得相当凄惨的。

由于文林勤政爱民，地方百姓依依不舍，决定用厚厚的奠仪代表内心的崇敬，尤其几个地方仕绅，掏出的奠仪远远超过一般的行情，其中不无周济文征明的意思。

文征明的骨气很硬，他干脆来一个拒收。

唐伯虎问文征明：“何必如此，办丧事送奠仪，原是一般规矩。”

文征明坚决地摇头：“不可以，我要是收了温州大老们的厚重奠（diàn）仪，我一辈子走在路上碰到他们，都会抬不起头来，你希望我这样没骨气吗？”

唐伯虎晓得文征明的脾气：“那就只好原封不动退回了。”

“正是。”文征明坚决地把奠仪全部退回。

这下子，温州仕绅们可急坏了，他们着急地商量：

“如今，弄巧反拙，文林儿子不肯收奠仪，如何是好？”

“这个孩子真是，何必如此固执？”一位马姓老爷相当不以为然。

“我倒挺佩服这孩子的骨气。”另一位大老接口道。

这时，素为乡里敬重的王员外出

万壑争流图轴，明文征明绘。

来讲话："各位奠仪已经出了手，没有拿回去的道理，照中国人的说法，拿回来也带有丧气，大大不吉利，依我看，不如把这些钱拿来盖一座亭子，表彰文太守对温州的贡献。"

王员外的意见获得众人们的支持，于是，就用这笔钱搭建了一座秀雅的小亭子，这座亭子题名为"却金亭"，却是推却的意思。

"却金亭"落成之时，地方上的人都到齐了，知事何文渊写了一篇文情并茂的文章，记叙文林公的政绩，并且叙述由于文征明坚持不收奠仪，大家合议盖此"却金亭"。

文征明站在"却金亭"三个字下面，心中油然生起一分欣慰，仿佛对在天之灵的父亲说："我这个做儿子的，总算没丢了你的颜面。"

唐伯虎见此光景，悄悄地用手握紧了文征明的手，两个十六岁的青年互相对望，一切尽在不言中，唐伯虎的眼神，充分表露了他对文征明的一片敬爱，正如他常对文征明所说的："我佩服你，但是，我可做不到。"

文家原本不宽裕，一场丧事办下来，剥了一层皮，能典能当的，几乎全当光了，文征明也不在意，一脸"人穷志不穷"的神气。

有位父执辈李伯伯看不过去了，每回见到文征明，总忍不住问一声："早晚准备的饭菜，够不够吃？"

文征明总是回答："够，绝对够，不虞缺乏。"

李伯伯还是不相信，对着文征明看了半天，很想自他脸上看出真相。

有一回，巡抚俞谏也忍不住指着文征明的蓝布衫叹气："你这件上衣未免太破旧了吧？"

文征明假装听不懂，潇潇洒洒说："最近天气不佳，多淋了几场雨。"俞谏明白他在装傻，也知道再讲下去没有结果，只好识趣地走开了。

文征明不近女色

文征明与唐伯虎同年生，同为明朝著名的才子，同样考场失利。唐伯虎碎了状元梦，文征明也好不到哪里去，自从考取了秀才之后，曾经参加乡试，进省城赶考举人，前前后后竟然考了九次，考到最后，觉得自己人都考老了，再考下去也没什么意思，想来此生没有官运。于是，文征明决定不再参加第十次的考试。

文征明的功名之心，原本比唐伯虎淡泊，他也没有经过唐伯虎的一场冤狱，因此，虽然官场无望，文征明豁达开朗，在他看来，真才实学比什么都重要。决定不再参加科举考试之后，文征明比以前更用功，从此之后，读书是为自己读书，他钻研书本，研究书法画艺，虽然两袖清风，却是快乐逍遥。

文征明与唐伯虎是互为知己，彼此欣赏，有一点却大不相同：唐伯虎风流倜傥（tì tǎng），以江南第一风流才子自许，文征明认真固执，一辈子对女色兴趣缺缺。

关于这一点，唐伯虎觉得十分纳闷，他不止一次偏着头对着文征明细看："奇怪，男人岂有不好色、不贪腥的？我实在不了解。"

文征明总是回答："世界上有趣的事挺多，我也不了解你为什么喜欢往妓女院中钻。"

"不对，不对，一定是你没遇到中意的，你这个人太封闭自己了。"

唐伯虎始终不相信，有人会不爱美色，在唐伯虎看来，环肥燕瘦，各有千秋，在不同的美女身上，可以找到不同的特色。文征明竟然如此不解风情，这辈子真是白活了，所以，唐伯虎决定“解救”文征明。

在唐伯虎意气风发的青年时期，他曾经为文征明安排过一场“艳遇”。唐伯虎知道，如果邀请文征明赴妓院，那真是打死他这个老顽固也不成，所以有一天，唐伯虎对文征明说：“今日春光明媚，你我不如前往竹堂寺一游，祝枝山也会来。”

“好啊！”文征明不疑有他，开开心心前往。走到一半，忽然半途闪出两个埋伏的娼妓，一个肌肤细白，眉眼如画，一个黑黑亮亮，烟视媚行，两人一左一右，扭着身体，不顾光天化日，就要亲吻文征明的两颊。

文征明这个老实人，吓得直往前跑，两位歌妓没见过如此紧张好玩的男人，追上前去一左一右搂着文征明的手不放，并且亲亲热热往文征明身上挨过去。文征明发了脾气，用力把两位歌妓的手甩开，胀红了脸，指着唐伯虎、祝枝山道：“你们两个人，顽皮之极。”然后，没命似的往前奔跑，好像后头有老虎追赶似的。

文征明因为跑得太急，竟然还绊倒摔了一跤，爬起来，拍拍膝盖上的灰尘，继续没命似的往前跑。他是一个文弱书生，平时不运动，跑起来的样子又笨又拙，唐伯虎、祝枝山、两位歌妓都笑翻了。

唐伯虎一面揉揉笑痛的肚皮，一面又起了新的念头，他转动眼睛道：“下次让他没路可逃。”过了两天，文征明的气消了，唐伯虎又邀他前往石湖开怀畅饮，吟诗作乐。

文征明正在剥花生，忽然之间，一只冰冰凉凉的手从背后伸过来，抚摸着文征明的脸，文征明大叫一声站了起来，似乎见到了鬼，唐伯虎非常不以为然道：“你这个人真是不解风情，瞧她这双玉手，丰若有余，柔若无骨，如玉笋，如青葱，这么美。”

文征明急急逃开，免得被玉手捉住，突然，原先藏在舟中的

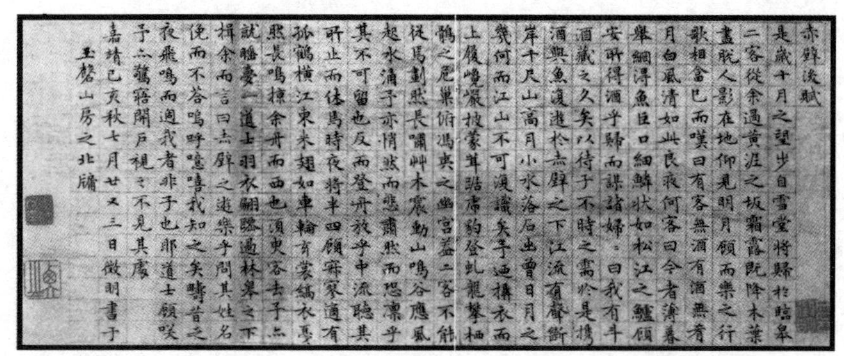
赤壁後賦
是歲十月之望步自雪堂將歸於臨皋
二客從余過黃泥之坂霜露既降木葉
盡脫人影在地仰見明月顧而樂之行
歌相答已而嘆曰有客無酒有酒無肴
月白風清如此良夜何客曰今者薄暮
舉網得魚巨口細鱗狀如松江之鱸顧
安所得酒乎歸而謀諸婦婦曰我有斗
酒藏之久矣以待子不時之需於是攜
酒與魚復遊於赤壁之下江流有聲斷
岸千尺山高月小水落石出曾日月之
幾何而江山不可復識矣予乃攝衣而
上履巉巖披蒙茸踞虎豹登虬龍攀棲
鶻之危巢俯馮夷之幽宮蓋二客不能
從焉劃然長嘯草木震動山鳴谷應風
起水涌予亦悄然而悲肅然而恐凜乎
其不可留也反而登舟放乎中流聽其
所止而休焉時夜將半四顧寂寥適有
孤鶴橫江東來翅如車輪玄裳縞衣戛
然長鳴掠余舟而西也須臾客去予亦
就睡夢一道士羽衣翩躚過臨皋之下
揖余而言曰赤壁之遊樂乎問其姓名
俛而不答嗚呼噫嘻我知之矣疇昔之
夜飛鳴而過我者非子也耶道士顧笑
予亦驚寤開戶視之不見其處
嘉靖己亥秋七月廿又三日徵明書于
玉磬山房之北牖

文征明小楷书作《后赤壁赋》。

七八个歌妓一起跑出来，莺莺燕燕笑个不停，团团围住了文征明，文征明一搔脑袋，惊呼：“我的天！”转身就要投湖，吓得唐伯虎一把捉住文征明的衣襟：“你又不会游泳，下去就没命了。”

“那么，想办法让我快快离开。”

“你别那般固执，学习享受人生。”文征明站了起来，似乎又准备投湖，唐伯虎没可奈何，招手唤来一艘小船，让文征明先行离去。

文征明坐着小船走远了，唐伯虎继续左拥右抱，在他看来，眼前佳丽，各具丰采，他神魂俱醉，飘飘然然，他永远不能了解，文征明是怎么回事，不过，经过二次恶作剧不果，唐伯虎对文征明更是佩服万分。

尤其日后，当唐伯虎惨遭打击，穷困潦倒，无法日日醇酒美人之时，他更是景仰文征明的为人，唐伯虎曾经写信给文征明，信中坦诚以告：“征仲（文征明字征仲）对于酒宴、声色、花鸟均能淡泊忘怀，虽然万变在前亦无动于衷，以前项橐（tuó）七岁作孔子老师，我长你十个月，我愿以孔子为例，拜你为师，这不是口服，这是心服也。关于诗与画，我也许还能与你抗衡，至于学问品行，我见到你，更要惭愧得掩面疾走，我只求能与你共坐一角，消除我胸中渍滓（zì zǐ）污秽（huì），假如要让后生小子钦佩仰慕前辈的规矩丰采，非阁下莫属。”

唐伯虎与文征明虽然性格不同，一个狂放、一个认真，却始终做到文人相重，着实不易。

沈周画墙壁

明朝四大画家文征明、沈周、仇（qiú）英、唐伯虎，其中文征明名列第一，可见他画艺非凡。不过，文征明始终认为，他凭借的不是傲人的才气，而是持续不断的努力。

文征明不近女色，做人认真，同样的个性也表现在他做事、做学问上面。从小，文征明的父亲文林找了吴宽教他文章，沈周教他绘画，李应祯教他书法，这三个人均非等闲之辈，也都是文林的老朋友。文征明学得勤勤恳恳，努力不懈，三位老师都赞不绝口。

其中吴宽会试、廷试均名列第一，乃有名的吴中才子。沈周更是诗书画三绝。

沈周影响唐伯虎甚深，据史书形容他是“风神散朗，骨格清古，碧眼飘须，俨如神仙。”这位神仙比唐伯虎、文征明大四十多岁，经常一起饮酒赋诗，算得上是亦师亦友。

沈周家学渊源，一家都能画画，甚且家中的奴仆婢女，也能画上几笔。他最擅长画山水，后人形容，假如家中挂了一幅沈周的山水，那么仿佛屋中有云又有雾，山川河流就像在桌子上一般。

沈周性情宽厚，虽然享有盛名，却始终没有一点架子，当他隐居在相城里有竹庄时，得罪了一个小人，竟然把沈周名字列入工匠。恰好新任苏州知府曹凤新修一座郡院，想找人去画墙壁，就把沈周也叫了去。

堂堂一代画坛大师竟然去画墙壁，而且是画红红绿绿、土里土气、俗不可耐的雕梁画栋，文征明、唐伯虎等人都非常不以为然，沈周倒是不生气，只用食指在嘴唇上撮一撮：“别吓到了老母。”

从此，沈周就天天乖乖去郡院报到，与一般工匠一般，把五颜六色涂在墙壁上，沈周看得很开，他说：“这也是老百姓该尽的义务，假如找了权贵去关说拜托，那不是更屈辱吗？”

沈周心平气和做完了工作，又回到了隐居的优闲生活，之中，过了没多久，曹凤到京里去，铨（quán）曹问他：“沈先生别来无恙？”

曹凤根本不知道沈先生是谁，又不敢承认自己孤陋寡闻，只好支支吾吾道：“很好，很不错啊。”

曹凤是个典型官僚，心想，回苏州之后得好好巴结一下这位沈先生了。

接着，曹凤又去拜会内阁大学士李东阳，李东阳劈头第一句话，竟然又是：“沈先生没有托你带书信来吗？”

“没有，没有。”

“沈先生近来可好？可有得意之作？”李东阳接着问。

“嗯，有有，有不少。”

曹凤结结巴巴，心中发慌，真害怕李东阳再往下追问，他又不胜懊恼之至，假如早知道苏州有这号人物，套个交情，顺便带个口信给铨曹或是李东阳，那可比他带来的象牙工艺品珍贵多了，曹凤真是有说不出来的悔恨。

告别李东阳之后，曹凤立刻前往吴宽处，吴宽是文征明另一位老师，当时正在京里担任吏部右侍郎。

曹凤问吴宽：“不晓得李东阳口中所称的沈先生，究竟是哪一位沈先生？”

“知府连沈周都不知道？”吴宽不胜讶异，从曹凤的无知，也可以说明这位知府大人一定是养尊处优，对于地方陌生得很，吴宽对

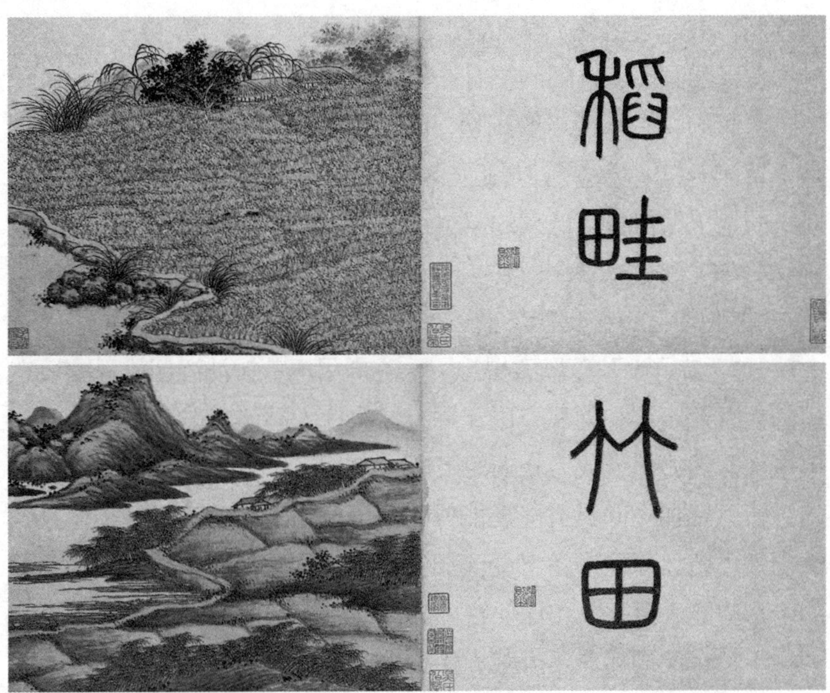

稻畦、竹田，明沈周绘。

于家乡苏州来了如此一位地方官，内心十分的沉重。

不过，曹凤既然虚心求教，吴宽也就坦诚以告：“这位沈先生乃一代大师也，才高志洁，他父亲过世之后，有人劝沈先生入朝为官，沈先生回答：‘你们不晓得我是我母亲的命根子吗？我怎能离开她膝下？’沈先生所居之处有水竹亭馆之胜，图书鼎彝（yí），充满室内，陈列四周，他又好客，结交天下名士，来访几无虚日。”

吴宽又说：“难道知府未曾闻知，沈先生每天一大早，大门未开，远方前来求画的船只，已经塞满了苏州河两岸，远自闽、川、浙、广的人络绎不绝。”

曹凤猛拍自己脑袋，心想江南果然藏龙卧虎，自己真是太疏忽了，再这样下去，恐怕乌纱帽不保，于是，曹凤赶快拜别吴宽，赶回苏州，准备亲自备了厚礼，上门拜见沈周。

曹凤回到任上，问问左右："谁知道沈周？"

曹凤的左右与他一般浅陋，问了半天，一问三不知，最后不知是谁冒出一句："对了，最近画墙壁的一位工匠就叫沈周，模样挺斯文的，工做得也挺认真的。"

"我的天！"曹凤一听之下，差点没昏倒，他气坏了，大声骂人："你们是存心害我死。"

"这下完了！"曹凤急得想哭，沈周用不着加油添酱，只要让京里的大官们晓得，曹凤有眼无珠，把当代大画家当成工匠使唤，单单这个罪名，他就成为众人的笑柄。

曹凤好在一向具有能屈能伸的官场本领，马上备了厚礼，直奔沈周处，曹凤原已准备接受沈周的奚落，然后，曹凤再摆一桌酒赔罪，希望能大事化小，保住官位。

不料，沈周完全不介意，轻松谈笑，曹凤却没法笑得自然，回来之后，有人告诉曹凤："沈先生一向宽厚，有一回，邻家丢了东西，硬说沈先生家中的是他家的，沈先生就让邻居拿了去，没多久，邻居找回失物，这才惭愧地把东西送还，难得的是，沈先生一点也不计较。"曹凤这才安了心。

沈周大度大量，由于格局宽广，表现在画艺之上也是大开大阖（hé）。

沈周的假画

沈周是明朝首屈一指的大画家，苏州知府曹凤有眼不识泰山，把他当成工匠，吆喝他去画墙壁。沈周也不生气，笑嘻嘻地完成任务。

沈周的学生文征明对老师的涵养十分佩服，文征明说：“我终于了解孔子说‘人不知而不愠，不亦君子乎’的道理了。”愠是生气，人家不晓得他，不了解他，君子是不会生气动怒的。

沈周还有一点，让文征明钦佩得五体投地。由于沈周大名鼎鼎，他的画十分抢手，无论农夫小贩向他要画，他总是能给就给，大方之至。

既然索画的人络绎不绝，把苏州河都塞满了，很自然的，许多人模仿沈周的画牟利，沈周的赝（yàn）品到处充斥，他一点也不在意。

曾有一个叫王六的最为过分，他模仿手法粗劣，尤其是书法奇糟无比，要知道中国人绘画，非常讲究落款，沈周画好，书法也是一流，这个王六的字歪歪扭扭，一个字大一个字小，像小孩子写的，当然旁人一看便知假货，因此销路不佳。

王六也妙，竟然突发奇想，跑到沈周面前，双膝落地，哭哭啼啼：“我家有老母，就等这几幅画换药钱，可是我的画又卖不出去，假如大人在上面题几个字，我的老母亲就有救了。”

这个王六一脸无赖样子，天下还有人拿了假画要求题字，沈周的家人，气得火大，拿起扫把就要把王六给轰了出去。

岂料沈周居然和颜悦色说：“既然这样，你就把画都拿来吧。”

众人一听，就差眼珠没有掉出来，王六大喜过望，真的捧来一堆不堪入目、看着让人又好气又好笑的图画。沈周眉头也不皱一下，一一耐心题字落款，还给盖上鲜红的印章。

沈周的家人门生对此相当不以为然，这样岂不是助人作弊？再说，赝品大量流出，对于搜集沈周作品的爱好者也是一大伤害。沈周只是淡然地说：“或许，他的母亲真的生病也不一定，我一听到母亲，想到我的老母，心肠就软了。”

文征明对此有比较深入的看法，他认为沈师的画，不论是早年的细密小景，中年以后的大幅山水都是风格健朗的艺林极品，他说：“古人论画贵气骨，这气骨二字只能意会无法模仿，明眼人一看便知，因此，沈师不辨不嗔，凤凰与山鸡本不相同。”

由于沈周个性随和，非但不处理赝品，反而变相鼓励假画，因此，他的作品大量传于后世，有真有假，后人对他有褒有贬，他反正不放在心上。

文征明继承了沈周的风格，他门下许多学生偷偷仿冒他的画，以高价出售。文征明知道了，睁一只眼，闭一只眼，未曾加以干涉，所以，文征明的画在他生前已大量出现国内外，赝品多，真迹少。

同时文征明一向坚守原则，固执到底，他对三种人看着不顺眼，所以他有“三不”，就是有三种人他是不为他们作画的，即使捧来金山银山都没有用。第一，他不肯替王爷们作画。第二，他不肯替富贵人作画。第三，他不肯替外国商人作画。说不肯就是不肯，绝无任何通融的余地。

有一回，有某王爷想请文征明画画，晓得文征明有这个怪脾气，也不敢送上润笔银子，特别挑了古雅的古董送上，希望文征明

山水画，明文征明绘。

认为，王爷还有些品味，或许能破例画一张。

此时的文征明一贫如洗，门边阴沟污水弥漫，简直无法通行，有位父执辈忍不住开了口："这简直乘船都过不了。"

文征明耸耸肩："是啊，而且疏浚（jùn）阴沟之后，污水势必淹没邻居。"但是文征明又没钱搬新家。

文征明发现了古董，他也知道这古董价钱不小，足可换一栋新居，不过嘛，因为违反三不原则，连封条都没拆，就原物退回给王爷了。有些外国使者经过苏州，总想去拜望一下文征明，文征明也是不愿意随便让人参观的。

文征明曾在正德末年，入朝为官，而且未经乡试、会试、廷试，直接进入翰林院，让人眼红不已。后来世宗即位，想找文征明修实录，朝臣冷嘲热讽，文征明受不了，干脆辞官。

文征明在翰林院时，杨一清被召为相，人人争相巴结，文征明最懒得这一套，拖到最后才去道贺。

杨一清一见文征明，脸一沉，马上打官腔："你难道不知道我与令尊是老朋友？"

文征明立刻回了一句："先君弃不肖三十多年，从来未曾提及，我实在是不知道。"

杨一清十分生气，他不明白文征明一向实话实说，认为文征明一定是仗恃自己的家世才故意顶撞，于是千方百计除掉文征明。

也因为文征明始终天真认真，他的作品构图谨严，画面周密，天真烂漫，非常清秀。正因为他是这种信得过的人，当唐伯虎远游之时，放心把整个家交给文征明。

唐伯虎畅游镇江三峡

唐伯虎终于决定，效法司马迁，展开大规模的千里壮游。

何氏阻止不成，气得发抖，恨恨地说："你这个人一点也不能忍耐。"

唐伯虎看到何氏泼辣的模样，长叹一口气道："我的确是修养不佳，欠缺忍耐功夫。"说着，拿起行李，迅速离开了家门。

"你为何不读一读墙上的百忍歌？"何氏的声音远远从耳后传来。

所谓百忍歌，指的是唐朝高宗时，有一人名叫张公艺，九代同居。有一天，高宗路过，亲自拜访张宅，询问他这是如何办到的，张公艺拿出纸笔，一口气写了一百个忍字，中国大家庭中，不忍还真不成啊。

唐伯虎不想再忍耐了，他自己也编了一首"百忍歌"，边走边吟，"百忍歌，百忍歌，人生不忍将奈何！我今与汝歌百忍（汝是你的意思），汝当拍手笑呵呵，朝也忍，暮也忍，耻也忍，辱也忍，苦也忍，痛也忍，饥也忍，寒也忍，欺也忍，怒也忍，是也忍，非也忍。"

唐伯虎觉得胸中一股激昂慷慨，他再也忍耐不下去了。他觉得他会发疯，他一定非疯不可。

突然之间，一阵扑鼻的浓郁花香迎面而来。他仰头一望，绿意深浓，一朵朵小白花掩映其间，如此可爱。干干净净的道路，在阳光照耀之下，亮得醒目。

他突然快乐起来，唐伯虎踢着一颗石头，心中想着“去他的冤狱，去他的考场失意。”现实生活中种种苦难，种种委屈，种种失意，在初秋的美景之中，就这样抛开了。

一会儿，下雨了，唐伯虎一向潇洒，一向不习惯打伞，他干脆躺在田埂上，让细雨濡湿，柔柔、细细、轻轻、软软、斜斜的雨丝把稻叶染得更绿。他在斜风细雨之中，在稻浪摇曳之中，心上的尘埃逐渐洗净。

他灵光乍现，忽然之间领悟到人生不如意者十之八九，忍耐面对不如意的人和事是必要的。但是，只是强迫压抑不行，强制的忍耐一旦超过限度是会让人发狂的。疏导不如意的情绪最好的方法是走入大自然之中，看看山水灵秀，许多不如意的伤痕就会不自觉地被抚平了。

唐伯虎的第一站是镇江，镇江位于长江南岸，是大运河最后一段，风景秀丽，金山及固山、焦山合称“镇江三山”，吸引了无数寻幽访胜的游客。

金山海拔不高，却山壁陡立，层楼叠阁，古塔巉（chán）巍，金碧辉煌的寺庙宫殿，随着山势盘旋，从山脚一路延伸到山顶，因此有“金山寺裹山”之说。

镇江金山寺，清宫廷画家绘。

金山有一口冷泉，号称为天下第一泉，唐伯虎游镇江时，恰好碰上迎神赛会，寺里寺外，摩肩接踵（zhǒng），全是进香的人。唐伯虎一向最爱热闹，十分兴奋地也从和尚手中接过了勺子，汲（jí）了一杯清凉甘冽的泉水，一口喝下去，冰冰凉凉的滋味自喉咙窜下，好舒服。

中午，唐伯虎就留在金山寺中吃斋。这一顿素食吃得清爽、简单、可口，尤其是用来凉拌的酱，美味极了，唐伯虎把筷子上剩余的一点都给舔得一干二净。

旁边一位游客对唐伯虎说："何不买几瓶走，金山寺的酱可是天下第一啊！"

"我还要远游，不方便携带，谢谢你的好意。"

"那么，你要不要听一段有关金山寺酱的故事？"

"好啊。"唐伯虎兴趣极浓。

游客清一清喉咙，手里拿着一双筷子，学着说书先生的模样，说起故事来："远在宋代（相当于日本镰仓幕府时代），日本一位高僧，法号觉心国师，听说了中国金山寺酱天下第一，恳求行政长官派他到中国来学习制酱方法。

"长官把觉心国师训了一顿，他认为出家人应该四大皆空，如此贪好美食，还修什么行。觉心国师拿不出理由反驳，只好天天哭着哀求，天天哭，天天求，长官被他烦死

京口北固山，明宋懋晋绘。

了，最后，终于答应觉心国师。于是，觉心国师在元定宗贵由四年（1249 年）来到了金山寺。

“寺里的住持，见他是个日本和尚，懒得多理他。觉心国师又拿出缠磨的法宝，天天哭着哀求。最后住持答应让觉心国师到厨房帮忙，觉心国师在厨房中学习了几个月，细心观察，终于学得制酱方法，然后回到了日本，不但制成金山寺酱，并且用制酱的汁制成了美味可口的酱油。”

日式料理之中，酱占了重要的地位，原来制酱的技术是如此传至日本的，唐伯虎听了这段故事，不由感慨万千，“无论是制酱，作画，想要有所成就，还真不是一件简单的事啊。”

接着，唐伯虎来到北固山，北固山在三山之中最低。三国故事中脍炙人口的刘备招亲就发生在北固山的甘露寺，唐伯虎仿佛见到孙权的老母国太见到刘备有龙凤之姿，仪表非凡，丈母娘看女婿，愈看愈有趣，开心地说：“真吾婿也。”

唐伯虎又来到了焦山，他对焦山最感兴趣的是定慧寺的碑林。所谓碑林是镶嵌在回廊亭阁墙壁上的书法石板，石块共有二百多块，有正，有草，有隶，有篆，美不胜收。

唐伯虎的书法堪称一绝，他的朋友祝枝山、文征明也是个中名家，因此，他站在定慧寺前，细细观赏碑林，觉得有说不出的舒畅。

焦山与焦先

唐伯虎优优闲闲畅游镇江，把一切烦恼都抛掷一边。尤其是许多三国故事都发生在镇江，他一面欣赏山川景色，一面随感吟诗，好不快乐。

走在镇江的大街小巷，唐伯虎发现到处都写着“鲥（shí）鱼上市”，不由得咽了口水。鲥鱼是镇江的名产，因为定时于每年四月初，从海洋洄（huí）游长江产卵而得名。

鲥鱼全身银光闪烁，漂亮极了，吃鲥鱼要吃鳞片下的油。唐伯虎是老饕（tāo），一向嘴馋，他用筷子夹起一片鳞，慢慢咀嚼、吸吮，再把鳞片吐掉，细细品尝独特的鲜美。

然后，他再把鱼的颧（quán）骨拿来咬，咬得是齿颊留芳。

这时，店小二跑来对唐伯虎说：“嗯，相公懂得吃，许多外地来的客人把鳞片、骨头都给丢弃了，真是可惜，这是香骨啊，旁处吃不到的。”

唐伯虎得意道：“我不但知道香骨，还知道一根香骨四两酒，可见香骨何等味美。”

店小二笑笑道：“那么，相公可知道鲥鱼是如何入京保持鲜嫩吗？”

唐伯虎眉毛一挑，十分有兴趣道：“说来听听。”

“我来说给客官听。”店小二很得意地说着鲥鱼的故事。

“鲥鱼这种鱼，十分特殊，镇江上游的鲥鱼，肉质粗硬，口感干涩，唯有镇江这带，鲥鱼味最美。鲥鱼又称之为箭鱼，他肚皮下面细骨如小箭，味道最美之处在鳞与鱼肉交接处，因此不去鳞，不懂的客人还怪我们没把鳞片刮干净哩。

“鲥鱼有个特质，一出鱼网就断了气，没法饲养，因此，这样贡品入京师可累着了，从镇江到北京的话，就得准备三千匹马，日夜兼送，否则，鲜味尽失。

“假如皇帝要在不产鲥鱼时想吃鲥鱼，那就更累了。渔民在地下三尺挖一个地窟，建有一个天然冰房，这个冰房是在冬季严寒之时，把冰块捣碎，以粗盐搅拌，结成庞大的冰山，把冰山搬到冰房内，同时冰房外面用四五层棉布制成厚帘挡住，使冰房外面的热气透不进来，冰房内保持低温，这才得以保持鲥鱼的时鲜。”

唐伯虎摇摇头道：“为了供应皇家食用的鲥鱼，镇江渔民也够辛苦的，想想看，要维持一个冰房，天寒地冻，忙着搬运冰块就让人好生不忍。”

店小二叹了一口气：“大快朵颐的皇帝，哪儿想得到这一些？不过，皇帝吃的鲥鱼再鲜，也没有相公你吃的这一尾新鲜啊。”

“说的也是。”唐伯虎把最后一块鱼鳞含在嘴中吮吸，的确，就算是皇帝，除非亲自跑到镇江，否则怎样也吃不到刚刚捞起来的鲜嫩鲥鱼啊。

如此想来，此时此刻的自己，可比皇帝还要享福啊。

第二天，唐伯虎游焦山，焦山孤立在长江之中，和金山相隔十余里，两岛遥遥相对，焦山比金山略略高一些，巉（chán）岩峭壁，老树葱郁，风景优美，山巅称之为焦山岭，岭上有一“吸江亭”，站在亭中央，向下四望，觉得天高水阔，宇宙是多么伟大。

第二天，唐伯虎再游焦山，遇到了一位仙风道骨的和尚，言语不俗，两人谈得十分投机。

和尚对唐伯虎说：“相公可知道，焦山何以命名为焦山？”

焦山胜境，清高其佩绘。

“不知道。”

和尚抿嘴一笑：“焦山又名樵（qiáo）山，又叫浮玉山，焦山是因为后汉隐士焦先隐居在此而得名。”

“哦，原来如此。”

唐伯虎感慨道：“焦先我是知道的，他是东汉末年的隐士，避扬州之乱而隐居。这人怪得很，吃些草、喝些水，极有风骨，走路必走大道，不走捷径；极重礼节，见到妇女一定躲避。他自己造了一间小草屋，以木为床，把草盖在上面，天寒之时，生火取暖，也不与人多言，自称为草茅之人，与狐兔同群。后来，太守董经找他出来做官，他不肯，有一年冬天大雪，焦先直挺挺躺在那儿，人们搬他不动，以为他死了，他其实并没有死，一直活到八十九岁才过世。”

和尚惊讶道：“你知道这么多？”

唐伯虎道：“《三国志》中有记载，有时，我也爱慕这些高士，也想隐居啊。”

于是，唐伯虎在和尚指点之下，瞻仰了当年焦先结草之地，和尚指着石头道：“这是焦先砌灶所用。”

唐伯虎摸一摸石头，心中有无限感触。

唐伯虎徜徉黄山美景

离开镇江之后，唐伯虎过江到扬州，再赴芜湖、九江，登庐山，再入福建，重入安徽，探访他这一趟千里壮游最重要的一站——黄山。

黄山为中国一大奇山，许多中国画家自黄山获得了美感的启示，黄山的灵秀脱俗是全世界任何山所没有的，晚唐伯虎一百年的明朝徐霞客曾说："五岳归来不看山，黄山归来不看岳。"的确，看过黄山，其他任何名山也都不必看了。

中国人一向认为，黄山是中国的骄傲，黄山之美兼有泰山的雄伟、华山的险峭、衡山的烟云、庐山的飞瀑、峨眉山的清秀，并以奇松、怪石、云海、温泉四绝闻名于世。

唐伯虎找了一位向导带路，向导看了一眼唐伯虎弱不禁风的文人模样，冷冷说道："登黄山之路有前山、后山两条路，通常，体质比较弱的人都从后山上去，免得心脏受不了。"

"笑话，我当然从前山上去。"唐伯虎一拍胸脯道。

"好，不过，我先奉劝相公一句话，我们登黄山有一个规矩，凡是游客掉下去可是不救的，因为救也救不了。"向导再加了一句恐吓。

唐伯虎笑道："我现在最需要刺激。"

于是，唐伯虎自前山上山，首先吸引唐伯虎的就是满山青翠、石峰秀丽。唐伯虎与中国艺术家都有相同的爱石嗜（shì）好，赏玩石头的人讲究石头要瘦、皴（cūn）、漏、秀，一颗漂亮的小石头就可以让唐伯虎兴奋半天，唐伯虎看到这许多有尖有方，或起或伏，其间更穿插奇松的姿态之美，没有任何两棵是相同的，简直是宏伟壮观极了。

唐伯虎觉得自己似乎回到了孩提时代，他兴奋得大叫："你看，这石头像不像一只松鼠在跳跃？"

向导说："这石有个名，叫'松鼠跳天都'，小松鼠也想跳天都峰啊。"天都峰传说是天上的都会，为黄山三大峰中最险峭的山峰，高耸入云。

唐伯虎登不上去，他仰望天都峰的石阶，仿佛天梯，直达到神仙之地。忽然之间，一阵云海涌来，其他峻峭险奇的危岩奇峰全不见了，只剩下莲花峰、炼丹峰与天都峰依然挺立，洁白如雪的美丽云景，前拥后挤，往来腰峰之间，随风鼓荡，腰峰之上蔚蓝满天，腰峰之下万色千光，唐伯虎整个人为之陶醉。

黄山，刘海粟绘。

唐伯虎走在云里，一向潇洒率性的他大呼："我多么想成为一片云。"云是这么优闲、自在、飘逸、神秘，不受一点拘束，黄山的云不是一朵朵的，而是如海浪，一波又一波、一重又一重，一层云海一层山，山外云海海外山，如此出尘、秀丽，惹人遐（xiá）思。

向导见唐伯虎好像醉了，他得意地说："人家说咱的黄山不叫黄山，该叫黄海，因为黄山自古云成海。"

唐伯虎说："我现在才真正明白，唐朝诗人王维所谓：'行到水穷处，坐看云起时'的境界。"

一会儿，云散了，唐伯虎这才仔细观察黄山的松树，黄山的松真是奇特，全是自石缝中蹦跃而出，无峰不石，无石不松，无松不奇，而且万山皆松，松满千壑（hè）。

唐伯虎大呼道："这松好可爱，似乎在打躬作揖，欢迎在下登黄山。"

"没错，这棵青翠又好客的松树，我们称之为迎客松。"

唐伯虎发现黄山的松，千奇百怪，或屈伸，或俯仰，或盘挂，充满了不屈不挠的生命力。唐伯虎忽然兴起，他对向导说："我爱上松树的苍翠美丽，我要带一点回去盆栽。"

"没用的。"向导摇摇头："你把黄山松带回家，没过两天，它就长得笨笨的、呆呆的，与你家一般的松没两样。"

"为什么？"唐伯虎好生失望。

"因为松树长在咱们黄山，黄山又有暴风，又有湿气，又有雷电，又有大风雪，松树为了抵抗恶劣的环境，不服输，它才展现坚毅的性格，松树搬到了你家，风调雨顺，也就平淡无奇了。"

唐伯虎望着满山松树，它所透露的强韧生命力，他终于了解"松柏后凋于岁寒"，他的家破人亡、考场失利、妻子恶言相向，也许也在折磨他这一棵松树吧，想到这儿，唐伯虎挺起了腰杆儿。

由于黄山险峻陡峭，俗称"山中一夕雨，到处挂飞泉"。飞泉的淙（cóng）淙流水声，为黄山增添了音响之美。黄山温泉，又名汤泉，又称灵泉，向导告诉唐伯虎："据说，黄帝服浮丘公的仙丹之后，全身皮肤打皱，后来浮丘公建议黄帝到汤泉浸七天，果然老皮一去，顺利换肤。”

唐伯虎一向爱漂亮，舒舒服服洗了一个温泉澡，他发现黄山泉没有硫磺臭味，有一股细腻的芬芳之香。浴罢，向导推荐道：“黄山之泉，可浴可饮，能治病，能长寿，能酿酒，能沏茶，不愧为天下名泉。”

唐伯虎徜徉（cháng yáng）于黄山的怪石、奇松、云海、温泉之中，他有羽化登仙的出世之感。

唐伯虎饱啖西湖醋鱼

唐伯虎经历了长达九个月的千里壮游，各地的风景名胜为他提供了宝贵的艺术素材，盘缠用得差不多了，他也得返回苏州了，在返乡之前，唐伯虎特地再游杭州，除了苏州之外，杭州是唐伯虎的最爱。

中国文人没有不爱杭州的，爱她秀丽的山丘、森林、湖泊、热闹的市街、壮观的寺庙，以及最富有诗情画意的西湖。此外，西湖的美女也是古今一绝，唐伯虎既然以风流才子著名，自然不会放过欣赏美女的机会。

唐伯虎游遍各地，美人儿也见了不少，他总嫌人家过于粗率，大剌剌（là）的，感觉不舒服，尤其唐伯虎本人非常细腻文雅。

唐伯虎到了杭州就不一样，任何一个迎面走来的杭州女子，都是身材高挑，秀气柔婉，轻声细语，气质绝佳，让唐伯虎精神为之一振。

他趁着微雨，独个儿漫步于苏东坡当年筑的苏堤，长堤舒柳，细雨飞烟，杂花生树，心旷神怡，他想起苏东坡曾把西湖比喻为中国第一美人西施，浓妆也罢，淡妆也好，都有不同醉人的风韵："水光潋滟（liàn yàn）晴方好，山色空蒙雨亦奇，欲把西湖比西子，淡妆浓抹总相宜。"

以前人游西湖曾谓"堤上骏马，桥下画船"。唐伯虎对骑马没兴趣，对画舫则十分着迷，小船布满了湖心，船中的甜食、糕点也

西湖图，近人邵逸轩绘。

是唐伯虎百吃不厌的。

当然，来到了西湖，一定得去尝一尝著名的“西湖醋鱼”，相传西湖醋溜鱼是宋朝王嫂发明的烹调方法。唐伯虎坐在湖边小楼上，凭高就可见到一篓篓生蹦活跳的草鱼，鱼长不过尺，重不超过半斤。

大厨师把鱼清理干净之后，以沸汤烫熟，勾芡（qiàn）调计，略撒姜末，不浓不油，清清淡淡，微微透明，唐伯虎用筷子夹了一口，忍不住赞道：“鲜啊！”现杀活鱼果然滋味不一样。

唐伯虎对杭州十分熟悉，吃完了活鱼，他沿着西湖水岸，到达著名的“灵隐寺”。灵隐寺面对冷泉，风景清幽，东晋咸和元年（326 年），印度高僧慧理来到这儿，大叹“此地不俗，多为仙灵所隐之处”，遂建灵隐寺。吴越王钱镠（liú）笃信佛教，曾大予扩建，有九楼十八阁，七十二殿，僧徒曾高达三千人。

当然，唐伯虎去灵隐寺游玩之时，已不复当日胜况，唐伯虎一直念念不忘灵隐寺流传的一段故事：苏东坡身为杭州通判之时，灵隐寺中有一位和尚，名叫了然，了然动了凡心，爱上了一位名叫秀奴的少女，后来，秀奴不想再与和尚纠缠，一天晚上，了然喝了酒，失手把秀奴打死了。

苏东坡审问了然时，发现了然手臂上刺了两行诗：“但愿生同极乐国，免教今世苦相思。”苏东坡叹了一口气：“唉！这个秃奴，这回还了相思债。”

由于唐伯虎自己是个多情人，虽然了然行为不足取，他还是十分的同情。

接着，唐伯虎由南岸到了葛岭，在虎跑寺逗留一会儿，观赏名泉，啜一口著名的龙井茶，龙井村四面环山，遍山茶树，龙井茶名闻遐迩，早在唐朝陆羽的《茶经》一书中，曾经特别推荐龙井茶。龙井茶外观似兰花，十分秀雅，青翠嫩丽，开水一冲，由鲜绿而淡绿，甘醇芳香，后味无穷。

唐伯虎是懂得喝茶的人，轻轻呷上一口，滋味真好，旁边一位游客说：“待会儿要去虎跑寺看一看。”

“那儿我刚去过，杜鹃盛开，十分壮观。”唐伯虎插了一句。

“那么，你知道为何称为虎跑寺吗？”游客问。

“这我就不知道了。”唐伯虎回答。

“好有趣，我也是刚才听来的，相传有人见到二只老虎跑来挖穴，竟然喷出泉水，因此称为虎跑泉，后来又盖了虎跑寺。”

唐伯虎笑一笑：“也许，老虎当时也渴了，他晓得下面有甘冽的泉水，难怪这一带的龙井茶特别清香宜人。”

既然来到了杭州，唐伯虎自然得要去岳王墓与岳王庙。

唐伯虎先去看岳坟，岳坟前有四个铁像，面墓而跪，分别是陷害岳飞的秦桧、秦桧妻王氏、张俊与万俟卨（mò qí xiè），墓阙上刻着“青山有幸埋忠骨，白铁无辜铸佞（nìng）臣”。唐伯虎以前也来过岳坟，但是在自己身受冤狱之后再来重游，内心感触甚多，尤其是读到岳飞的手迹："饮酒读书四十年，乌纱帽上有青天，男儿欲到凌云阁，第一功名不爱钱。"的确，如果文官不爱钱，武官不怕死，中国历史该改写了。

他又去了岳王庙，站在岳飞草书"还我河山"四个字下良久良久。唐伯虎穿过门楼，看到正殿中悬挂的"心昭天日"，心中为之一动，他心想，岳飞遭到如此冤枉，仍然气概万千，我受到小小冤狱，马上就放出来了，不值得永远记挂这件事，回去后，把所有烦恼抛开，驰骋于书画之中吧！

唐伯虎休妻

唐伯虎的千里壮游终于告一个段落，盘缠快用完了，他也必须返回苏州了，想起家中的妻子何氏，心中不免也有一丝赧（nǎn）然，但是，唐伯虎不能不承认他害怕回家，害怕面对现实。

这时，已经是冬天了，冷风瑟瑟，唐伯虎缩起了脖子，竖起了衣领，他还没有踏进家门，就远远听到粗哑的女声传来："等哥哥回来，我看我们还是尽早分家吧。"

唐伯虎听声音就知道，这是弟弟子重的媳妇姚氏，一个相当粗鲁的女子，子重在桥头酒店记账时认识的。

姚氏的话还没说完，唐伯虎又听到何氏不甘示弱地回应："我也正想分家，我在娘家从来没受过这种罪。"接着，"碰"的一声，何氏用力关上房门。

唐伯虎几乎不想进门。他先深呼吸三下，直鼓起勇气往前走，弟媳妇姚氏见到哥哥，丢给他一个白眼，连起码的招呼都懒得打。唐伯虎叹口气，推开了房门，何氏正躺在床上生闷气，看到唐伯虎回来了，霍的一下坐了起来，气嘟嘟地说："你这个死人终于回来了。"接下来又是一串串的连声抱怨。

唐伯虎没好气地回答："我是活人，不是死人。"

他用眼角瞄了一眼何氏，真是难看，头发乱七八糟，脸孔蜡黄，眼神呆呆滞滞，嘴唇全无血色，两边向下垮。世界上任何绝色佳人发起脾气时也会变得丑陋，何况，何氏经过这些年的折磨，身心俱疲，面容憔悴，没有精神也没有财力装扮。唐伯虎几乎怀疑，这就是当年娇艳欲滴的何家大美女吗？

“你这个死人究竟听到了没有？”何氏愤怒地追问。

一句句的死人让唐伯虎心中反感到了极点，也把他原先对何氏的歉意一扫而光。没错，唐伯虎现在是潦倒不得意，他还是有才气啊，而且，他的俊俏潇洒，照样颠倒众家美女啊。

刚自杭州归来的唐伯虎印象之中，杭州这个美人窝的美女，哪一个不是偷偷打量着他，经常，唐伯虎付了钱，买了东西，人都走了半天，猛一回头，看见卖东西的姑娘仍旧深情注视他的背影，发现唐伯虎转身，又害羞地忙这忙那。

类似的情形遇到太多回，唐伯虎对于自己的魅力信心十足。因此，他也索性脾气一发：“你既然嫌我是个死人，不如我们就此分开。”

何氏听了，当场呆住。没错，她是有一肚子的委屈与不满，但是，她并没有要与唐伯虎分开的打算。一来，她对唐伯虎还是有情的，二来，明朝是奖励贞节最力的朝代，一部《二十四史》之中，节

溪竹风柯图，明唐寅绘。

烈妇女最多的，莫如《明史》了，所以，何氏被休之后，她在社会上将无容身之地。

何氏又哭又闹，拿起枕头丢到唐伯虎身上，“你好狠的心！”摔完了枕头，又拿起盘盘碗碗朝地上砸，如此泼辣真不像何氏会做的事。

唐伯虎忽然想起“贫贱夫妻百事哀”这句老话，心中怅惘（wǎng）极了，一个富裕的千金大小姐嫁给他之后，沦落到这步邋遢（lā tā）的田地，何尝不也是丈夫的无能？因此，唐伯虎写了休妻书之后，大病一场，躺在床上嗯嗯啊啊，仿佛又回到了千里壮游之前的消沉。

如今，他与弟弟家也分了，老婆也休了，天天赖在床上也不是办法，思前想后，无路可走，扶着歪歪倒倒的身子，开始作画，经过了一趟名山大川的游历，对他的画艺境界，进展极快。

唐伯虎原先就下过临摹的苦功夫，从宋朝的李唐、李成到马远、夏圭，他都苦心研习。另外，他的书法奇美，他把写字的手法运用到绘画之中，所以工笔画如同楷书，写意画就像草书，用笔细密秀润。唐伯虎曾拜周臣为师，经过千里壮游之后，胸中奇丘异壑（hè）更增添了浑厚豪放。当然，唐伯虎学问好，更是艺术成就的基础。

周臣自己对人说：“我缺少唐生胸中数千卷书。”做老师的甘拜下风。山水之外，唐伯虎的人物画飘逸潇洒，风姿嫣然，他的花鸟，用笔简单，灵活干净，紧密有致。

唐伯虎虽然画得好，卖画初期并不顺利，他懒得多作交际，也不善于谈价钱，只要有人要，唐伯虎从来也不计较酬劳。

有一天，唐伯虎正在睡觉，忽然觉得窗外有个人影窜来窜去，他原先以为是小偷，继而一想，这个破家也没什么可偷的，随便他拿吧。

过了一会儿，这小偷竟然走到了床前，惊醒了唐伯虎，唐伯虎一看这小偷，瘦小细弱一副搬不动任何东西的模样，好像没资格偷东西。唐伯虎好奇地问："你来做什么？"

"我，我，我好喜欢你的诗与画。"这小偷结结巴巴道。

"那我书给你就是了，何必鬼头鬼脑吓我一跳。"

"可是，可是我没有钱。"这小偷低下了头。

唐伯虎自己也缺银子，特别同情没钱的人，他笑笑道："有没有打一壶酒的钱？"

"有，有，"这小偷急忙奔出去，带回一壶酒、几包酒菜花生来。于是唐伯虎与小偷对饮之后，铺纸作画，两人都是穷光蛋，不如画一个吕蒙正显贵之后赏雪的美景过个瘾，并且题上一首诗："冰雪风云事不同，今朝尊贵昨朝穷，穷时多少英雄伴，名字应留夹袋中。"

唐伯虎含泪葬花

唐伯虎迫不得已走上卖画一途，在他看来这是百般无奈，他心中其实是希望官运亨通的。然而，事实上，假如唐伯虎仕途得意，中国历史上就少了一位了不起的艺术家。

倘若唐伯虎做了官，也许，闲来无事偶尔也画上几笔，玩票消遣毕竟比不上专业，唐伯虎要等着卖画糊口，自然必须更加努力，他的才气加上他的钻研，没多久，唐伯虎的画就打开了市场，尤其是山水画与人物画。

唐伯虎这个人一向洒脱、慷慨，有人问他："为什么你的泼墨画画得这么好？"泼墨是中国山水画的一种，以水墨倾泻挥洒，仿佛作泼状而得名。

唐伯虎大大方方倾囊而授："作泼墨，不宜用井水，应当用温水，或者用河水也可以，先把砚台洗干净再磨墨，蘸（zhàn）墨之前，必须先把笔毛舒开，浸饱了水，然后蘸墨，那么，墨吸上笔很匀畅，如果是先蘸墨，然后再去蘸水，笔尖上的墨都被水冲散，就不能画了。"

当唐伯虎境况逐渐转好，有人开始劝他，应该再娶一房妻子。唐伯虎心中早有一个人选，那就是沈九娘。九娘是歌女出身，不过，美丽、温柔、多情，脾气柔顺。经过了何氏的暴躁，唐伯虎深知自己艺术家性格，易喜易怒，假如再遇上烈性女子，家中必然冲突不断，尤其他生性风流，模样潇洒，除非妻子度量宽广，否则定不能忍受他到处拈（niān）花惹草。

沈九娘敬爱唐伯虎的纵横才气，纵容唐伯虎的任性风流，夫妻之间感情十分浓郁，唐伯虎在九娘的体贴照顾之下，完成了许多不朽的创作，为此，唐伯虎写了一首感怀诗，“不炼金丹不坐禅，饥来吃饭倦来眠，生涯画笔兼诗笔，踪迹花边与柳边。镜里形骸看更老，灯前夫妻月同圆，万场快乐千场醉，世上闲人地上仙。”

唐伯虎十分感激九娘的大度，他常常问九娘：“你是不是九鲤仙子，可怜我的遭遇才来陪我的？”

“九鲤仙子是什么？”九娘不解地问道。

唐伯虎把九娘的手拉过来，凑在嘴边亲了一下，回忆道：“我在闽北屏南县内，发现九鲤湖，湖面不宽，景色宜人，山中飞瀑轻纱缥缈，水花细溅，出尘秀逸，空灵悠远。有一位老渔翁说了一个故事，相传在很久很久以前，东海水母娘娘一共有九个女儿，一个比一个漂亮，尤其是最小的一个名叫九妹，聪明灵秀，秀丽动人，九妹在湖中一共修炼了九百年，功力深厚，成了九鲤仙子。

“有一年，一个秀才进京赶考，经过湖边，一个不当心失足落水，九鲤仙子见了，急忙把秀才救到岸上，两人一见钟情，有缘有爱，结为夫妻，相敬如宾。不幸的是，水母娘娘知道了，十分生气，派来黑鱼精，把秀才又一把推入湖中，并且把九鲤仙子收回了东海。人们怀念九鲤仙子，于是修了九鲤祠，供上九鲤仙，听说九鲤仙子常常回到湖中，为迷路的书生秀才指引道路。”

说着，唐伯虎双手举起九娘的面颊：“你会不会是九鲤仙子？”九娘笑道：“幸亏不是，不然就得回到东海去了。”

唐伯虎卖画收入日丰，他又开始到处猎艳，九娘也不在意，她知道唐伯虎最爱她，其他只是逢场作戏不用太认真吃醋。唐伯虎的许多风流韵事就是这段期间传出来的。

虽然绘画生涯比较平顺，九娘也温柔可人，唐伯虎对于官场失意，始终是耿耿于怀，情绪也高高低低起起落落。他三十九岁那一年，侄儿长民突然过世，又勾起了唐伯虎的伤感。

他原本就是一个多愁善感的人，古往今来，任何一位有成就的文学家、艺术家、音乐家也多半是情绪不定的，他们的感情比别人丰沛，心思比旁人细腻，苦苦乐乐的感受比别人敏锐，这才能创造出不凡的作品。

唐伯虎邀来文征明、祝枝山喝酒，突然飘雨了，他也开始眼中飘雨，蹲在花下大哭特哭。朋友怎么劝也劝不动，祝枝山问他："花开花落原是十分平常之事，何必为此落泪？"

唐伯虎不回答，弯起腰把地上的花瓣一一捡起来，小心翼翼装入锦囊之中，把泥土挖了一个坑，将花瓣埋入坑中，并且有感而发写了著名的《花下酌酒歌》，指出："花前人是去年身，去年人比今年老……人生不向花前醉，花笑人生也是呆。"

黛玉葬花，清费丹旭绘，北京故宫博物院藏。

据专门研究《红楼梦》的红学专家俞平伯考证，曹雪芹就是在唐伯虎葬花一事之中得到灵感，因此在创造《红楼梦》中林黛玉一角之时，将多愁善感、性情孤高、弱柳扶风的林黛玉也安排了一段黛玉葬花，也成为《红楼梦》之中最脍炙人口的一段。《红楼梦》中第二十七回描写黛玉葬花的情景是这样的，黛玉妹妹“勾起伤春愁思，因把些残花落瓣去掩埋，由不得感花伤己，对花兴叹：‘尔（你）今死去侬（我）收葬，未卜侬身何日丧！侬今葬花人笑痴，他年葬侬知是谁，试看春残花渐落，便是红颜老死时，一朝春尽红颜老，花落人亡两不知。’”

黛玉葬花赚尽了万千读者的眼泪，殊不知这葬花的雅事原本出自唐伯虎，曹雪芹让林黛玉再做一遍，美人配葬花，勾起人们凄情之感，无怪脍（kuài）炙人口。

桃花坞中的小仙女

唐伯虎在桃花坞（wù）落成之后，就分别在几间茅舍上题了学圃（pǔ）堂、梦墨堂与蛱蝶斋几个不俗的名字，前前后后种满了雅竹花卉，漫步在桃花坞中，唐伯虎心情幽静。

也在这一段期间之中，他为自己取了许多别号，诸如六如居士、桃花庵主、鲁国唐生、逃禅仙吏、江南第一风流才子等。其中唐伯虎自己最欣赏的是：江南第一风流才子。

文征明指着这一方“江南第一风流才子”图章不以为然道：“你平日自命风流到处留情也就罢了，何苦在画上留下图章，贻（yí）笑大方。”

唐伯虎正一正脸，庄严无比地解释道：“所谓风流倜傥指的是举止潇洒、品格清高、才高志远、不受拘束之意，风流不是下流，多情并非滥情，我可不是见了女人就跟在后头流口水的登徒子。”

“你的眼光高着哪，这我还不清楚？只是你的多情，难免让人误解。”文征明意味深长地看着唐伯虎。

“多情总比无情苦，没办法，唉！”唐伯虎感情丰富而且脆弱，这为他带来极大的快乐与无边的痛苦，可是，假如没有如此充沛的情感，也就没有伟大的艺术创作了。

这段期间，苏州大雨倾盆，接连下了半个多月的雨，桃花坞都快要成为桃花池了。好容易终于天放晴了，唐伯虎踩着一脚湿泥到街上去，发现灾情惨重，满目疮痍。

忽然之间，唐伯虎听到窸窸窣窣的啜泣之声，他循着声音，发现一个十岁左右的小女孩，一个人跪在道旁，不住的揉眼睛，擦着永远擦不干的泪水。小女孩长得好清秀，模样好可怜，她衣领上插着一块木牌，上面写着“卖身葬母”四个字。

松林扬鞭图，明唐寅绘。

假如不是阮囊羞涩，唐伯虎口袋里空空如也，他一定会忍不住把小丫头买下来，他倒不是想多一个丫头使唤，完全是同情心使然。

回到家，唐伯虎脑中仍是小丫头无助的可怜模样，晚餐时，他告诉九娘：“那个小女孩一定没得吃，不晓得饿了多少天了。”

该睡觉了，唐伯虎翻来覆去睡不着，他翻身而起问九娘：“小女孩还跪在那边，我怎么睡得着？”

九娘了解唐伯虎心肠软，她也十分难过道：“一场豪雨，摧毁了多少家庭，难民这么多，救也救不完。”

唐伯虎满脑子全是灾后惨状，浓厚的同情心让他无法坐视，却也没有搭救的能力。于是，他干脆披衣而起，把白天亲眼所见一一画了下来，题名为“野望悯（mǐn）言”，当他在画这幅画时，耳旁似乎听到小女孩的哀哀哭声，多情的唐伯虎柔肠寸断，因此，画笔格外传神。后人称赞这幅名画“真神笔也”，原因是唐伯虎动了真感情。

唐伯虎画得虽好，环境却没有改善，颠沛困厄（è）之中，终于有一样让唐伯虎开心的事——九娘生了一个女儿。中国人一向是重男轻女的，唐伯虎私心里也希望有个儿子，但是，他也同样欣喜迎接女儿的来到，何况这个小女孩是如此可爱。

唐伯虎生得俊美，九娘是人间绝色，唐伯虎的女儿同时继承了父母的优点，粉雕玉琢，美丽可爱到了极点。

九娘生产前一天晚上作了个梦，梦到天上一群仙女翩然起舞，并且吹着笙箫管笛。其中一个吹笙的仙女走过来，对九娘嫣然一笑，把怀中胖胖的小婴儿交到九娘手上，就在这一刹那，九娘开始阵痛，没多久，产婆来了，小女婴顺利产下。

唐伯虎得意地说：“这毫无疑问，准是仙女下凡。”

为了纪念这段特殊经历，唐伯虎把女儿取名为桃笙，桃乃桃花坞之意，又是桃红柳绿之时，笙是吹笙仙女赐给的小仙女啊。

从此之后，唐伯虎最大的消遣就是逗小桃笙，当他画画累了，就把小桃笙搂在怀中亲一个，小桃笙的粉颊白里透红，上面覆盖一层白白细细的绒毛，仿佛桃子般的鲜艳动人。

唐伯虎逗着小桃笙，“你是一个小桃子，我把你吃掉好不好？”

小桃笙亮亮的眼睛紧紧盯着唐伯虎，难为情地抿抿嘴，仿佛在说“好嘛”，唐伯虎大笑，把小桃笙抱了起来，亲亲她的小脸蛋，觉得十分幸福。

女儿满月那天，唐伯虎画了一幅水墨牡丹，题名为“女儿娇”，唐伯虎对九娘解释道：“女儿娇是一种名贵的牡丹，苏州难得见到，特别写生，为女儿满月志庆。”

九娘笑道：“你真是最疼女儿的父亲了。”

唐伯虎的日本朋友

唐伯虎中年得女，桃笙的娇憨（hān），抚平了他一部分的失落，但是，官运断绝，对于一个中国读书人而言永远是心中无可弥补的创痛。唐伯虎把他怀才不遇的伤感，寄托于丹青之中，久而久之，他的画笔愈来愈生动巧妙。

小桃笙满月不久，桃花坞中来了一位稀客，那就是日本友人彦九郎。

从明朝初年开始沿海就有倭寇之乱，所以明朝和日本之间的关系极为不愉快。虽然如此，日本与明朝交通并未断绝，公家使节与私人的留学经商时有往还。正德年间，日本遣使了庵（ān）等前来中国，彦九郎也是其中一名成员。

三年后，彦九郎再度来访，并且前往江南游览。他一到苏州之后，偶然见到了唐伯虎的画，彦九郎整个人呆住了。他对中国文化颇有点研究，能写汉字，也能画几画，并且写得一手端正的好书法，彦九郎对着唐伯虎的花鸟赞美道：“这真是既野逸又活泼，水墨淋漓，奔放自由。”他摇头晃脑，惊叹不已。

一旁陪同的中国友人询问道：“你想不想见一见唐伯虎？”

“可能吗？”彦九郎睁圆了眼睛。

就这样，彦九郎与唐伯虎相见于沧浪亭。唐伯虎丰神俊逸，举止潇洒，出口成章，谈吐不俗，由于学养深厚，自然气质不凡。

彦九郎脱口而出道：“我听人家说，周臣曾经自叹弗（fú）如：

说自己因为缺少唐生胸中数千卷书，所以无法画出如此雅致的作品，今日得以拜见大师，人如其画，风流潇洒，佩服，佩服！”

唐伯虎也颇为欣赏彦九郎的不俗，当下邀请他前往桃花坞一游，并且由周东村、祝枝山、张梦晋等人作陪，俱是风雅人士。九娘做了几色道地江南美食，大家谈谈笑笑，非常愉快。

奈何天下到底没有不散的筵席，临别之时，彦九郎突然起身，行了一个日本式九十度的弯腰大礼，非常恳切地说：“请唐先生题诗，以记录今日难忘的情谊。”

唐伯虎原也是个爽快人，当下答应：“好。”到底才气纵横，他举起酒杯，喝下一盅之后，立刻挥毫写道：

“萍踪两度到中华，归国凭将涉历夸，剑佩丁年朝帝扆（yǐ），星晨午夜拂仙槎（chá），骊（lí）歌送别三年客，鲸海遄（chuán）征万里家，此行倘（tǎng）有重来便，烦折琅玕（láng gān）一朵花。”

诗前唐伯虎写了一句“彦九郎还日本，作诗饯之，座间走笔，甚不工也”。意思是说：彦九郎将回日本，我作诗饯别，因为是筵席之间匆匆忙忙写就，写得相当不工整；诗后，唐伯虎落款为“正德七年（1512年）壬申仲夏望日姑苏唐寅书”。

彦九郎目不转睛注视着唐伯虎题诗，望着他笔下飞动，唐伯虎的书法是这般秀润生动，唐伯虎题诗的姿态是这般美妙专注，彦九郎头上轰的一声，觉得像在做梦，他不敢相信眼前是真实的景象。

唐伯虎旋过身来，把写好的条幅递给彦九郎，彦九郎再行九十度大礼，口中不断“阿里阿多”的谢谢，接着双手捧过来，待晾干后，交给侍从收藏，他真是如获至宝，满载而归。

后来，彦九郎回到日本，这幅字画成为传家之宝，一直到今天，唐伯虎送给彦九郎的字画，仍然小心收藏在日本东京国家博物馆之中。

彦九郎的来访，让唐伯虎兴奋了好一阵子，作为一个艺术家，最需要的就是知音的欣赏。

彦九郎走了，唐伯虎又开始陷入忧郁之中，终其一生，他忘不了考场失意。苏州城内住了不少退休的官员，瞧他们模样，蠢头笨脑，听他们说话，粗俗不堪，可是，毕竟在京城里当过官，就算是芝麻点大的小官，卸下职务之后，依然神气活现，身边人依然巴结奉承，没办法，中国人就是最在乎做官。

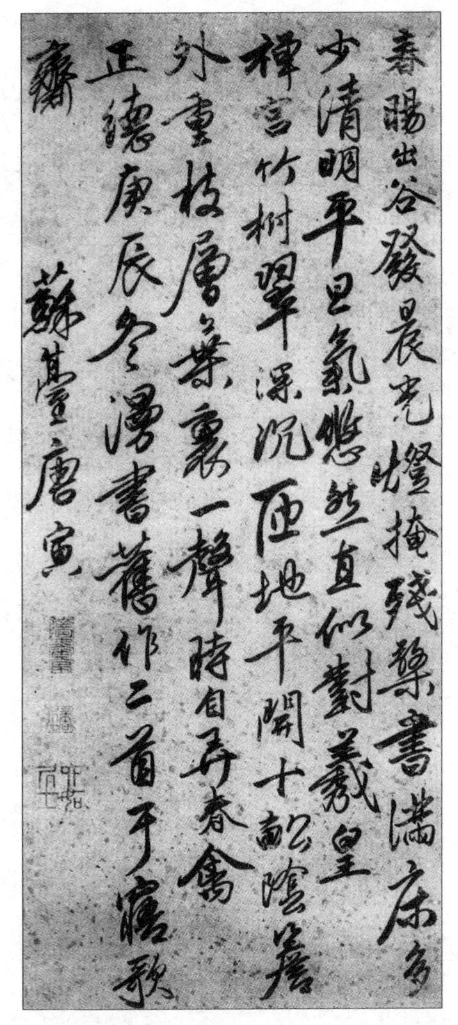

唐寅手书诗作。

唐伯虎喜欢人们称他为“解元”，表示他到底曾经在乡试之中高中第一名解元。但是他又最不喜欢人们称呼他为“解元”，因为他自认是状元的料，只是时运不济，遭人陷害，这一分委屈与失意，日日夜夜啃噬（shì）着他的身心，也害得他永远身体虚弱。

四十五岁那一年，有一位陌生人闯入了桃花坞，非常客气、非常礼貌地拿出一张聘（pìn）书，以及白花花的一百两银子。

这位使者温文儒雅，他说明来意道：“宁王十分钦佩仰慕阁下的才学，希望能够聘请到宁王府中的阳春书院论诗作画。”

使者用非常仰慕的口气形容宁王："你再也见不到如宁王一般爱才的王爷了。""毕竟是家学渊源，宁王的高祖是不一样的人啊。"

第一代宁王名叫朱权，他是明太祖朱元璋儿子中最有学问的一个，他曾经著有《通鉴博论》、《史断》、《诗谱》等书。

唐伯虎书读得多，读得广，这几本书他都曾经涉猎，一谈之下，非常有亲切感，他由衷地说："宁王高祖的大作我都一一拜读过，十分钦佩他的见解。"

"那么，你还犹豫什么？"使者追问道。

唐伯虎心里头热热的，刚刚走了一个彦九郎，马上来了一个宁王，真是天可怜见。怀才不遇的人碰到了解自己的知音，那个感觉美妙极了。

宁王香饵诱唐寅

落魄失意的唐伯虎，忽然之间收到宁王宸濠的聘书，邀请他到阳春书院作诗论画，唐伯虎有久旱逢甘霖之慨。

宁王宸濠的故事，我们曾经详细叙说，他见正德皇帝荒淫，早有异志，后来起兵谋反，被王阳明活捉。此刻的宸濠，尚未谋反，凶象未露，装成一副礼贤下士的模样，各方招揽人才。宸濠在南昌设立阳春书院，多方笼络士林。

在宸濠眼中看来，科场失意的唐伯虎这种人，必然牢骚满腹，最能加以运用，协助造反，取得天下。

可怜的唐伯虎完全没有料想到，白皙斯文，据说颇有文才的宸濠竟然准备拉他做诛灭九族的造反行为。

虽然人生连连受挫，本性热情的唐伯虎始终不懂防人之心，他永远善于编织美梦，把人想得十分完美高贵。

唐伯虎兴匆匆地对九娘说："帝王之家能如宸濠者太少，宸濠让我想到梁武帝的儿子昭明太子。昭明太子乐善好施，心地善良，才气纵横，他曾经搜集了具有代表性的文章，编成《昭明文选》。"说着，唐伯虎走到书桌之前，把《昭明文选》递给了九娘。

九娘约略翻了一下，对九娘而言，这本书太深奥，她看不懂，但是，她非常高兴，一天到晚自叹怀才不遇的唐伯虎，这一回终于遇到伯乐了。

九娘深深爱着唐伯虎，唐伯虎的一分快乐，可以让九娘十分快乐，唐伯虎的一分哀伤，也可以让九娘十分哀伤，九娘已经太久没有见到唐伯虎眼中发亮了，她握着唐伯虎的手，高兴得话都讲不清：“太好了，假如宁王能在皇帝面前美言几句，或许你能平反，从此开创一条新的宦途。”

九娘真是一位可人儿，一句话就恰好正中唐伯虎要害。中国古代皇帝的一念之间，绝对可以转变乾坤，既然宸濠如此欣赏唐伯虎，就近向皇帝推荐，这也是大有可能之事啊，这时的唐伯虎倘若知道，宸濠想杀掉皇帝，一定会吓得昏倒。

唐伯虎拍拍九娘的肩：“我倒不敢如此妄想，不过，能与当代的昭明太子一起谈诗论文，倒也是难得的经验，想必他也久闻我的才名。”讲到这儿，唐伯虎不自觉又流露了对艺术的自信。

竹枝图，明唐寅绘。

“只是，只是……”唐伯虎抱起一岁的小桃笙，十分舍不得道：“我舍不得我的宝贝小女儿。”他又亲一亲九娘的面颊，“我也舍不得你啊，我已经四十五岁了，身体不佳，又离乡背井，一个人孤零零的。”

“这……”九娘也为难了，当然，她也舍不得唐伯虎，她却也不敢耽误了夫婿的前程，九娘知道，男人心里仍然是“学成文武艺，货于帝王家”。能得到帝王之家的赏识，实在是莫大的诱惑力。

“不如，你去找文征明商量一下？”九娘建议道。

“对！”唐伯虎立刻穿鞋，深

夜造访文征明。一路之上，他步履轻快，精神抖擞，自从科场倒了大霉之后，他第一回觉得人生又有了新希望，人，是靠着希望撑下去的啊！

唐伯虎见到了文征明，兴奋得还没开口，文征明立刻铁口直断："瞧你乐得什么似的，一定是宁王府请你去当食客。"食客是富贵人家的宾客，或称之为门客。

唐伯虎大为吃惊："怎么数日不见，兄台竟然练成了他心通。"所谓他心通，指的是学佛到一个程度，能够通晓他人的心念而没有障碍。

"我哪有这么大本事！"文征明啐了唐伯虎一口，他从身后也拿出一张聘书道："我嘛，碰巧也收到了一封。"

唐伯虎喜出望外，大声地说："正好，我们结伴而行，这样也不寂寞了。"

文征明看了唐伯虎一眼，不好意思地说："实不相瞒，我虽然屡试不第，承蒙几位父执辈的大力推荐，已经把名字列在翰林院待诏名下，虽然诏书未到，但是却不宜前往宁王府。"

"恭喜，恭喜！"唐伯虎真心为朋友高兴。

文征明坦诚地、专注地望着唐伯虎："至于你，自从考场弊案，蒙不白之冤，这条仕途已断，不可能走我的路子，我听说宁王礼贤下士，十分敬慕读书人，你去试试看，总是一个机会，总也比卖画典当过日子来得强。"

唐伯虎一咬牙道："我这就打定主意去了。"

此时此刻的宸濠，摩拳擦掌想要造反，他一方面重金贿赂刘瑾等宦官，请他们在正德皇帝之前当内线；一方面找来失意的李士实、刘养正等人当参谋，又豢（huàn）养了一堆亡命之徒。

宸濠久闻唐伯虎美名，听说他要来了，开心得自言自语："又多一位人才，看来我离皇帝宝座更近了。"

不明就里的唐伯虎，哼着小调，愉快地一步步走入陷阱。

唐伯虎误上贼船

明朝正德九年（1514年），唐伯虎载奔载欣前往南昌，准备开启人生崭新的一页。一路之上，他编织了许多梦想，他把宁王宸濠想象为昭明太子，两人饮酒作诗，一向爱朋友的唐伯虎开心极了，还没有见到宸濠，他已经把整个心掏给了宸濠。

宁王宸濠其实是个最为贪暴的人，不过外表白皙秀气，又喜欢有事没事背几首诗词，故作附庸风雅状，把许多人都给骗了过去。

有一天，术士李自然、李日芳为他看面相，看得是大惊失色，“不得了，宁王生有异表，日后当为天子。”由于正德皇帝是个纨袴子弟，一心一意把家业败光，所以宸濠认为这是上天赐给他的机会，不可违忤天意也，很高兴地把李自然、李日芳安置在宫中。

有一天，李自然仿佛见了鬼神般嚷嚷：“哇，城东南有天子气。”宸濠闻之大喜，立刻在东南角盖了一座富丽堂皇的宫殿，取名为“阳春书院”。

唐伯虎到了南昌宁王府，就被安置在阳春书院。唐伯虎漫步其中，走在曲折回廊之中，他觉得他的人生也是曲折离奇，感谢上天相佑，从此苦尽甘来，平步青云，他几乎要跳起来大声呼喊，不晓得该如何宣泄心中的热情。

唐伯虎终于见到心目中的宸濠了，宸濠也终于见到想望中的唐伯虎了。宸濠长相斯文，皮肤很白，可是缺乏王爷的稳重、读书人的气质，唐伯虎有着些微的失望，不过，他马上安慰自己，人不可貌相也。

事茗图，明唐寅绘。

宸濠看到唐伯虎一表人才，十分满意，心中忖想，又添加一名唐伯虎，看来李自然所言不虚，迟早我将登上天子宝座。

宸濠为了表示自己博学，兴匆匆地说："我不但久仰唐先生名，甚且我还知道文征明是你的好朋友，不过，他晓得他不如你，还刻了一个图章表示。"

"嘿，有这种事？"唐伯虎一头雾水。

"连你自己也不知道吗？"

宸濠十分得意，拍拍手道："快把我收藏的文征明的画拿来。"小宦官取来一幅山水，没错，果然是文征明的手笔，宸濠指着落款道："你瞧，这一方篆（zhuàn）印有几个字'惟庚寅吾以降'，这难道不是说，文征明见到你就得投降吗？"

唐伯虎一听之下，又好气又好笑，原来，宸濠把"庚"字看成了"唐"，所谓庚寅是庚寅年，篆体字难识，宸濠竟然把庚看成了唐，再说"惟庚寅吾以降"是屈原名作《离骚》第四句话，意思是说："太岁在寅的那一年的正月，庚寅的那一天，我降生。"由于屈原是庚寅年降生的，文征明也是，文征明这才引用这一句，刻了一方篆章。

唐伯虎本来想，立刻指正宸濠，转念一想，初次见面，立刻给宸濠一个难堪不好意思，也就把话硬忍下来，嘴中客客气气地说："王爷果然博学。"

宸濠很高兴，被唐伯虎这么一捧，开始说诗论画，讲得是口沫横飞，偏偏十句之中有八句是错误的，唐伯虎直冒冷汗，担心一不小心提出正确的诗词，不过，他转念一想，身为王爷，有此附庸风雅的乐趣已经难得，不用苛责。

接着，宸濠唤来二名歌妓，一左一右分坐两旁，宸濠喝了一口酒，把歌妓一把抱过来，把自己嘴里的酒用接吻的方式灌入歌妓口中，歌妓一脸痛苦，勉强把酒吞下，宸濠很得意，朗声大笑："她们没有酒杯，她们用的是我嘴巴的皮杯。"

接着，宸濠又用"皮杯"表演了几次，恶形恶状，粗鲁野蛮，让唐伯虎好不自在。

宸濠让歌妓坐在自己的大腿上面，仰着脸说："据说，你是江南第一风流才子，怎么样，我也不差吧？"

唐伯虎心想，风流指的是举止潇洒，他虽然也爱慕女人，其实相当拘谨，尤其不喜欢公开肉麻，他对宸濠真有点儿失望。

宸濠表演过了风流，一点也没察觉到唐伯虎的局促不安，他把歌妓支使走开，用十分惋惜的声调说："以唐先生如此奇才，当年竟然被金榜除名，天下不公平之事莫过于此，我想起来都为之愤慨不平。"

宸濠这一句话，不偏不倚正说中了唐伯虎的痛点，他是何等失意，又何等迫切需要安慰与温暖啊。

宸濠又拍着胸脯道："你尽管放心在阳春书院住下来，有任何问题立刻来找我，你是我最重视的上宾。"

久经奚落的唐伯虎又有一阵晕眩，好久没有人这么礼遇他了，于是，他又开开心心与宸濠对饮，感觉还满舒服的。

唐伯虎的疑惑

唐伯虎以久旱逢甘霖的心情，终于拜见慕名已久的宁王宸濠，他有一种感觉，仿佛自云端给摔了下来，跌得好痛。

躺在床上，唐伯虎不断安慰自己，自古帝王将相有几个真正精通文史？哪一个王爷不沉迷酒色？比较起来，宸濠还是好的，至少他知道在下唐伯虎是个人才，至少他安排住宿的阳春书院宽敞舒适，至少这是一个翻身的大好机会……

虽然，唐伯虎尽量往好的一面设想，他心底却也有一个声音告诉他，宁王宸濠与传说中出入太大，他必须想办法了解真相。

这一夜，唐伯虎翻来覆去睡不着，他想到九娘，想到小女儿桃笙，有点儿后悔来到南昌。

第二天一大早，唐伯虎懒洋洋起了床，没事到处逛逛，发现远远走来李自然、李日芳两位方士，走起路来摇摇晃晃，东倒西歪，一副举止张狂的模样。昨晚在宁王宸濠的筵席上见过，当下，唐伯虎就不禁奇怪，外界都说宸濠爱才惜才，这两个宝贝一看就是蠢才奴才，也不晓得宸濠看上他们哪一点。

在唐伯虎看来，所谓人不可以貌相，这句话指的是外表的美丑不足论，可是一个人的气质涵养依然可以自外表看出。这二位方士，一个痴肥臃肿，一个獐头鼠目，二人一搭一唱，俗不可耐，讨厌到了极点。

李日芳边走边说：“这阳春书院果然是有天子贵气。”

唐伯虎一听，呆住了，宁王到底是宁王，不是天子，乱讲这种造反的话可是要杀头的啊！

李自然看出唐伯虎的讶异，得意洋洋解释道："你不相信，对不对？咱们两个是堂兄弟，自小入山练气，拜得名师，得自真传，学成之后，偶尔在山峰之上，发现一股天子贵气，一路寻访这才来到了这里。"

李日芳在旁边插嘴道："所以，宁王才在这儿建立了阳春书院，你也才被聘到这儿来。"

唐伯虎心想，这才是鬼话连篇了。假如在苏州，类似李氏兄弟这种庸俗之人，唐伯虎是看都懒得多看眼，这会儿同在宸濠帐下，不得不敷衍一二句。

唐伯虎想不出接口的话，故意讽刺道："原来，遇到两位高人，十分荣幸。"

李氏兄弟一点也没听出唐伯虎的揶揄（yē yú）。李自然笑着挖挖鼻孔，李日芳则一腿抖个不停，唐伯虎心忖：这两位高人还真够瞧的。

李自然说："听王爷说起，唐先生是一位有名的画家，那你一定什么都会画啊，我家门口以前有位老先生也很会画画，还会捏泥人，泥人五颜六色，好漂亮。"

唐伯虎气坏了，那种俗气的玩偶，怎能与他的画相提并论？他觉得自己好像吞下一只苍蝇般难受。

李日芳没有发现唐伯虎的不耐烦，他突然问道："唐先生对炼金术有没有兴趣？"

所谓炼金术，又名炼丹术，远在汉武帝之时，有人财迷心窍，希望把廉价的金属炼成贵重的黄金，或希望把普通的药剂炼成长生不老的奇药，这一类方术称之为炼金术，从事这些工作的人称之为方士，又称为丹家。

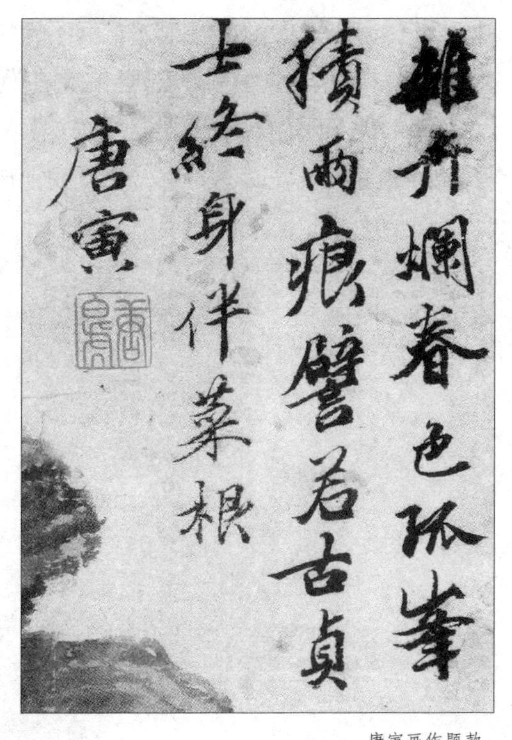

唐寅画作题款。

这些人虽然没有办法从廉价金属炼成黄金，也始终没有找到长生不老的奇药，但是他们发现了许多化学现象，超过了同时代别的国家，因此对古代化学发展有所贡献。

不过，李氏兄弟的程度，显然对古代化学不可能有贡献。

李自然说："我们二人的炼丹术可不是一般的，不是我自夸，天下就我们最行。"

李日芳接口："这是旁人学也学不来的。"

唐伯虎快忍耐不住了，他讽刺道："既然二位仙人擅长炼金，那真是再好不过了，为了什么原因，不待在家中日夜炼金，炼成一堆金子，吃穿不尽，何必留在宁王府中，太辛苦了。"

李日芳一点也不觉得唐伯虎在拐弯骂人，他推了唐伯虎一把，笑呵呵道："唐先生你不了解，这个炼金术，不但要有我们兄弟的法术，还得有福气，依我看来，唐先生挺有福气的，我们可以合作。"

唐伯虎又好气又好笑，赶快结束谈话："好，我回苏州之后，一定找一间房子，与兄弟二人一块炼金，炼一屋子的黄金。"

李日芳拍手道："好，一言为定，你先为我们题一首诗吧！"

唐伯虎走回房间，拿起笔来，气得发抖，一挥而就："破布衫巾破布裙，逢人便说会烧银，君何不自烧些用，担水河头卖与人。”

这二个活宝似乎看不出唐伯虎在骂人，捧着诗，摇头晃脑走了。唐伯虎不明白，宁王怎会看上这种草包，并且听任草包胡扯天子气，宁王宸濠难道不知道，造反的话传出去还了得。

唐伯虎为此，又失眠了一夜。

唐伯虎追念王勃

唐伯虎好不容易才摆脱了李自然、李日芳的纠缠，他的感觉是，一张口，不小心吞下一只活苍蝇，又恶心，又想吐，掏也掏不出来，只是肠胃难受，全身不干不净。

宸濠夸奖唐伯虎左一声“才子”、右一声“天才”，唐伯虎的确也是挺受用的。不过，既然李自然、李日芳也是宸濠心目之中，不可多得的稀世之才，那么，唐伯虎的才气岂非一文不值。

唐伯虎是个浪漫多情、缺乏防人之心的人，他总是把人看得很高贵，把事情设想得很完美，所以，渐渐真相浮现之时，唐伯虎实在受不了，他万分懊恼，只得无奈地在阳春书院混碗饭吃，总不能马上打道回府啊。

干耗在阳春书院也是挺无聊的，偶尔，宁王宸濠府中有宾客前来求画，唐伯虎也都随和的画了送人。不过，这些宾客几乎都是俗不可耐，没有什么文化水准。唐伯虎可以确定，宸濠确实是没有任何品味可言，看一个人交的朋友、读的书本，几乎就能够断言，他是哪一种层次的人，尽管唐伯虎满怀憧憬（chōng jǐng）而来，他终于发现宸濠庸庸碌碌，与昭明太子没得比。

待在阳春书院衣食不愁，却没半个人可以说话，唐伯虎精神上苦闷极了。有一天，他信步逛到赣江边上，来到滕王阁遗址，江水茫茫，山色苍苍，他想起了初唐诗人王勃的故事：

王勃是初唐文坛四杰之首，王勃与唐伯虎一样，从小是个天才儿童，六岁能诗，九岁时开始读《汉书》，他认为颜师古的注解有许多错误，他把错误一一列了出来，写成《指瑕》，瑕就是瑕疵（xiá cī）、过失之意，把许多大人都给吓了一大跳。

十四岁那一年，王勃上书，推荐自己才学，朝廷举行对策，他考得极佳，朝廷授为朝散郎，真是最年轻优秀的官员。王勃到处受人称赞，自己也顾盼自雄，颇为得意，许多人看他不惯，王勃一点也没有察觉。

王勃为人正直，很有正义感，当时，宫中的王爷们，闲来无事，喜欢斗鸡，顺便赌个输赢。王勃不以为然，写了一篇《檄英王鸡文》，恰好被唐高宗见到了，唐高宗认为，斗斗鸡、赌赌钱本是小事，何必大惊小怪，挑拨王爷们的感情？因此，高宗把王勃给逐出朝廷。

一向平步青云、恃才傲物的王勃这下慌了。惨遭打击，何去何从？他自认为做得没错，不晓得何以遭来横祸。感慨之下，他想起中国人经常说的“不为良相，便为良医”。

既然与朝廷不相合，当一个救世济人的医生也不坏，因此，他前往虢（guó）州，研习医药，担任参军职务。

王勃受到挫折，没有受到教训，他脾气不改，依然心直口快，同事都嫌他讨厌，他也有格格不入之苦。

王勃虽然满肚子文才，却不会处理行政事务，时时搅得焦头烂额。有一回，一个叫曹达的，犯了大罪，逃到了王勃处避难，王勃不想收留，又不好意思不留，慌慌张张把曹达给藏匿起来。

后来，王勃愈想愈心中发毛，万一被官府知道，窝藏犯人可不是闹着玩的，于是，派人悄悄把曹达杀掉。这下子更糟糕，案子爆发，若非遇上大赦，王勃就是死罪。王勃万念俱灰，不慎溺水，救上来之后，惊恐而死，不过才二十八岁。

唐伯虎与王勃一般，怀才不遇，一路坎坷，英雄惜英雄，内心感触甚多，唐伯虎心想，幸亏王勃还留下几首诗，幸亏他还有《滕王阁序》一文传世，这序之中还有一段故事：

据说有一次，王勃省亲，路过南昌，恰好阎（yán）公阎伯屿在滕王阁宴客，王勃小有文名，也在被邀请之列。

阎公宴客的用意是出风头，他有一个女婿，文才极佳，阎公希望女婿为滕王阁写一篇序，让众人夸赞，他这个做老丈人的，顺便也露一露脸。

因此，酒过三巡之后，阎公就站了起来，清清喉咙道：“今日群贤毕至，何不效法王羲之作《兰亭集序》，也来一篇《滕王阁序》呢？”说着，阎公捧着纸笔，来到张老面前，客客气气道：“张公，请。”

滕王阁图，近人爱新觉罗·溥心畬绘。

张公当然明白阎公的用意，连连推辞，其后，一个一个也摇手摇头，敬谢不敏，大家都明白，这是阎公为女婿请的客。等到阎公拿着纸笔，请教王勃之时，没想到这个二十多岁、嘴上无毛的小伙子推也不推，让也不让，一把接过来，提起笔就真的写了起来。

阎公气坏了，吹胡子瞪眼睛，恶狠狠地瞪着王勃，眼露凶光，王勃不会察言观色，继续磨墨。阎公气得顾不得风度，跑到后面生闷气，留下一个小吏，伺候王勃写序。

这个小吏站在旁边，王勃一面写“南昌故郡，洪都新府……”小吏一面念出声音来，等到小吏念到“落霞与孤鹜（wù）齐飞，秋水共长天一色”，意思是，暮霭渐低，孤鹜上飞，秋水含翠，长天空蓝，水天交会，天地合一。

阎公自后面奔了出来，握紧王勃的手道：“这是天才之作，你可永垂不朽。”整篇序以华丽的词藻、酣（hān）畅的笔调，描绘滕王阁的景色与宴会盛况，以及王勃怀才不遇的落魄心情。

唐伯虎回到阳春书院，以自己与王勃相同的心情，创作了一幅流传千古的“落霞孤鹜图”。

唐伯虎直说敢言

唐伯虎参观南昌的名胜古迹“滕王阁”，想起了初唐诗人王勃的名句“落霞与孤鹜齐飞，秋水共长天一色”，回到阳春书院，画了流传千古的名画“落霞孤鹜图”。

唐伯虎一面画图，一面私忖，所谓神交古人应该就是这种心情吧，他幻想着，假如王勃坐在对面，二人说说笑笑，在阳春书院的生活就不至于如此单调、无趣、苦闷了。

落霞孤鹜图，明唐寅绘。

据说，王勃当年写文章有一个怪习惯，他先磨墨，磨了好几桶备用，然后，喝酒，狠狠喝一个痛快，喝醉之后，蒙头大睡，睡醒之后，立刻挥毫，不假思索，不改一字，一篇妙文即成。当时人称之为“腹稿”。

唐伯虎写诗、绘图也都是先有腹稿，一挥而就。他在“落霞孤鹜（wù）”图旁写下了一首诗：“画栋珠帘烟水中，落霞孤鹜渺无踪，千年想见王南海，曾借龙王一阵风。”

唐伯虎见不着王勃王南海，整日待在阳春书院又无聊，有天他闲来无事，信步逛到江西巡抚辕门外，见到附近围着一群人，他很好奇，走过去一看究竟。

人群当中围着一位年轻少妇，面容清秀憔悴，一面哀哀哭泣，一面指着身上伤痕道：“大家都说，苍天有眼，我不晓得苍天的眼睛在哪里，我也不晓得我做了什么孽，会遭到这样的报应。我家在乡下，虽然贫穷，勉强可以过日子。去年，来了一群人霸占田地，抢走财产，把我丈夫也杀害了。”讲到这儿，妇人悲从中来，泣不成声。

她抹干眼泪，眼泪又不断涌出，啜啜泣泣道：“我气不过，从知县告到知府，又从知府告到巡抚，没有一个地方肯受理，我刚自巡抚辕门出来，被打成这个模样。”妇人卷起衣袖，白皙的皮肤上一条一条血痕，简直惨不忍睹。

围观的人听了，个个低下头，为妇人不平，却也没敢出声。

一向斯文秀气的唐伯虎看不过去，他高声嚷道：“这太不像话了嘛，朝廷官吏，食人俸禄，不替人民伸冤，那还留着这江西巡抚衙门做什么？这妇人是否诬告，也该先彻底调查，岂可平白无故把人打一顿……”

唐伯虎气愤填膺，愈说愈激动莫名，旁人吃惊地望着他，也有人悄悄掩鼻走远，仿佛怕惹祸上身，唐伯虎不以为意，继续发表言论。

此时，一位慈祥的老人走了过来，拉一拉唐伯虎的衣袖，小声说：“小兄弟，别讲了，跟我走。”

唐伯虎见老人目光诚挚，又显得十分着急，于是，他停止抨击，随着老人，走到一条幽静的小巷。

老人打量着唐伯虎半晌，沉缓地说：“小兄弟，听你口音，该是外乡人吧?”

“是的，我是苏州人。”

“嗯，刚来南昌不久吧。”

“没错。”

“难怪你不了解。你晓得何以衙门不受理这些案子吗？因为这些抢占民田、杀人放火的勾当全是宁王宸濠手下干的，谁也惹不起，刚才那妇人只不过其中之一，她还算好的，还有更惨的哩。”老人沉痛地说给唐伯虎听。

唐伯虎不解道：“宁王手下打着宁王旗号胡作非为，官府就该一五一十禀报宁王啊！”

老人一听此言，努一努嘴，示意唐伯虎别出声，把唐伯虎带到一个四下无人的荒凉地带，压低声音道：“只有你这个外乡人才会讲这样的外来话，最坏的人就是宁王了，前几年，倒有几个地方官比较正直，宁王就送给他们一盒枣子、一篮梨子、一包姜、一包芥。”

唐伯虎耸耸肩：“那不是挺礼遇吗？”

老人叹口气：“枣梨姜芥是早早离开疆界的意思啊，没有会意过来的王哲就被下了毒，提早见了阎王爷。从此地方官就纷纷请调，调不成的，只好乖乖就范啊。”

“朝廷不知道吗？”唐伯虎追问。

“唉，当今的正德皇帝如何胡闹，莫非你没有听说？”

老人拍了一拍唐伯虎的肩膀：“小兄弟，我佩服你的见义勇为，不过我劝你也早离疆界，至少，少开尊口。”

唐伯虎长长一揖，谢过老人。

他呆立在路口，脑袋中轰轰作响，天啊，他投靠的昭明太子，竟然是个豺狼虎豹，真是可怕！忽然之间，他又想到李自然、李日芳所说的“阳春书院有天子之气”，难道，宁王有意谋反？一股凉气自唐伯虎的背脊往上窜，他全身血液凝固了，他晕头转向，他要昏倒了。天啊，唐伯虎恨恨地握紧拳头，命运之神何以如此残忍？

张灵思慕崔莹

唐伯虎听说宸濠原来是个欺压善良的恶霸，整个脑子轰隆轰隆，仿佛在打雷。他失魂落魄回到阳春书院，觉得自己是受骗上当，又恼怒、又生气、又愤慨、又失望，五味杂陈，有说不出的懊恼。

唐伯虎第一个念头，就是恨不得马上收拾行李，趁着夜晚赶回苏州，离开这个鬼地方。继而一想，不可，不可，不可轻举妄动。假如宁王宸濠果真有谋反意图，那么，他这不告而别，宸濠一定起了怀疑，非但他与九娘性命不保，连小宝贝小桃笙也会遭到危险，想到粉扑扑的小桃笙，唐伯虎觉得心上被狠狠咬了一口。

他勉强镇定下来，深深吸了一口气调匀呼吸，唐伯虎告诉自己，沉着、冷静，小心应付眼前危机。突然之间，唐伯虎想起他的好朋友张灵交付的重任尚未完成，受人之托，忠人之事，唐伯虎原本也还不能离开南昌。

唐伯虎有一个好朋友——张灵，在青少年时代，他们两人曾经脱下鞋袜，在孔庙前面的泮（pàn）池戏水为乐，惹来路人指指点点，他二人出尽风头，得意之至。这一段故事，我们曾经介绍过。

张灵心目中有位佳人，名叫崔莹，乃南昌才女兼美女，张灵日夜想念，因此，唐伯虎此番前来南昌，张灵重重拜托。

张灵与崔莹这一对才子佳人相遇在十年之前……

张灵与唐伯虎一般，有才有貌，风流倜傥（tì tǎng），颇为自负，只是家境贫穷。张灵最钦佩之人乃竹林七贤中的刘伶。刘伶的故事，我们曾经详细介绍过，刘伶喜欢乘坐一辆鹿车，悠哉游哉到处逛一逛。刘伶有一句名言："随时随地，死便埋我，死在哪儿，葬在哪儿。"张灵对这句话简直崇拜得五体投地。

有一回，张灵听说唐伯虎、祝枝山一群人到虎丘喝酒去了，竟然没约他，有点不悦。他心生一计，换上一件破衫，腰上绑一根稻草，头上顶了一个破方巾，再用泥巴抹抹脸，左手持木杖，右手捧着《刘伶传》，一跛一跛也到了虎丘，果然发现了唐伯虎一行。

张灵举起《刘伶传》，大声说："刘伶告饮。"

唐伯虎老远便认出张灵，他也不拆穿，一块玩着道："原来是酒祖宗大驾光临，快请。"

张灵很开心，闹也闹够了，酒也喝足了，又拄着拐杖，一跛一跛下山去。当时在座尚有崔文博老先生，他望着张灵的背影道："这个乞丐生得如此清逸，如此不凡。"

唐伯虎笑笑道："他是张灵。"说着，唐伯虎就在凉亭小几上，把张灵方才扮乞儿的模样给画了下来，画得传神之至，尤其张灵那灵秀聪慧的眼神非常吸引人。崔文博赞道："原来他是曾经得过童子试第一名的神童张灵，果然俊秀，这幅画送我吧，我想带给爱女崔莹看一看。"

虎丘图，明谢时臣绘。

这崔文

博是南昌人氏，因为护送亡妻灵柩回乡，沿途遇上唐伯虎，由于俱是脱俗之人，相谈之下，一见如故，唐伯虎等方才正谈到，崔文博有一个宝贝女儿崔莹，才华极高，容貌极美，所以一听说崔文博要把画带给才女看，祝枝山也凑兴道："我就不揣浅陋，题个款吧。"

于是，祝枝山题了"张灵行乞图"几个劲秀的字，交给崔文博。唐伯虎、祝枝山都想在才女面前显一显才华，崔文博大喜过望，连声谢谢。

这时，张灵一副乞丐打扮，正经过一条小河，看到河岸旁靠着艘小船，小船上有个混混正在戏弄小丫头，张灵平素是斯文的书生，这一回，仗着自己是乞丐打扮，拿起手里的打狗棍，就往小混混头上敲去，小混混发现是比他还混的乞丐，吓得闪身便逃走了。

小丫头十分感激，船上的小姐也出来答谢。这小姐秀秀气气、白白净净、落落大方，侃侃而谈："奇怪，你这乞丐，手里拿着《刘伶传》，莫非效法刘伶一饮非一斛（hú）不可，要五斗才能尽兴？"

张灵抬头见到佳人，如此秀丽脱俗，魂已去了一大半，听到她又谈起刘伶，并且对刘伶十分熟悉，简直一团慌乱，情急之下，脱下头上的方巾，深深作了一个揖，必恭必敬道："小生张灵，字梦晋，姑苏人氏，年方三十有零，尚未娶妻也。"

崔莹哈哈大笑，也不扭怩作态如一般女子以手掩嘴，她笑得十分开心，一句话就戳过去："这不是《西厢记》中张生的台辞吗？"

张灵有点不好意思，也跟着大笑，这一笑化解了彼此的尴尬，张灵发现眼前这个崔莹，与崔莺莺一般"颜色艳异，光辉动人"。但是没有崔莺莺的多愁善感，自怨自苦，反而有点儿男儿侠义作风，快人快语，非常有趣。张灵心想："我现在了解《西厢记》中形容张生'飘飘然，自疑神仙之徒'的感觉了。"

于是，张灵留在船中喝茶，与崔莹谈诗论画，棋逢对手，快乐极了，直到傍晚，张灵才万分不舍地告辞。

这时，崔文博回来，欣喜地拿出画来献宝，崔莹笑盈盈道："这位乞儿刚刚走。"崔文博大喜，可惜乐极生悲，当天晚上，崔文博腹痛如绞，担心得了重病，连夜开船赶回南昌。

张灵一片痴心

张灵与崔莹一见钟情，互相爱慕。张灵告别崔莹，相约明早再见之后，张灵立刻奔向唐伯虎处，手舞足蹈，大叹崔莹是如何亭亭玉立、人品清秀、才思敏捷、风度雅致……

唐伯虎笑道："瞧你二人含情脉脉，你姓张，崔莹又姓崔，岂不像是《西厢记》中的张生与崔莺莺，但愿没有棒打鸳鸯的老夫人。"

张灵脸色一暗："我的确家贫。"

唐伯虎推了张灵一把："可是，你未来的老丈人夸你风流潇洒、斯文俊秀，我还送了他一张你的画。"

"什么？"张灵张大了眼睛，又惊喜又诧异。

于是，唐伯虎一五一十告诉张灵，小亭中的老先生是崔文博，也就是崔莹的父亲，唐伯虎画的"张灵行乞图"被他给要了去，祝枝山还在上面题了款。

"该死，我还一身乞丐打扮。"说着，张灵立刻打水梳洗。他原本仪容英俊，人逢喜事精神爽，益发显得风度翩翩、魅力不凡，唐伯虎举起大拇指道："果然一表人才。"

这一天晚上，唐伯虎与张灵就谈个通宵，因为张灵兴奋得没法入睡，隔不了多久就探头看看窗外，"怎么还不天亮，奇怪，今天的夜特别长。"

唐伯虎浅笑不语，回身抽出一本《西厢记》，翻开其中一段，描写莺莺寄给张生“明月三五夜”的诗之后，张生巴不得立刻去会见莺莺，只恨天色不晚，王实甫描写张生的心情是，大叹“天啊，你拥有万物，何苦争此一日，快下山吧”。好容易挨到中午，自己劝自己，“再等一等”，看着太阳，又大叹“今天太阳怎么如此难下山”。到了后来，恨不得“手上有一把后羿弓，想把太阳给射下来”。

张灵点点头：“对，我一刻也熬不下去了。”他又跑到门外看天色，终于天空露出了鱼肚白，快到黎明了。

张灵拉着唐伯虎的手叫道：“快，我们快去。”

唐伯虎甩开张灵的手：“你的梦中人还没有起床。”

禁不起张灵再三催促，唐伯虎一大早就被张灵拉到岸边，奇怪的是，崔家的船不翼而飞，张灵失魂落魄，四下打听，终于附近的渔船主人道：“昨晚已划走了。”

一听此话，张灵如遭电击，几乎支撑不住，他一个劲儿埋怨自己：“早知如此，就该整个晚上守在岸边。”

唐伯虎眼见好友如此失望，心生不忍，又不晓得该如何安慰。

张灵什么话也不说，两脚一分，坐在岸边，他不明白何以有这么大的变化，当然他也不晓得当晚崔文博得了急病，不得不连夜赶路。张灵闷坐一旁，郁郁寡欢，任凭唐伯虎怎么说笑逗趣，总不能引得他稍开笑脸。

唐伯虎与张灵从早到晚，守在岸边，崔家的船当然没有出现，张灵怏怏回到家中，茶饭不进，眼神呆滞，张伯母十分着急，忙问：“哪里不舒服?”

张灵指指心：“我这儿不舒服。”从此，张灵得了严重的相思病。

日子一天一天过去，张灵口中不再提起崔莹，心中却时时刻刻忘不了崔莹。他感情丰沛，心中郁结无法排遣，只有寄情于绘画之

招仙图，明张灵绘

中。张灵的人物画、山水画都十分出色，其中每一笔每一画都有他对崔莹的刻骨铭心之爱。

唐伯虎、祝枝山、张灵三位不同凡响的才子，在人生上都遭遇不如意，也许这是老天的磨练，所有伟大的作品背后都有痛苦，痛苦带来深度。他三人自觉怀才不遇，只好苦中作乐。他们曾经在冰天雪地，打扮成叫化子，唱着莲花落，向路人行乞，沽酒买肉，躲到野庙中痛饮，大声夸耀：“连李白也没咱们这般痛快！”其实，他们看不开、丢不下，心中盛满了眼泪。

当然，他们偶尔也有真正开心的时候，那就是有人仰慕他们的艺术才华之时。

有一回，三人结伴，前往酒楼买醉，喝得歪歪倒倒，这才发现，谁身上也没带钱，付不了账。

祝枝山灵机一动，挥着手中的扇子，对唐伯虎说：“这一面有我写的字，你在另一面画点东西，请酒保拿到当铺里去典当。”

唐伯虎顺手画了花鸟，简简单单，意趣不凡。

酒保取过扇子，正待出门，一位客人走过来，拦住酒保：“你不用去当铺了，假如这幅画中有张灵的人物，我愿意多出二十两银子买下。”

张灵欣然同意，在唐伯虎的花鸟旁边，添画了一位袅袅婷婷的美人儿，不用说，又是在画崔莹。

张灵的相思病，一害就是十年整，把张伯母给急坏了，只要提到相亲、娶妻，张灵就发脾气。无论介绍谁家小姐，张灵不是嫌人家“丑如无盐”，就是批评对方“没读过书”，张伯母经常问唐伯虎：“我该如何找寻崔家小姐？”唐伯虎确实也爱莫能助啊。

十美图的残酷真相

张灵与崔莹一见钟情，崔莹不告而别之后，张灵的相思病一发就是十年，张伯母忧心如焚，由于崔莹是南方人氏，因此唐伯虎此番前来南方投到宁王宸濠门下，张伯母重重相托，希望能觅到崔家小姐。

唐伯虎在阳春书院四下闲逛，表面平静无波，内心波涛汹涌，人海茫茫，他要到哪儿寻访崔莹；再说眼前危机四伏，万一宸濠果真怀有异态，想要起兵造反，他被牵涉其中，那可是诛九族的死罪啊。

不可能吧，就凭宸濠那一点能耐，怎有胆量造反？唐伯虎一遍又一遍安慰自己。不过，万一宸濠自不量力，鲁莽起兵又该如何？

翻过来，想过去，唐伯虎终于决定，面对现实，找寻真相。他第一件该做的事，就是找李自然、李日芳探听消息。

一想到这二个宝贝，唐伯虎就一阵翻胃，好像一张口不小心活吞两只苍蝇。唐伯虎虽然考场失利，但平日往来的都是文征明、张灵等清逸脱俗的人，对没品没格的庸俗之辈，素来懒得理会。

现在，为了保命，他必须开始学习演戏。

唐伯虎用力调匀呼吸，挤出微笑，故作轻松地与李氏兄弟攀谈：“我也注意到了，这阳春书院果然不凡。”

“噢，你也注意到了！”李自然咯咯笑道。

“此地具有天子之气。”唐伯虎干脆挑明了说。

李日芳推了唐伯虎一把："有你的！"

唐伯虎更露骨地表示："宁王怎不早作打算？"

李自然道："怎么没有？"接着，他口无遮拦谈起，宸濠是如何如何有计划地收买宦官刘瑾等等。李自然讲得眉飞色舞，唐伯虎听得毛骨悚然。但是，他还得故作高兴状，努力夸赞宁王："才华盖世无双，具有天子之相。"

回到房间，唐伯虎忍不住哭了起来，人生怎么会这么悲惨呢？他想到李白，想到唐朝时永王璘（lín）起兵，李白被召入幕，后来永王失败了，本来该处死刑，幸亏遇到郭子仪搭救，流放于夜郎。唐伯虎一面背着自小熟悉的《静夜思》："床前明月光，疑是地上霜，举头望明月，低头思故乡。"想到故乡苏州，想到九娘与小宝贝桃笙，他的泪水汩（gǔ）汩而下……他不晓得该怎么办。

唐伯虎流了一夜的眼泪，第二天一大早，宁王宸濠派人把唐伯虎给找了去，对他说："我久仰于唐先生的仕女图，今日选了十位美女供先生画图。"

"不过，你得注意，"宸濠把笑容一收，正色以告："你画好之后，把每位佳人的名字、籍贯写在一旁，不许弄错。"

唐伯虎昨日听李日芳提及，宸濠要送美女入京，供荒淫的正德

十美图（局部），明仇英绘。

皇帝享用，他怎么也没想到，他得为这件丑恶之事当帮凶。

在民间传说之中，所谓“八美图”，或者“十美图”，描写的是唐伯虎富贵多金，除了琴棋书画之外，最为注意美貌佳人，他向祝枝山、文征明、周文宾三位解元夸下海口，一定要在三个月之内，觅得八位佳人先后完婚，一夫八妇，度一辈子甜甜蜜蜜。后来，果然觅得八位绝色，情情愿愿与他先后完婚。唐伯虎的寻芳猎艳、偎红倚翠让中国男人羡慕到了极点。

不过，传说毕竟是传说，以后我们会讲传说故事。真实的唐伯虎面对十位美女，他只有一个念头——痛哭流涕。这些美女年纪都很小，也不了解未来人生路程，只听说要画画，个个嘻嘻哈哈，十分开心。唐伯虎久闻正德皇帝的胡闹任性，白天击毬走马、放鹰逐兔，到了夜晚灯火通明，俳优登场，不分美丑，无论老少，遇到醉后的皇帝，个个都有机会。在唐伯虎看来，正德皇帝不是风流，而是十足的下流。

一连忙了一个月，终于完成了九幅图画。最后一位美女走了进来，袅袅娜娜，半低着头，似乎万分不情不愿。

李日芳在一旁介绍道：“这一位美人叫崔莹，字素琼，擅长于诗。”

崔莹，崔莹不是张灵朝思暮想、梦牵魂萦的心上人吗？怎么会在这儿相见？再说，张灵崔莹一别十年，崔莹年龄已经不小，还会以美女入选吗？

待崔莹缓缓走近，那丰采、那气度、那绰约的天然风韵，唐伯虎确定，她果然是张灵的梦中佳人。她脸上为泪水浸润过的皮肤，透出素净的光泽，甚且哭肿了的眼睛，仿佛熟透的杏儿，唐伯虎心想，原来好看的女人，连哭起来都这么迷人。

李日芳走了，崔莹冷笑一声，讥讽道：“好一个江南才子，原来不过是宁王的帮凶。”

唐伯虎连忙解释道：“我也是被骗来阳春书院，同时，为张灵寻访小姐啊。”

“张灵！”崔莹惊呼。这两个字重重打入心坎，于是，她又呜呜咽咽，抽噎（yē）不止。

唐伯虎发疯

唐伯虎终于为张灵找到了崔莹，但是，天公作弄人，竟然是在帮宸濠画“十美图”之时遇见崔莹。

崔莹果然是璀璨（cuǐ càn）晶莹，与众不同。唐伯虎号称“江南第一风流才子”，这辈子见过多少美女，像崔莹这般才貌双全、风度高华的，倒还是第一回遇见，难怪张灵害了整整十年的相思病。

“噢，张灵！”崔莹轻呼着，她激动得发狂，眼光直视，嘴唇一点血色也没有，胸脯剧烈地起伏不定，整个人摇摇欲坠，唐伯虎想上去扶，却又不敢，崔莹身上透着不许侵犯的神色。

崔莹清清冷冷，如冰如雪的风姿，让唐伯虎打心眼里尊敬与怜惜，他忽然兴起一股强烈的、英雄救美的念头：“我要救你出去，让你与张灵相见。”

“不可能的。”崔莹摇摇头，婉然一笑，“不过，谢谢你的好意。”说着，崔莹自袖中掏出一幅图画，原来是当年唐伯虎画的“张灵行乞图”。

崔莹转身坐了下来，拿起毛笔，在画上题了一首小诗：“身陷囹圄（líng yǔ）心未休，欲往姑苏不自由，此身纵然泉下去，也有芳魂到虎丘。”崔莹的字，娟秀美丽，一如其人，唐伯虎一时之间鼻酸眼酸，更是心酸酸。

“解元公，赶快画画吧。”崔莹神色肃穆，从容地坐在一旁。

唐伯虎把画笔一摔，愤愤然道："我怎么画得下去？"

"你若不画，宸濠怎肯饶你？"崔莹反倒过来劝唐伯虎："你不画，自有人画，你救不了我，我希望你能逃出宁王府，告诉张灵，我是欲往姑苏不自由。"

"崔小姐，我画不下去！"唐伯虎痛苦地哭喊着，他的手索索发抖，他手软得握不住笔，"我岂能为宸濠夺我朋友之爱。"

尽管满心酸楚，唐伯虎仍然必须完成这一幅画，他每一次抬头望崔莹，他的心就在滴血，他不敢想象，张灵有多么伤心。画到一半，唐伯虎想到多日来累积的痛苦，他再也忍受不住，"叭"一下，他把画笔给摔成二段，一脚踢翻了画纸，他大声狂叫："天呀，我画不下去啦！"

秋风纨扇图，明唐寅绘。

李日芳走了进来，只见唐伯虎披头散发，满地狼藉（jí），又哭又笑，李日芳惊讶道："你发疯啦？"

"对，疯了。"唐伯虎再也积压不住，干脆当个疯子吧，疯子至少可以不必再忍耐，疯子可以对讨厌到了极点的李日芳大吼，他老早就想对这班人扯破脸了。

唐伯虎想起当年，他与张灵赤身露体在孔庙前的泮池戏水为乐，多么逍遥，真是"少年不识愁滋味"。现在，他自己被骗不说，宸濠还夺了张灵的心上人，唐伯虎好恨！他把上衣撕裂，又把下衣撕破，旁人吓得退后窃窃私语："这么一位体面斯文的才子，怎么不顾羞耻，莫非真是疯了。"

唐伯虎干脆疯到底，拿起酒壶自头顶浇下，然后开始破口大骂，且歌且舞，着实闹了个够。

宸濠听说唐伯虎疯了，赶过来一瞧究竟，他带了美酒美食，又带来一盆猪食。唐伯虎知道这是在试验他。他深吸一口气，发挥精湛的演技，一脚踢翻了美食，抓起猪食就开始大嚼，自小吃惯美食的他，胃中一阵阵恶心，不过唐伯虎仍然"津津有味"吃完了猪食。

宸濠眼睛不眨地望着唐伯虎，他不相信，他怀疑唐伯虎在作戏，于是下令"天天试试看"。

可怜的唐伯虎从此天天以疯子的姿态，食猪食，打赤膊，过着猪狗一般的非人生活。

到了晚上，监视他的人睡觉去了，唐伯虎经常忍不住痛哭流涕，一向最爱漂亮的他，在镜中望着自己狼狈的模样，多少次想一死了之，可是桃笙，小桃笙不能没有父亲啊，唐伯虎只好第二天继续作戏。

唐伯虎继续当疯子，可是，宸濠似乎也没有放他走的意思。唐伯虎得想出一些新方法。

有一天，宸濠与宫女正在调笑，唐伯虎疯疯癫癫走过去，当场小便，把宫女吓得捏着鼻子逃之夭夭。

又一回，唐伯虎把酒壶里的酒倒光，以尿盛满，一路追着李自然、李日芳，非要他们喝下去不可，他讨厌死了这二个宝贝，还真希望他们喝一口。

唐伯虎一路追，两兄弟一路逃，唐伯虎口中不断嚷嚷："来来，长生不老神仙酒，两位师兄干一杯。"

这两位“仙人”见了唐伯虎就怕。

又过了二天，宸濠新砌的白墙，竟然被唐伯虎题了一首诗：“碧桃花树下，大脚黑婆娘，何时归故里，和她笑一场。”

李自然因为不肯喝神仙酒，被唐伯虎远远用神仙酒在空中挥洒，搞得李自然一身尿骚味，他实在受不了，跑去对宸濠说：“送唐伯虎回苏州吧，这个疯子留着麻烦。”宸濠冷静地望着李自然：“你确信他是真疯吗？”李自然点点头。

沈九娘的怨叹

唐伯虎为了逃离宁王宸濠的魔掌，装疯卖傻，又哭又闹，把宁王府搅得鸡犬不宁，终于，宸濠忍耐不住了。

宸濠的第一个想法，那就是把唐伯虎给杀掉，以免唐伯虎万一知道他有谋反的意图。继而一想，万万不可，唐伯虎大名鼎鼎，他的好朋友文征明等人都晓得他来了阳春书院，如果不明不白地死去，有损宁王的威名。

最后，宸濠把李日芳找来，正色以告："人家都说唐伯虎是才子、是贤士，依我之见，他不过是虚有其表的狂生，既然他想念碧桃树下的黑婆娘，那就打发他回去吧，不过你一路护送到家，看清楚他究竟是真疯还是假疯。"

唐伯虎听说终于要被撵走了，好高兴，但是表面不动声色。一路上大雪纷飞，他为了表现疯子本色，不时赤身露体，精神抖擞地努力表演。

李日芳一路照料疯子十分辛苦，回到苏州时，已经是腊月里，唐伯虎就是靠着思念九娘、思念小女儿桃笙这一股精神力量，他才能撑到家，如今到家了，他多么想一把抱住母女二人，叙一叙离别的思念。

但是，他不可以；李日芳一旁虎视眈（dān）眈，睁大眼睛准备看唐伯虎的表现。

唐伯虎暗暗一咬牙，这场戏再难演，也非演下去不可，否则，一家大小的命都没了。

山路松声图，明唐寅绘。

九娘听到敲门声，兴奋地赶了出来，因为思念唐伯虎，她一天不晓得跑到门口探几回，虽然每次落空，她总是安慰自己，唐伯虎在宁王府一定春风得意，只是，怎么一去半年，连一封信都没有捎回来。

“吱”的一声，门一打开，九娘吓坏了，唐伯虎蓬头垢（gòu）面，全身污秽，臭不可闻，像个监狱里的囚犯，哪里是那白净斯文、英俊潇洒的唐小生呢?

九娘心慌意乱，摇着唐伯虎的肩膀道：“你怎么了？”

唐伯虎明知九娘着急，却不能不狠着心道：“你是谁? 我不认识你。”

“我、我、我是九娘啊。”九娘急得快要哭出来了。

李日芳一旁解释道：“唐先生画着美女图，画到一半，突然疯了。”

“什么，疯了?!”九娘不相信，把桃笙抱了出来，吩咐桃笙：“快叫爹爹!”

小桃笙从来没见过爹爹这个可怕的模样，但是，毕竟父女情深，小桃笙依然亲亲热热地用小手抱着唐伯虎的脸道：“爹爹，抱抱。”

以前小桃笙每次一下“命令”，做爹爹的唐伯虎就把女儿搂在怀里，又亲又吻。口里不断叫着“小宝贝”。这一会儿，唐伯虎不得不装出凶狠模样，冷冷道：“这个小孩是谁？快抱走！”

小桃笙吓得大哭，哭得又伤心又失望，胖胖的小手仍然不死心地拍着唐伯虎的手：“爹爹，抱抱！”

这一刹那，唐伯虎几乎要崩溃了，他几乎就要把小桃笙抱紧怀中，他大叫道：“快拿酒菜来！”小桃笙又是哭，唐伯虎的心一揪，不断对自己说：“沉住气，我非保护妻女不可。”

惊惶失措的九娘，胡乱之中草草端出菜饭，一盘青菜，一盘豆干，着实寒酸得很，所幸，尚有唐伯虎喜爱的一小壶酒。

唐伯虎把酒壶中的酒倒在地上，然后，拿起酒壶盖子，对准酒壶撒了一泡尿，这种疯狂的举动，把九娘给吓哭了。这还不打紧，唐伯虎自己喝了一口尿，又把尿递给李日芳，大力推荐道：“神仙酒，好喝！”

李日芳怕死了神仙酒，站起来，敬谢不敏道：“谢了，你留着慢慢用，我明天再来看你。”李日芳落荒而逃。

李日芳走了，唐伯虎闹够了，四仰八叉躺在床上睡觉。

九娘抱着小桃笙，母女二人哭成一团。唐伯虎想上前安慰，想一一解释，但是，他不敢。他知道，万一解释清楚，明天李日芳再来，九娘一定无法配合演戏。

第二天，李日芳来了，九娘抓着他问东问西，问不出唐伯虎何以变成这副模样，李日芳被问烦了，又害怕再喝“神仙酒”，匆匆告辞，第三天再来。

如此一连十天下来，九娘病了，躺在床上高烧不退，小桃笙哭个不停，唐伯虎还是疯疯癫癫，抱着神仙酒不放，李日芳心想，唐伯虎当然是疯了，于是提前离开了苏州。

唐伯虎确定李日芳的船已开走，这才逐渐恢复正常，照料九娘。九娘忍不住嘴上埋怨："你真把人给吓死了！"忍不住心里埋怨："这个夫君真没用，好容易有个出头机会，怎么又弄砸了。"

唐伯虎是一向自认"君子坦荡荡"，事无不可告人者的爽快作风，他终于学到，人生有些事情不能大嘴巴到处讲，他有生之年，如果不小心泄露宸濠造反的事，他一家三口都会没命，所以他不得不瞒住九娘。

望着九娘怨叹的神情，唐伯虎在心中说："你永远不会了解，我多么爱你们母女！"

梅花梦媲美梁祝情史

唐伯虎装疯奏效，终于骗得了宁王宸濠的相信，让他回到了苏州。

为了他的发疯，九娘急得生了一场重病，唐伯虎难过在心里，却无法明言。甚且当唐伯虎“恢复正常”，他告诉自己，这一个天大秘密必须一辈子藏在心里，否则会带来杀身之祸。

唐伯虎一闭上眼睛，无论白天夜晚，脑中全是崔莹的倩影，以及张灵急灼灼的眼神，他懊恼自己无法英雄救美，把崔莹带出魔掌，受人之托，忠人之事，他必须硬着头皮，把崔莹的实况告诉张灵。

才气纵横，却是贫病交迫的张灵正卧病在床。唐伯虎走过去，坐到床边，握着张灵的手，将崔莹题的诗递了过去。

张灵挣扎着坐了起来，一字一句念着：“身陷囹圄（líng yǔ）心未休，欲往姑苏不自由，此身纵然泉下去，也有芳魂到虎丘。”

张灵的手瑟瑟发抖，他着急地问：“你见着崔莹了？”

“是的，她正被宁王宸濠准备送入宫中。”

“伺候那个无赖的正德皇帝吗？”张灵追问。

唐伯虎痛苦地、用力地点点头，他安慰张灵道：“她没有忘记你，只是无可奈何。”

张灵脑中轰然一声，昏厥过去，原本虚弱的他，折腾了半天才勉强睁开眼睛。他费力地问唐伯虎：“崔莹美吗？”

“比你形容的还要美，艳绝人寰（huán），才貌双全。”唐伯虎由衷地赞美着。

张灵苦笑道：“我没有说错、夸大吧？”

唐伯虎长叹：“好可惜，原是一对璧人啊。”

张灵大哭起来：“告诉我，老天爷为什么这般残忍？”十年来张灵一直郁郁不得志，如今，最后的一丝希望也被斩断了，他对人生感到万分疲倦，他想要永远躺下来了。

当天晚上，由于气恼、伤心、愤懑，张灵陷入昏迷，呓语不绝，拖了不到一个月，张灵挥手道别人间。

唐伯虎难过极了，他也十分后悔，假如，他没有告诉张灵真相，让张灵永远心中怀着一个希望，也许张灵还活在世上。转念一想，或许冥冥之中，上天就是安排他的南昌之行，让他为崔莹带个口信，他觉得惘然，不晓得自己做得对不对。

唐伯虎含着眼泪，将张灵葬在苏州郊外。

五年之后，宸濠终于作乱，被王阳明活捉之后问斩。由于十美乃是叛王行献，因此被发还原籍。

崔莹满怀希望，带着一名老仆人，兴匆匆地赶到了苏州，找到了唐伯虎。

唐伯虎惊讶得说不出话来，他内心涌现无比的悔恨，假如当初他没有告诉张灵，关于崔莹被选入宫的消息，该有多好。他嗫嚅道：“张灵看到你的诗，伤心过度，不久便死了。”

崔莹顷刻之间，从天堂跌到了地狱，她心里空荡荡的，失魂落魄随唐伯虎来到坟前，放声大哭，哭自己的委屈，哭见不到张灵的不甘心，她一声一声的呼喊：“张灵，我来了！”听得唐伯虎心碎，唐伯虎实在受不了，一个人走远了。

待唐伯虎回到墓前，发现崔莹已经上吊在墓前的大树上。

“天啊！我不该走开的！”唐伯虎悔恨极了。他把崔莹与张灵合

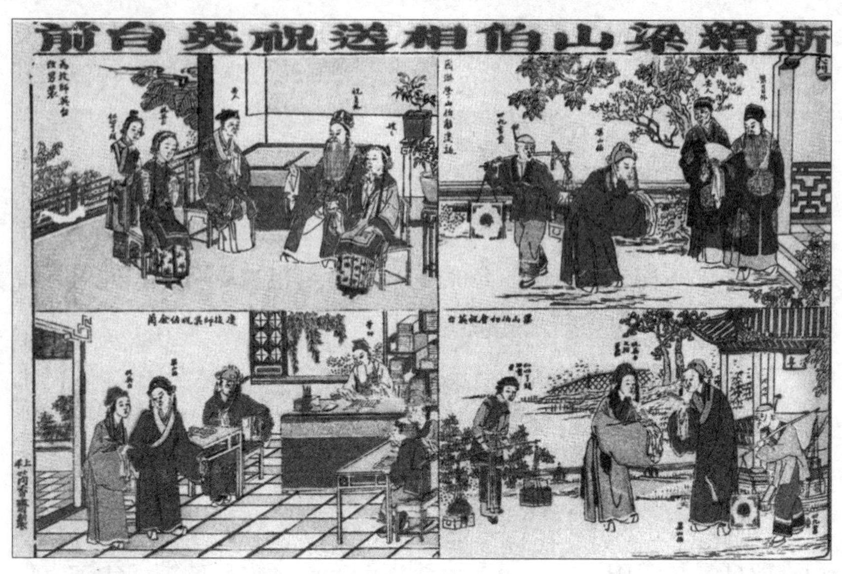

梁祝，清代上海彩绘申报插图。

葬在一起，并且在墓碑上题着“明才子张灵与崔莹之墓”。

第二年，唐伯虎扫墓时，忽然发现张灵笑盈盈挽着崔莹走过来，他二人深深一作揖，拜谢唐伯虎合葬之恩。万株梅花丛中，似乎有人朗诵：“花满山中高士卧，月明林下美人来。”

这就是脍炙人口的“梅花梦”的故事。

有人把梅花梦的故事，媲美梁祝情史。

“梁山伯与祝英台”不只是民间传说，确实在《宁波府志》中有记载。所谓府志，指的是记载地方沿革、古迹、险要、人物、物产、风俗习惯的书。

祝英台是东晋时，浙江上虞一位好学女子，乔扮男装去读书，与梁山伯半途相遇，同去求学。三年朝夕笔墨相处，梁山伯从未怀疑斯文秀雅的祝英台是女儿身。

其后，祝英台返家，梁山伯访祝英台时，方才发现原是美娇娘，双方情投意合，相知相爱，奈何祝父已将她许配马氏。

梁山伯遭此打击，一病不起。祝英台花轿经过梁山伯的墓前，突然起了大风，祝英台前往墓前祭拜，悲痛不能自已，突然之间，坟墓裂开，英台迅速投入墓中。马氏把这件怪事上报朝廷，丞相谢安奏封祝英台为义妇，并且为之立庙，因此宁波有一句俗谚："若要夫妻同到老，梁山伯的坟绕一绕。"

祝英台与崔莹俱为美丽的才女，唐伯虎思前想后，不觉又泪如雨下，大叹造化弄人。

六如居士唐伯虎

唐伯虎自南昌归来五年之后，宸濠果然起兵作乱，后来被王阳明敉（mǐ）平，朝廷捕捉乱党，幸亏唐伯虎及早脱身，否则后果真是不堪设想。

关于这一段“装疯佯狂”的经过，九娘不知道，唐伯虎的好朋友文征明等人也不知道，他一个字也不敢多透露，所写的诗文之中更从未提及，唐伯虎尽管是个率性的人，他也明白，万一大嘴巴，很可能遭来全家杀身之祸。

但是“露丑”（史书上用“露丑”——赤身露体，不顾颜面，打人骂人）的残酷经验，到底仍在唐伯虎身上，留下了不可磨灭的伤痕，时时刻刻刺痛他的身心。

有一天，唐伯虎觉得无聊无趣复无奈，偶尔抽出一本《金刚经》，看到上面一句话：“一切有为法，如梦幻泡影，如露亦如电，应作如是观。”他突然之间有遭到电击的震撼，可不是吗？人生的一切如梦如影，如朝露亦如闪电，一切是这么的平常。于是，唐伯虎为自己取了一个号——六如居士。

所谓“六如”——乃佛家用语，又叫六喻，用以比喻世间诸法的空幻无常。所谓居士，指的是在家信佛的人。

从此，唐伯虎早晚拜佛，并且勤读《金刚经》，他对金刚经译者鸠（jiū）摩罗什也十分感兴趣，并且发现了一段故事：

鸠摩罗什是天竺人（天竺乃古印度名）。他的祖父达多为天竺相，深受国人的信赖。

达多年纪大了，有意把宰相的职位传给儿子鸠摩罗炎。

鸠摩罗炎正值二十七岁英年，有学问，有朝气。但是，他对宰相没有兴趣，一再推辞："儿子没有任何行政经验，实在难以承担如此重责大任。"

达多笑一笑："别担心，我在旁边协助你啊。"

鸠摩罗炎一心想出家，当天晚上痛下决心，剃光头发，离家出走，前往东边的龟兹国。

龟兹国王白纯热烈地欢迎鸠摩罗炎，国王的妹妹，漂亮的耆（qí）婆公主更是热烈地接待鸠摩罗炎，并且当下爱上了这位青年。

鸠摩罗什塑像，陕西户县草堂寺。

国王白纯开心极了，他问鸠摩罗炎："你娶过妻子吗？"

"没有。"鸠摩罗炎摸摸自己的光脑袋。

白纯一下子站了起来，用力地摇撼着鸠摩罗炎的手道："我把妹妹嫁给你了。"

鸠摩罗炎哭笑不得，无处可再逃，心不甘情不愿娶了耆婆公主。幸亏公主多情美丽，温柔善良，二人婚后倒是非常平静快乐。

没多久，耆婆怀孕了，奇怪的是，怀孕五个月之后，她突然能说流利的天竺语言，并且能够了解佛教教义。

有一位高僧跑过来，对鸠摩罗炎说："夫人一定怀了大智大慧的儿子，当年释迦牟尼佛的大弟子舍利佛的母亲，也是在怀孕之时，智慧大增，舍利佛出生之后，母亲又恢复原样。"

果然，耆婆生下鸠摩罗什之后，一句天竺语言也听不懂了。鸠摩罗什是个天才儿童，很快就学会语言，五年后，耆婆生下第二个儿子弗沙提婆。

产后不久，耆婆赴郊外踏青，玩得极开心，突然见到一些骨头，她问侍女："这是什么？"

"这是人的骨头啊。"侍女老实回答。

耆婆当下一愣，突然体会到人生无常，回到家后，冷冷地对鸠摩罗炎道："我要出家。"

"出家？"鸠摩罗炎十分生气，他心想，当年我要出家，你非嫁给我不可，这一会儿你竟然自己要出家。鸠摩罗炎怒气冲天："那么，这两个儿子怎么办？"

耆婆不说话，默默躺在床上，不开口，不说话，不进食，不喝水。到了最后，奄奄一息，逼得鸠摩罗炎乖乖让步，万般无奈道："我答应了，你先喝了这杯水好吗？"

听到鸠摩罗炎松口了，耆婆精神一振，跳下床来，大声地说："先剃发再喝水。"

鸠摩罗炎完全投降，立刻请人为妻子剃光发丝，头发剃完了，耆婆又说："我抚养罗什，你教育弗沙提婆。"这时，鸠摩罗什才七岁，随着母亲出家。

鸠摩罗什自此出家，从师受经，修习大乘佛法。在晋安帝元兴四年（402年）到达长安，后秦姚兴奉为国师，翻译了《金刚经》、《妙法莲花经》、《维摩诘经》等三百多卷佛经，他是中国佛经的播种者。

鸠摩罗什提倡的是大乘佛法，唐伯虎也欣赏大乘。而所谓大乘主要是有别于小乘，所谓小乘，是注重渡己的佛法，以求自我解脱为目的，大乘则是要救济大众的佛法。

唐伯虎很喜欢中国人所说的“不俗即仙骨，多情乃佛心”。以唐伯虎的多情，本来就具备了学佛的条件，但是，学佛最困难的，是把心中的思虑、情绪、妄想停住，唐伯虎做不到，他的心始终住在烦恼里，他忘不掉科场耻辱，忘不掉装疯的耻辱，他无法超脱。

唐伯虎贫病交迫

唐伯虎虽然一心向佛，一颗心却始终停留在科场弊案之中，终生挥之不去，成为他最大的梦魇（yǎn）。

有一天晚上，他又梦到了参加科举考试，吓得一身冷汗，醒来之后，翻来覆去，再也睡不着觉，干脆披衣坐了起来，得诗一首，所谓是："二十余年别帝乡，夜来忽梦下科场……"

九娘走了过来，看着诗，眼泪不断不断往下流，她恳切地请求唐伯虎："事情都过去二十多年了，别去想了，可以吗？为什么要这般折磨自己？你天天念心经，心经中说，心无挂碍（ài），你心中何以永远挂着这件事？"

唐伯虎苦笑道："你不了解，哪一个读书人十载寒窗，为的不是中科举？假如我唐某人平平庸庸我也就认了，我明明有才有学，我不甘心啊。"说着，唐伯虎痛苦地抱着脑袋，眼角渗出了泪水。

"不甘心又能如何？"九娘不知从何安慰唐伯虎的失意。

当然，批评唐伯虎羡慕荣华富贵也是不公平的，中国古代的读书人若是没考中科举，景况本来就是悲惨的。唐伯虎除了心理的挫折之外，现实的窘迫也逼得他要发疯。

初春的一场大雨把苏州淹成了水乡泽国，家里一点钱也没有了，他带着几幅图画到街上去找买主，转了半天徒劳往返，他觉得十分难堪。卖鱼生怕到城门，何况一位艺术家到处兜售，唐伯虎心中一酸，回家去了。

九娘向隔壁借了一点米，勉强熬了一锅稀饭，一家人凄凄惨惨胡乱吃了晚饭。第二天，唐伯虎又带着几幅得意的画出门，同样的，又意兴阑珊回到家中。九娘对着锅子发呆，唐伯虎问九娘："天快黑了，你怎么还不洗米做饭？"口气颇为不悦。

九娘也没好气地回答："若是家里还有米，我什么时候让你等了？"

这句话伤了唐伯虎的心，他手一松，画掉了下来，九娘不忍，把画拾起，摊开来，是一幅清秀的墨竹，雅致极了。九娘轻叹："这么好的竹子竟然没有人要。"

唐伯虎不说话，默默地走到书桌前面，提笔写了一首诗："荒村风雨杂鸡鸣，镣釜（liáo fǔ）朝厨愧老妻，谋写一株新竹卖，市中笋价贱如泥。"

唐伯虎的竹子价钱贱如泥，同样的，他两位好友的景况也不妙，长于史学的祝枝山，竟然落魄到每次外出，总有讨债的跟在后面追打的窘境。

这段期间最能给他带来安慰的只有王宠，王宠比唐伯虎小二十四岁，他也是明朝著名的书法家，两人十分投缘。王宠同样是仕途失利，不过家境原本不坏，所以时时还能带些钱，买些酒，过来与唐伯虎聊聊天。

唐寅竹谱。

王宠一直相当崇拜唐伯虎，每次都由衷地赞佩："古来官场多少人都藉藉无名，唯有诗文及艺术作品才是真正名山事业，你的书法，你的绘画一定能永垂不朽的。”

“谢谢你的安慰，谢谢你如此看重，我现在穷困潦倒，最担心的是小女桃笙，总希望她日后能许配到一个好人家。假如你不嫌弃，希望她能嫁到你府上。”

“这是我们王家的荣幸。”王宠一口答应。

既然唐伯虎与王宠结为亲家，王宠更三不五时周济唐伯虎。王宠虽然改善了唐伯虎的环境，却始终改变不了唐伯虎抑郁的心境，当然也没法帮助唐伯虎的健康，毕竟身心是一体的。

唐伯虎另一位老朋友王鏊（áo）十分想念他，力邀唐伯虎前往东山一游。王鏊已经七十三岁了，健步如飞，笑声爽朗，唐伯虎却脚下无力，长吁短叹。王鏊努力讲笑话，费劲逗唐伯虎开心，唐伯虎始终眉头打结，一脸苦笑，王鏊灵机一动：“我这儿有一幅苏东坡的真迹，你瞧瞧。”

唐伯虎是书法名家，见到好字，望着出神，当他念到：“百年强半，来日苦无多……”之时，想到自己年过半百，身体不行，恐怕也来日无多，脸色一变，颓然坐了下来。

王鏊安慰唐伯虎：“你别这样，苏东坡这首《满庭芳》是在黄州时写的，他后来又做到礼部尚书。”

“我永远不会有这么一天的。”唐伯虎冷冷道。

王鏊没法子，唐伯虎如此多愁善感，身子怎会强健？王鏊派人把唐伯虎送回家去。

回到家中，唐伯虎就病倒了。明世宗嘉靖二年（1523年）十二月初二，唐伯虎写下绝笔诗：“生在阳间有散场，死归地府也何妨，阳间地府俱相似，只当飘流在异乡。”带着满腔悲郁，一代才子离开人间，死时不过五十四岁，死得好惨。这就是真实的唐伯虎的故事，和传说中大不相同的唐伯虎。

唐伯虎并未点秋香

真实的唐伯虎究竟如何，我们已经详详细细地介绍过了。

许多读者不免纳闷，唐伯虎最为脍炙人口的“三笑姻缘”、“唐伯虎点秋香”怎么到现在还没有叙述呢？

很让人扫兴的，这一段千古风流美谈，完全是子虚乌有的故事。根据传说，秋香乃是华太师府中俏丽的小丫头，回眸一笑，把唐伯虎的魂给勾住了，因而发展出一段美丽的情史。

唐伯虎与秋香，1980年日历卡。

事实上，华太师这个人是有的，他名叫华察，当他中进士之时，唐伯虎已经去世三年，当华太师被称为太师之时，唐伯虎墓已成拱。这两个人既然扯不到一起，唐伯虎自不可能卖身为奴混入华府，亲近意中美人秋香姑娘。

最早记载这一段故事的，该是明朝嘉靖年间的项元汴，他在《蕉窗杂录》之中，简单地记载了唐伯虎在画舫之中，偶见一“姣好姿媚”的女子，一路尾随，化身为佣，最后得到秋香的故事。显然，唐伯虎去世之后五六十年间，民间就普遍流传“三笑姻缘”。

以唐伯虎这么一位才气纵横、风流倜傥（tì tǎng）的艺术家，却不幸有如此坎坷悲惨的人生遭遇，许多人都心生同情，因此为他制造许多艳福，唐伯虎假如死后有知，也当含笑九泉吧。

当然，年少的唐伯虎，的确也是率性不羁（jī），人们才会以他为主人翁，编织许多浪漫动人的情节。

青少年时代的唐伯虎，时时流连于妓女院中，苏州妓女艳冠群芳，名噪一时，除了容貌秀丽、软语柔情之外，她们的文化素养不凡，让唐伯虎颇有面对知己之享受。

其中一位名妓湘英，与唐伯虎二人十分投缘。

一日，湘英谈及十分仰慕唐伯虎的才情与书法，希望他能为自己题个字，唐伯虎毫不考虑就答应了，当场挥笔，写下“风月无边”四个字。

名家手笔，毕竟不凡，湘英十分得意，把它悬挂起来，许多朋友也啧啧称赞。

有一天，祝枝山看见了，笑得前仰后合，止都止不住地大笑不已。

湘英不解，祝枝山又笑了半天，方才忍住，他对湘英说：“赶快拿下来吧，他是在开玩笑骂人啊。”

“骂什么？”湘英一头雾水。

“你看，風去掉‘几’，不成了虫，月去掉了‘冂’，不成了二，不是成了虫二吗？”

原来，虫二是当时的流行用语，意思是形容低贱。

湘英也不生气，她叹一口气道：“真聪明。”

因此，“风月无边”仍然被湘英当作宝贝，安安稳稳挂在墙上。

唐伯虎脑筋灵活，一向不愿意墨守成规，有位商人来找唐伯虎，对他说：“人人都写些什么招财进宝，或是利似春潮带水来，我希望与众不同，来一点特别的。”

唐伯虎不假思索一挥而就：

“门前顾客，好似夏月蚊虫，队进队出。

柜里铜钱，要似冬天虱（shī）子，越捉越多。”

商人一见大喜，而且，自此以后，他夏天被蚊虫咬，冬天被虱子叮，依然乐得笑呵呵，觉得唐伯虎不愧为唐伯虎，确实有一套。

唐伯虎是一绝，他的朋友祝枝山也是一绝，互相斗智，互不相让。

某日，祝枝山看到一个农夫，非常吃力地在用水车车水，当下出了一个上对：“水车车水，水随车，车停水止。”

唐伯虎一面摇着扇子，一面脱口而出：“风扇扇风，风出扇，扇动风生。”

祝枝山也忍不住拍手道：“接得妙。”

唐伯虎的朋友张灵，曾经扮演乞儿。唐伯虎也玩过这个游戏。

有一回，他做叫化子打扮，来到山上，看到几个文人饮酒赋诗，也跑上前去凑个热闹。

这几个文人，自命不凡，撇撇嘴道：“你来干什么？”

“我来作诗。”

“你会作诗？”“好笑！”“这个乞丐读过诗吗？”众人七嘴八舌。

唐伯虎拿着笔就写了一个“一”字。

文人大笑：“写一个‘一’字，就能写诗了？”

唐伯虎又写了一个“上”字，众人哄堂大笑，捉弄他道：“还认识几个字?”

唐伯虎在“一上”下面，又写了“一上”二字，众人笑得更乐了。

其中一人打趣道：“你把诗写完，我们送你酒喝。”

“真的？”唐伯虎询问。

又一文人笑道：“可不能只写几个笔画简单的大字喔。”

唐伯虎拿起笔来，立成一绝：“一上一上又一上，一上直到高山上。举头红日白云低，四海五湖皆一空。”

唐伯虎把登山的景象，刻画得如此鲜活，众人大惊，唐伯虎这才表明身份。

唐伯虎是这么风趣可爱，难怪中国人打心眼里喜爱他。

传说中的唐才子

真实的唐伯虎在科场弊案之后，日益哀怨，表现于诗歌中的是：“人生七十古来少，前除幼年后除老；中间光景不多时，又有炎霜和烦恼。请君细点眼前人，一年一度埋芳草；草里高低多少坟，一年一半无人扫。”

真实的唐伯虎阮囊（náng）羞涩，岂有余钱拥有九位娇妻美妾，他自己形容：“风雨兼旬，厨烟将绝，涤（dí）砚吮笔，萧条若僧。”意思是说：“一连下了十多天的大雨，我家厨房里的烟囱都停止冒烟了，我把砚台洗干净，嘴中吮着毛笔，萧条落魄得像一个和尚。”

一个穷得没饭吃的唐伯虎，怎么也不可能风流豪放，但是世人太同情、太喜爱这么一位性情中人的艺术大师，因此编成了许多脍炙人口的故事。

传说中幸福美满的唐伯虎（为了让读者辨清，传说中的唐伯虎行文用唐寅）是这样的：

唐寅也，天生的惊才惊艳，才如子建，貌比潘安，十八岁时，考中了弘治戊（wù）午科的南直隶解元，擅长诗赋文章，又长于丹青，当时人称之为唐画。

由于他的绘画，不但得自宋元名家的真传，并且超越古人，所以洛阳纸贵，许多王公贵人，花了重金，也不能如愿以偿，因此他的身价更高，绘画所得收入惊人。

山水画，明唐寅绘。

这时，江西宁王宸濠，野心勃勃，想要夺取大明朝的一统江山。唐寅年少登第，大名鼎鼎。宸濠礼贤下士，殷勤优渥（wò），奉若上宾。唐寅发现了真相，急于脱身，开始装疯卖傻，成了一个色情狂，对着王府的丫鬟仆妇任意调笑，遇到王府的妃嫔坐着轿子，竟然当街小便，还笑嘻嘻道：“浇其妻妾。”

宸濠知道消息，十分愤怒，恰好，一些平日嫉妒唐寅多才多艺的狐群狗党，乘此机会攻击唐寅：“这个小白脸，自以为才高学广，平日目中无人，风流自命，仗着一张姣美的脸庞，专门在娘儿们身上用功夫，索性把他了结性命，免得日后成为祸根。”

宸濠心想：“如今唐寅颠颠倒倒成了疯狂，不如放开胆量，由他去害桃花痴，最好是痴死了。万一他回到家有一点形迹可疑，我要取他首级易如反掌，犯不着先担上一个害贤之名。”

唐寅脱离了虎口，回到故乡安身，心中有说不出的舒泰，他为了要证明依然害着桃花痴，对祝枝山、文征明、周文宾三人夸下海口：“我要在三个月之内，觅得八位佳人先后完婚，一夫八妇，度那一辈子甜蜜光阴。”

大家忍不住呵呵大笑：“唐寅呀唐寅，绝世佳人，谈何容易？自古一箭双雕，足以自豪，已使人羡煞妒煞，何况三个月内八位佳人，这岂不是疯话吗？”

唐寅胸有成竹，自信定能出奇制胜，从那粉红队中汲取美人芳心。

他带着书僮唐庆到达了南京，暗暗进行访艳工作，留下不少风流佳话。第一位是陆昭容小姐。

陆昭容乃是南京太史公陆瑾的掌上明珠，陆翰林就这么一位宝贝女儿，长得芙蓉如面，秋水为神，不但美丽绝顶，更兼天性聪颖过人。陆翰林因为无人继承书香，自幼把昭容小姐当儿子一般亲自教读。因而这一位昭容小姐不但姿色绝代，并且胸罗锦绣，腹满诗书，琴棋书画，件件精通。这年已是一十八岁，只因陆老夫妻爱女心切，择婿甚苛，所以至今待字闺中。

八月十五中秋佳节，陆昭容随着老夫人出来烧香还愿，另外带着一名婢女春桃。

春桃面庞俊俏，身材伶俐，那班油头公子、浮滑少年惊若天人，仿佛蚊子见血；等到昭容小姐出轿，那就更不用说，一个个竟是三魂渺渺、六魄悠悠，有的说她是嫦娥下界，有的说她是玉女临凡，有的说她比天上的仙女还要可爱，有的说她比座上的观音还要美丽，一个个馋涎欲滴，神魂飞越，恨不得上前去，把她一口吞了下去。

由于有人认识陆老太太，料到那位天仙似的美女一定是陆翰林的掌珠，知道陆翰林在南京城里有些势力，不敢轻举妄动，只得远远跟随，窃窃私议。

话说唐寅到了南京，正抱着寻芳猎艳的目的，东走西撞，像猎人一般每日在外边游弋。这天恰好打从紫竹庵前面经过，听到三三两两传说，紫竹庵中有一位天仙佳人在里面进香，许多公子哥馋涎欲滴，在里面围观。

唐寅挤入人丛，挤进了观音殿中，顿觉眼前一亮，心旌不由自主一阵摇曳，暗说一声：“妙啊！这一位小姐真称得起一声天仙化人，唐寅如果与她成就良缘，一定列为八美班首。”

正想到这儿，陆氏母女已由几个尼僧伴着退出前殿，唐寅少不得又在人丛之中，屏息凝神把陆小姐饱看一番，方始满怀愉快回到悦来客栈。

真实的唐伯虎与传说中的相去太远，唐伯虎地下有知一定十分艳羡。

唐寅混入陆府

传说中的唐寅风流倜傥，一帆风顺，他夸下海口，要在三个月之中，觅得绝世佳人八位，一个个情情愿愿与他先后完婚。

唐寅第一位相中的是陆昭容小姐。唐寅打算混入陆府，再设法接近佳人。他吩咐小厮唐庆去估衣店，买一套半新不旧的妇人衣服。没多久，唐庆找来了一套条纹花布的夹袄裤，一条黑色锦绸的裙子。由于唐寅本来俊俏，打扮起来，简直比人家千金小姐还要标致，只是一双尊足实在大了一点。

唐寅乔装完毕，自己对着镜子照了一会儿，只见全身上下没有破绽，这才扭动“娇躯”，扭扭捏捏，装模作样学着女子走路，还没走几步，唐庆忍不住哈哈大笑，笑到后来，几乎腰也要笑断了。

唐寅急急摇手，阻止唐庆继续大笑，他正色道：“记着，你我兄妹称呼，不许再叫我相公。”

唐庆还想笑，硬把气给憋住，连声抱歉：“我这马上改口，叫你妹妹好吗?”

“这儿没关系，到了有人看见时，你得千万小心。”

于是，“兄妹”二人来到了陆翰林的府第，只见门前高耸着两株合抱的大槐树，正中央两扇红漆大门，门上矗立着一方红地金字的匾额，上面写着“金马玉堂”四个大字。

唐寅在石阶上拂拭了一下灰尘，开始掩脸啜泣，继而呜呜咽咽大哭特哭。主人一哭，唐庆想到自己从小卖入唐府，身世不知，孤独无依，心中一阵悲酸，也抽抽噎噎痛哭起来。

左右街坊早有好管闲事的人过来观看，指指点点，观众来了，唐伯虎益发哭得凄楚悲哀。

有一个慈悲心肠的老妈妈走过来，好心询问："为什么哭得这般伤心啊?"

唐伯虎装着惊惶的神色道："我本是姑苏人氏，身旁的是哥哥田三旱，只因为父母双亡，兄妹二人上南京投亲，不料亲戚全家搬迁，于是与哥哥商议，把奴家卖给人家当奴婢，哥哥好弄一点小钱做生意，但是跑了几天，找不到人家，因此……"说着，唐伯虎又开始痛哭起来。

由于唐伯虎面目清秀，说话伶俐，楚楚可怜，一个个路人都点头嗟叹，更有一人赶紧去买了几个烧饼来。

正在此时，陆府一个门房陆科回家，自然有嘴快的叙说了一遍。

陆科也是一个善心人，他一拍脑袋道："老爷太太正在物色一名使女，昨天杨妈妈带了一个来，太太嫌她长得粗俗难看。"这个女子，陆科瞄了一眼，暗惊真是漂亮，所以，陆科就把唐寅主仆二人引入。

他等一行来到了陆翰林的书房，陆翰林看了一眼，吓了一跳，心想："世间竟有这等美貌女子，论其姿色，比女儿还胜三分，偏偏落难，老天爷真是不公平啊！"

陆翰林正痴痴呆想，老夫人与昭容小姐也进来了，母女二人对乔装的唐寅，比陆翰林看得还要中意。

陆翰林给了唐庆三十两银子，打一张契（qì）约，唐才子就留在陆府当奴婢。昭容小姐看到唐寅的打扮，自叹弗如，又欣赏唐寅举止温柔，当下就要了去，唤名"秋月"。

秋月满心欢喜，来到了昭容小姐闺房，发现完全不似玉人绣房，倒如潇洒公子的书斋，架上琴棋书画，壁间笙箫管乐，明窗净几，香烟袅袅。

山水画，明唐寅绘。

一转身，唐寅发现，墙上竟然挂了一幅自己的画，唐寅暗笑：“没想到，我的画比我的人还有福气，早一步走进香闺，陪伴玉人。”

昭容小姐不疑有他，一面抹眼泪，一面同情“秋月”的身世，唐寅见此大小姐如此单纯可欺，开始卖弄才情：“秋月自小也读了几年书，后来又投拜名师，学习丹青，就是琴棋方面，也略知一二，就是父母钟爱，不舍得缠足，所以至今仍是天然足。不过，幸而如此，否则连奴婢也当不成。”

这一番话，不但掩饰了一双大脚丫，也让陆昭容更加同情，昭容问“秋月”：“你真懂画？你的名师又是谁？”

秋月故意一皱眉头，非常惭愧道：“小姐，我拜的是江南才子唐六如居士，小姐房中还悬挂他的画哩！”

不待他说完，昭容小姐叫了起来：“就是那一位吴门才子唐解元吗？他的名望可大了，别说我知道，就是大江南北，哪一个对他的名声不是如雷贯耳！他的画是稀世珍贵，不过他平日惜墨如金，人家出了重金还求不到他的真迹，他怎会来教你？”

秋月道：“因为我们沾着一点旧亲。”

“真的？”昭容小姐眼中一片羡慕，唐寅心想，昭容小姐对区区如此崇拜，只要我一露脸，让她认清唐才子就是区区，说不定是她要来求我了。

唐寅寻访八美图

传说中的唐寅男扮女装，改名为秋月，混入陆翰林府中充当使婢，目的是亲近陆昭容小姐。

昭容小姐极为欣赏秋月，她对秋月说："既然你说唐寅是你的师傅，名师出高徒，你的手笔自然不会差到哪里，我这里有现成的纸笔，你就随意绘一幅给我看一看。"

唐寅立刻精神奕奕，当下画了一幅松鹤遐（xiá）龄图，并且表演了一手琴棋书画，昭容小姐呆住了，她想，这样一位才女，怎么老天忌才，使她沦落到如此境遇。

当天晚上唐寅假扮的秋月，奉命与另一女婢春桃同床而睡，唐寅累了一天，很快睡去，上黑甜香中寻找好梦。春桃仔细一瞧，自然很容易发现秋月是个年富力强的男子。

春桃燃着灯火，推醒唐寅，怒容满面，双眉倒竖准备审唐寅。

唐寅急急忙忙从被窝里一跃而起，跪倒床边打躬作揖，逼低喉咙连叫救命。

春桃指着纤纤玉手责问："你是何人，竟敢这样大胆，混入小姐绣阁?"

唐寅先是表明身份，继而恳求春桃："但求姐姐鉴怜我一番苦衷，帮助小生，玉成了小姐这头姻事，小生一定将姐姐收作二房，同回姑苏永偕白首。"

春桃早知唐寅是多才多艺、少年高第的风流才子，惊喜不已，但是又不相信道："你说你是吴门才子，又有何凭证？你若是信口胡说，我是不饶你的。"

唐寅从贴身汗衫上摘下一小颗玉印送到春桃面前道："姐姐，请瞧，这是小生的书画印章，你总可以相信了吧？"

春桃高兴极了，答应大力帮忙。

第二天，昭容小姐拜见老夫人，大加夸赞秋月："这新使婢秋月，举止端庄，言语温雅，不似乡村女子，简直似一位大家闺秀。"

陆老夫人出身诗礼之家，且见多识广，对名书名画也鉴赏不少，见了秋月的"松鹤遐龄图"，惊讶万分道："啊，这简直是大家手笔，哪里是什么女子的写作。你去把秋月叫来，我倒要当面试她一试。"

唐寅抖擞精神，立刻又画了一幅"瑶池献瑞图"。

老夫人赞不绝口道："这比你老师唐寅画得还好，不如与昭容结义成了姐妹，可以切磋学问。"

陆翰林也马上同意，摆下丰富酒菜，行了结拜仪式，这一来，秋月身份提高，晚上不能再与婢女春桃同睡。

果然，昭容小姐饭后上楼，焚上一炉清香，要她新结义的妹妹操琴一曲，唐寅心想，机会来了，立刻调和丝弦，施展生平绝技，对着美人弹一曲"凤求凰"，揍着又聚精会神，操上一曲"红豆相思"，把昭容小姐听得如痴如醉，目不转睛，连赞美的话都说不出来。唐寅则饱餐秀色，也不知不觉怔怔地呆住了。

唐寅故意转弯道："我那师傅唐寅，自从逃出宁王府，逃避奸佞，如今不知身在何方，否则师傅与小姐真是珠联璧合，天造地设。妹子不才，倒想拉拢这一条红线。"

奇怪，昭容小姐只要一听到唐解元，马上粉颈低垂、双颊微红，春桃见机不可失，把小姐拉入房内，凑上耳边道："这位二小姐十分怪异，喉间有结，胸部平坦，又有一双大脚，小姐，你可得调查清楚啊。”

昭容小姐点点头，出了房门，春桃送来一杯香茗，让两位小姐润润喉，果然，秋月的喉结一上一下。

昭容小姐又羞又愤，一手扶着春桃的肩头，支撑自己，一手戟指着唐寅，颤颤抖抖道：“你……到底是谁？”

昭容小姐只问了这一句话，一口气便噎住了，手足冰冷，浑身格抖抖地战栗不已。

唐寅胸有成竹，抱起双拳深深一揖，满面笑容，放低了声音道：“小姐勿惊，小生便是姑苏唐寅，罪该万死，祈求小姐开恩宽容，容小生一一见告。”

春桃故作声威道：“唉呦，这还了得，你当真是一位男子？怎么乔装改扮，混入人家深闺？”

昭容小姐喘定了一口气，回手向唐寅一指道：“难道你不知道有王法吗?”

昭容小姐虽然嘴上如此说，其实，她听到唐寅二字，一腔怒气已去大半。唐寅何等机警，两道目光，早已窥进了美人心坎，又深深向前一作揖。

昭容小姐虽然两片桃腮鼓得紧紧腾腾，然而从那冷静的目光里，那张吹弹可破的白嫩皮肤里，隐隐看出脉脉含情的笑容，似乎在告诉人家：“对方果真是唐才子，那我有什么不愿意……”

果然，没多久，陆翰林府中一主一婢二位美人，首先成为八美图中二位佳丽。传说中的唐寅，轻而易举掳获神圣不可侵犯的官家小姐。可惜真实的唐伯虎无此艳福。

唐寅一箭三雕

传说中的唐寅与祝枝山、文征明、周文宾三位解元打赌，夸下海口，要在三个月之内，觅得八位绝世佳人，情情愿愿与他先后完婚。

唐寅到了南京，没多久，赢得了陆翰林府中千金陆昭容小姐，以及婢女春桃的芳心，八美图中已有二美在列。

祝枝山不以为然道：“陆翰林府中一主一婢，照理只能算一个，好，就算二个吧，其他六位美女顶多只能在一个月中一齐到手，而且得由我审定，当得起美女二字的名号。”

唐寅一笑：“情人眼里出西施，审美观点各自不同。”

祝枝山是个大近视，他不甘示弱道：“我祝枝山虽然眼睛有一点毛病，可不见得连人的美丑都定不出。我不明白，为什么时常要在你这个小白脸身上操心思。”

唐寅又重施故伎，扮作女儿身，前往罗府，向罗家家丁哀求：“我也姓罗，闺名叫翠姑，同哥哥一起看花灯，不小心失散，深更黑夜，怕遇歹人，希望能借宿一晚。”

家丁是一个好心人，带着唐寅入内，唐寅看到了罗家小姐罗秀英，以及秀英的表妹——谢吏部千金天香。二位小姐都是如花似玉，美丽绝伦。

当天晚上，唐寅在罗秀英闺中一张湘妃榻上歇宿了一夜，第二天，谢家派人到来，说是谢老夫人旧疾复发，迎接谢天香小姐回去侍奉母亲。唐寅暗暗欢喜，预备先钓上了罗秀英，再去钓谢天香。

当天晚上，唐寅就放大胆子，单刀直入向罗秀英说明来历，苦苦要求，要她面许终身。

秀英当然也先是惊惶失措，可是，看一看唐寅那英俊迷人的仪表，江南才子的声名，又必然对自己万分垂爱，才乔扮女儿身猛下功夫，可见这是天赐良缘。

闲舟图，明唐寅绘。

秀英虽然心中答应，到底是有身份的大小姐，脸色一变，立刻摆出一副端庄凝重的态度，向唐寅提出了三个条件：一、留下一丹青为信物。二、天一亮立刻离开罗府。三、找一位德高望重的人，依照正当仪式求婚。

唐寅当然一一答应。离开罗府之后，走到大街，备上几色礼物，专程前往谢府，拜望谢天香小姐，顺便问候谢夫人病痛。

同样的，在唐寅半硬半软、连说带哄的苦苦相求下，谢美人也含羞带愧允许了他的要求。

唐寅与谢天香话别之时，忽然之间，莲花庵内的九空尼姑带着一位小沙弥走了进来，说是“因为老夫人以前在大士座前许下心愿，今想在庵内诵经礼忏，请夫人小姐拈香拜佛”。

唐寅发现九空尼姑年纪很轻，艳丽非凡，一头长长青丝飘逸，原来尚未正式落发，唐寅不免心头一阵荡漾。

九空尼姑也暗暗称奇：谢府之中从来不曾见到如此美貌姑娘。

两位“美女”一见如故，唐寅握住九空尼姑的手，十分殷勤地说道：“我在这里等你，你去见了老夫人出来，我也趁机去宝庵，烧一枝香，磕几个头。”

唐寅跟着九空尼姑来到莲花庵，先在观音大士面前礼拜，接着又到各处菩萨面前，一一点过香烛。

九空尼姑拉着唐寅来到房内，喝茶谈心。

九空一脸素净，正准备择期正式落发，皈（guī）依佛门。她看起来好美，秀丽端庄，法相庄严，唐寅望着她那一头如云如锦的黑发，忍不住道：“绝不可落发，这么美的青丝。”

九空尼姑拢一拢秀发，万般无奈道：“我遁迹空门，也是出于无奈，人生好苦。”说着，九空尼姑想起身世坎坷，家道中落，心中一酸，热泪滚滚，又怕外边女尼听见，极力想要忍住，但是视线已经模糊，只忍住哭声，却堵不住泪水。

“我现在只想修修来世。”九空尼姑哽咽道。

“出家也不是一件容易的事。”唐寅说。

“前世因，今生果，我也常在想，莫非前世作了孽，今生承受这样的苦。”

“可是，你也不能说，要撒手就撒手。譬如，你与唐寅的一段姻缘，该如何了结？”

“唐寅？你指的是江南第一才子唐寅？我父母双亡，孤苦零丁，哪有福气见到唐寅？妹妹说笑。”

“在下正是唐寅，仰慕佳人，乔扮女装，尚请原谅。”唐寅深深一作揖。风度翩翩，果然是美男子。

机灵的唐寅发现，就在这么一刹那之间，九空尼姑眼中神色大不相同。原来是静穆多于一切，完全是洞彻大千世界，心如止水，现在不一样了，翦水双瞳之中，流露出一种似乎期待已久的渴望，双颊隐然透出霞光。她本是多情种子，遁入佛门，也是无路可走，如今既然遇到了名闻四海，貌若潘安，才如子建的堂堂解元，怎不生敬爱钦慕之念。

于是，唐寅一箭三雕，八美图中再加三人。

连这位与青灯古佛相伴的小尼也被唐寅拥有，不过，真实的唐伯虎无此一段风流韵事。

八美完婚嫁唐寅

传说中的唐寅继续猎艳，向八美图的目标迈进。他男扮女装，吸引了宁辅之子马文彬。唐寅将计就计，混入马府，与马文彬的胞妹马凤鸣一见钟情，定下终生，当晚，睡在凤鸣外房。

第二天早上，唐寅知道，马文彬发现真相之后一定恼羞成怒，因此，他先发制人，把脸儿一摆，教训马文彬道："我乃吴门才子唐寅，只因江宁府大老爷听说你平日沉湎于酒色，作恶多端，命我假装女子来探访，果然你是坏蛋，又在酒楼上题淫词，又把我这密探哄到家中，心存不轨，该当何罪？现在我与你没有别的话说，咱们一起去见府尊老爷。"说着，声势汹汹，扭着马文彬就要走路。

可怜的马文彬青天霹雳，他一直不曾合眼，计画如何成婚。做梦也没想到竟然带回一个男子，还让他在妹妹房内睡了一晚。事情如果传开，堂堂相府的颜面何在？

马文彬又羞惭又气愤，又没可奈何，只得哀哀求饶，"放宽一马，咱们有话慢慢商量吧。"

另外，马文彬又到外面找了人向唐寅说情，"请求高抬贵手，顾全相府颜面，千万别把这事宣扬开来，马文彬日后一定改过，并且愿意把妹子嫁给唐寅。"

唐寅听了，满心欢喜，却又装腔作势做作一番，教训了马文彬几句。马文彬赶快设筵款待，并且商定了约聘迎婚的一切手续，唐寅这才告别，心中有说不出的甜蜜欢欣。

以上六位美女都是唐寅费尽了心机才得手，第七位佳人却是无意之中遇到。

有一天，唐寅郊外散心，突然瞥见篱笆内一位少女在灌溉园蔬，这少女清秀绝伦，动作轻缓，只见她认认真真，安安静静在浇菜，脸上庄严肃穆，仿佛在完成一件艺术作品，唐寅看呆了，少女却浑然不觉。

唐寅向附近邻居打听之下，知道这位小家碧玉，名叫蒋月琴，耕读传家，门第虽不甚高，家世却很清白。唐寅找了祝枝山，请他直接上门提亲。蒋月琴的父兄，一听是吴门才子唐寅，田舍之女能如此高攀，岂有不答应的理由？这档婚姻就顺利完成了。

只差最后一位了，唐寅灵机一动，跑到妓院中探访，果然找到一位二八佳人李传红。

这李传红原是官宦后裔（yì），只是家道中落，举目无亲，不得已落入勾栏。她不但如花似玉，并且满腹诗书，在妓院中不卖笑不卖身，守身如玉，不苟言笑，怀着一肚子隐痛。可是因为她太美了，又是才女，许多寻芳客还是忍不住挨近她，李传红却看不起这些俗物。这番被唐寅看上了，唐寅顺利把八美迎娶回家，有大家闺秀，有小家碧玉，有尼有妓，充分满足男人占有心理。

他把八位美女带回苏州，将桃花坞当成了藏娇金屋，又因为四娘娘九空皈依佛教，欢喜清静，特别造了一座桃花庵，让四娘娘诵经拜佛。

于是，唐寅整日看花饮酒，赋诗下棋。桃花坞中芳草鲜美，落英缤纷，让人回肠荡气，俗虑尽涤，唐寅便在志得意满之余，写了一首“桃花庵歌”，形容自己“但愿老死花酒间，不愿鞠躬车马前”。潇洒自在的心境。

此时正是金粟飘香的秋季，有一回，祝枝山、文征明、周文宾三人前来相聚，祝枝山看到八美其乐融融，顺口念道：“再来一个

八美图，景德镇硕丰堂传统瓷板画。

八变九，九秋香满镜台前。”

周文宾一旁打趣：“唐兄既然八美团圆，再来一个八变九，自然也不是难事，但是，恐怕八美含酸吃醋，小唐也没有这一股勇气能够打通这一条路。”

唐寅被这么一激，真的就想再觅得一位绝世佳人。

中秋夜晚，唐寅与八美赏月之时，罗秀英突然间开口：“恐怕大爷之后还有九美之喜呢！”

春挑接口：“那可好极了，我可以添上一个妹妹了。”春桃看看七位姐姐抿嘴一笑：“但恐八美易得，九美难觅。”

唐寅听她说完，由不得鼓掌大笑：“哼，你也太小觑（qù）我了，你既然这样说，我非再找一位九美给你瞧一瞧。我娶了八位美女，宛如一座九级浮屠，再有一级，便是塔顶。但是就怕后来居上，其他八级不肯答应。”

陆昭容生性十分豪爽，她“哼”的冷笑一声：“你啊，是躲在门缝中瞧人，把人给看扁了。我既然允许你娶这七位妹妹，难道容不下再来一个？我是担心你找不到美女，只找来俗粉庸脂。”

唐寅见计得逞，把眼光向其他七位美女一溜，呵呵大笑：“你一人答应，又有何用，一只碗不响，七只碗依然响叮当。”

一言未了，七位美女同声娇嗔：“只要大娘答应，我们都和大娘一般态度，就怕你没那个能耐，娶一位九房妹妹进来，胜过我们是意料中事，胜过大娘，想也休想。”

唐寅十分得意，笑笑道：“一个月之内，让你们瞧瞧手段。”

八位美女都以为丈夫是一时游戏之谈，不料，第二天早餐过后，唐寅便改换服装，独自一人，飘然出门。走到了虎丘山门，但见两旁陈列了许多摊贩，举凡糖果糕饼，绫罗手帕，胭脂花粉，香烛银锭，以及生发油一切都有，唐寅半点兴趣都没有，他的目的是要再访一位绝世佳人。

九秋香满镜台前

传说中的唐寅，带了八位娇滴滴的美女回到苏州，仍然意犹未尽，在祝枝山的怂恿之下，他又兴匆匆地出外访美。

唐寅来到了苏州的虎丘，发现许多人在进香，这正是大好良机。由于家中八位娇妻，个个花容月貌，绝代容华；所以普普通通，三分姿色七分化妆的平常女子，实在难以让他看得入眼。

他到处浏览，十分失望，别说怎样艳丽，就是稍微看得过去的，也不曾见到几个。正待败兴下山，突然听到一阵吆喝，接着就有几名健壮的仆人，扬起手势，大声叫道："闲人站开！"唐寅向人丛中一挤，随着众人闪立一旁，踮起脚尖留神一看，只见大轿之中，端坐着一位老太太，后面有四乘小轿，原来是四名年轻侍女。

其中第一二位不怎么起眼，第三名侍女一出现，唐寅猛地觉得眼前一亮，惊呼一声："妙啊！"还暗暗地恨着两只眼睛不争气，为什么过了一会儿便要这么眨上一眨，耽误了欣赏美人。忽然一阵风吹来，唐寅眼尖，发现美人儿的纤纤三寸金莲，仿佛刚自泥里透出来的新笋一般尖瘦，不由得心中怦怦乱跳。

唐寅心想，天下竟有这般美女，而这个美人又是生在侍婢堆中，真是兰桂生幽谷，照她的姿色，非但压倒家中八美，简直是举世无双。

正在此当儿，绝世佳丽扶着太夫人走进了大殿，唐寅连忙紧紧随入，但听得太夫人对着美貌侍女说道：

“秋香，你瞧这一座佛殿，多么庄严。”

那侍女答道：“是的，太太，与杭州灵隐寺相去不远。”

唐寅闻之大喜，原来这位俊俏的婢女芳名秋香，他猛然想起祝枝山喝酒行令时所说的那一句“九秋香满镜台前”，禁不住连呼奇怪，这分明是天授良缘。

太夫人回头吩咐道：“你们四个，春香、夏香在前面两个蒲团上拜，后面两个让秋香、冬香去拜，拜完了到方丈这里来伺候我。”

太夫人说完径自走了，四名侍女遵照嘱咐，分别盈盈下拜。唐寅逮着机会，把身旁的一个蒲团轻轻一踢，踢近秋香身边，双膝一屈，也就轻轻跪下来。

唐寅发现秋香之美，就是自己擅长的一笔丹青也不易表达，尤其是她一双灵动秀媚的美目，说不尽的艳丽，话不尽的娇美！简直疯魔了这位唐解元。

唐寅有意无意跪住了秋香的一只裙角，秋香合掌，他也合掌，秋香磕头，他也磕头，秋香伏地祷告，他也喃喃自语：“佛天在上，但愿翰墨林中的才子．配一个青衣队中的佳人。”秋香听着尴尬，这位眉清目秀的男子，分明是故意打趣；她粉颈低垂，微含娇羞，发现裙子被那青年跪住，轻轻说一声：“请先生偏过一点。”唐寅装着没听到。

秋香站不起来，轻轻地再说一声：“请先生偏过一点。”唐寅还是装作没听见，反而自言自语向菩萨祷告：“但愿丫鬟嫁一个美少年，佳人才子，成就三世良缘。”

秋香恼了，柳眉含怒，斜过脸来对唐寅说：“你这个男子，怎么这等无礼？”

这时，春夏冬三香已站了起来，不问情由，开口便骂：“天杀的，你这个人不长眼珠。”夏香尤其凶悍，不分青红皂白，将唐寅猛地一推，唐寅冷不防身子向左一侧，右膝一松，秋香才乘势抽出裙角，脸上深深映上两朵羞赧（nǎn）的红云。

其他三姐妹仍然骂不绝口，秋香阻止道："别睬他，我们伺候太太去吧。"唐寅见秋香分明在回护自己，觉得秋香愈发可爱，刚才一幕闹剧，实在快活有趣。

一会儿，华太夫人出来了，唐寅感到秋香正溜过两道俏皮眼波在看他，并且张开樱唇在呼唤他，情不自禁直闯过来，家丁赶过来连声吆喝。华太夫人阻止道："人家也来烧香，不得无礼。"

秋香原本目不斜视，经太夫人一说，眼光向前一溜，原来正是方才跪住自己裙角、满口胡言的少年，一时忍不住，抿着樱唇微微一笑，这一笑不打紧，唐寅神魂飘忽，这便是"三笑姻缘"中的第一笑。

华太夫人一行乘着轿子，来到河边，上了大船。唐寅不死心，也雇了一条小舟追赶过去。小舟的渔夫十分噜（lū）苏，唐寅就捉弄他一番，唐寅对渔夫说："你父亲是打米种田的，我如今为你取一个文雅的姓名，让你处处顾到，你不如就叫米田共吧。"

渔夫原本目不识丁，哪知唐寅恶作剧，反而拱手相谢："相公为我定下这个好名字，从此我一辈子就叫米田共。"他不晓得米田共就是"粪"（粪的繁体字是糞）字啊。

唐寅支使米田共靠近大船，并且高唱"秋香山歌"——"桂花开在月宫里，月里嫦娥爱秋香，秋香不独仙人爱，小生君子思念秋香。"

大船中的秋香十分讶异，这个唱山歌的不是明明和我开玩笑嘛，怎么左一个秋香，右一个秋香。秋香趁着为夫人倒洗脸水，推开纱窗向下一望，再也没有想到，小船上坐着一人就是跪住自己衣角的少年，她又惊又慌，芳心乱跳，此刻水盆中的水正泼在唐寅身上，唐寅正目不转睛望着秋香，迷迷糊糊完全失去知觉，衣襟淋湿也不晓得，两道目光只顾钉在秋香身上。

秋香见唐寅，衣着被人淋湿，似乎完全不知，心眼仿佛被喜气完全笼罩住了，迷迷糊糊两道呆滞目光射定在自己脸上。秋香心想，世界上怎么有这样的痴人，忍不住又是微微一笑，立即扭转娇躯，回到船舱中去了。唐寅如梦方醒，伸着两个指头一比道：“不用说，这自然是二笑留情了，由此可知白天一笑，毕竟不是无意。”

唐寅得意扬扬地摇着脑袋，后面的米田共听见了，他问：“相公你在说什么？”

唐寅急忙掩饰道：“我在这里吟诗。”

米田共笑道：“原来相公在迎湿，果然衣服湿了大半件。”

晚上，唐寅怎么也睡不着，一直想入非非，接着又自问自答起来：“秋香姐姐，你此刻已是安睡了吗？只看我辗转反侧，可知她一定不能成眠。秋香姐，你是有情于我吗？一定是的。只看她在虎丘拜佛，我跪住了她的衣角，她并不

秋香三笑惊艳，今人朱梅邨绘。

恼怒，只不过浅嗔薄怒，分明是万分爱惜。等到春夏冬香辱骂我，她又唤着她们入内伺候老夫人，这分明是替我解围。后来，上轿之前，她又对我微微一笑，这是崔莺莺的临去秋波，尤其显得万分情重。后来，船舱会面，她又对我微微一笑，这更是千娇百媚杨贵妃的回眸一笑，还能说她无情于我吗？”

这时的唐寅，心头觉得无限甜蜜，说不出的愉快，听到米田共齁齁（hōu）的鼻息，不觉起了幻想，仿佛自己爬起身来，按着大船的船舷，隔着窗儿，见到秋香倦眼惺忪坐在榻边，一阵阵沁人心脾的幽香，从小圆孔直透过来。

秋香发现唐寅，凑到窗口低低说：“解元爷千万小心，别把开船人惊醒，快快跨过窗来。”

一面说，一面放下两条雪藕似的玉臂，唐寅紧紧握着两只纤纤玉手，正要跨上船来，忽然有人大喊“捉贼”，唐寅大吃一惊，叠叠呼喊：“姑娘救我！”

“相公放手！”原来，唐寅在做梦，他相思成痴，把米田共两条又粗又黑的毛腿，当成秋香的玉手。

第二天，大船小船靠了岸，唐寅看到看管行李的秋香，抱起双拳一拱到地，口称：“昨晚蒙王母洒了小生甘露，小生感激难言，今天特来道谢。”

秋香一看是昨天痴人，起先有点娇嗔，后来听了唐寅的话，忍俊不禁，不由得抿起樱唇又是微微一笑，笑得唐寅心花怒放。她的桃腮上仍留着一层尚未完全收尽的笑意，唐寅在秋香三笑后，简直失魂落魄。

华安书僮

传说中的唐寅，在秋香嫣然三笑之后，神魂颠倒，意乱情迷，因此，当秋香上轿，返回华府之际，唐寅眼看着秋香上轿，着急得几乎要叫起来，两眼望着相府大门，呆呆怔怔地出神。

唐寅心想，非得想一个方法，混入相府才能够会玉人。他准备降低身份，装着穷途落魄的模样，好进入华府当下人。

唐寅慢慢踱到华府门前，往石阶上一坐，开始哀哀哭泣，他想起奸佞当道，自己却因才高遭嫉，受人中伤，不能在朝堂大展经纶，只落得隐在花酒丛中，借着酒色二字保命，一时悲从中来，弄假成真放声大哭。

华府里的门公王锦跑出来问原由，唐寅哭哭啼啼道："出门经商，半途碰到了骗子，回家不得。"

王锦听着心烦，吆喝道："这得怪你自己不小心，你爱哭，上别处哭，这儿容不得你哭哭啼啼。"

唐寅捶胸长叹，摇首顿足："我到这一步田地，还要听这一番言语，不如一死了之。"说着，放开大步，摇头垂泪直往河埠（bù）奔去，王锦一个箭步向前，把唐寅的衣襟扭住，大声道："好死不如恶活，有话尽可以商量，我自有方法救你。"

王锦心生一计，原来这时相府之中正开革了一名书僮华安，还没有人补缺，如今唐寅年纪又轻，相貌又好，岂不正妙。

王锦禀过华太师，就把唐寅带入相府之中。华鸿山华太师生平见识的人也不晓得有多少，目光何等厉害，唐寅一走进来，不像一个贫贱之辈，一时情不自禁，撚起长髯（rán）说了声："奇啊。"

原来这时的唐寅，虽然打扮成平民模样，到底"腹有诗书气自华"，他满腹珠玑（jī），清秀之气流露眉宇，让华太师好生狐疑，华太师挑着眉毛问唐寅："老夫瞧你是个文人，不知你为何要降低身份，上门投靠？"

唐寅恭恭敬敬答道："只因小人读了几句死书，不能在田亩工作，以致落得这样狼狈，久仰大师驭下有恩，人人悦服，因此，情愿登门投靠，以供驱策。"

华太师见唐寅出言不俗，又被唐寅戴了一顶高帽子，立刻命人端来文房四宝，让唐寅写一张卖身契。唐寅取了一个假名康宣，写道：

"我"康宣，现年一十八，原籍姑苏，家世清白，向无过犯，只"为"家境清寒，自愿卖身相府，充当书僮，身价银五十两，自"秋"季始，暂存账房，待三年后支取。今后承值书房，专司焚"香"、扫地、磨墨、洗砚等事，听候使唤，决不懈怠。

这张卖身契，其实把"我为秋香"四个字嵌在里面，华太师看不出来，只不住想，这小子的书法真好。

唐寅为了思念婢女秋香，虽然冒险混入华太师相府，心中也忐忑不安。

华太师倒是十分欣赏唐寅，他捋着飘拂过胸的长髯问道："你是姑苏人氏，那么，你认识杜翰林吗？"

唐寅一听糟了，杜颂尧是我的好朋友，怎么不认识？但是一相见之下，机关破露，岂不前功尽弃？

于是，唐寅谦让道："杜太史是何等人物，小的是蓬门贱子，相隔天壤，素不相识。"

不料，华太师兴奋地接道："那位杜太史也是爱才如命的人，你去见他，一定会特别赏识，随我去客厅吧。”

这句话可把风流才子急得怔住了半晌，好容易才想出了一个脱身之计，连忙屈着一膝，向华太师请罪道：“小的卖身投靠，原是出于无奈，若让故乡人知道了，一则玷辱祖宗，二则也实在惭愧。”

华太师听了，十分赞许道：“羞恶之心，人皆有之，好，你不必随我去了，你改了华安名字之后，就换换衣服，小心伺候小主人。”

所谓小主人，指的是华太师的两个儿子，长子华文、次子华武，两个都是呆头呆脑，胸中没有半点文墨，不过，到底是堂堂相府，因此两兄弟的媳妇都是四德兼备的名门闺秀。

唐寅一一拜见华府家人，他人漂亮，又是玲珑剔透，懂得交际，到处大受欢迎。他所担心的是，二公子夫人正是自己的表妹，姿容艳丽，才胜于貌，非常能干。

“华安”与秋香，1951 年戏剧《三笑》剧照。

二娘娘与秋香十分投缘，秋香所认识的文字，一大半还是她教导出来的。秋香回府之后，曾经把一路上遭到书呆子跟踪之事告诉二娘娘，二娘娘当时就怀疑莫非就是表兄唐寅。

这一会儿，来了一个书僮康宣，分明

就是唐寅的变相，万一事情败露，自己少不得也受到翁姑的责备，因此，二娘娘命新书僮上楼叩见。

唐寅真不想对表妹屈膝，没可奈何进了来，头低低的，脑袋缩得差不多要陷入肩窝，远远地一跪，尊一声“二娘娘在上，新来僮儿华安叩见。”扑通扑通磕了两下响头，起身就要走。

一旁仆儿素月喝住：“奴才见主母，没吩咐起立，岂敢站起？”

二娘娘不以为然道：“年纪轻轻，为什么来当奴才，何不向亲戚求助？”

唐寅知道二娘娘一眼认出他来，恼恨道：“亲戚死光了。”

二娘娘又好气又好笑，指着他道：“你的来意，我很明白。一定是为了叶下洞庭，荷开水殿。”

唐寅暗想，不愧才女，骆宾王有首诗《叶下洞庭秋》，徐陵有首诗《荷开水殿香》，分明二娘娘了解用意。

唐寅叩了一个头：“二娘娘既知肺肝，但求成全。”

二娘娘叹口气劝道：“堂堂相府，礼法森严，万一闹出笑话，非但你不能存身，我们苏州人面皮，也要被你削尽。”

唐寅自然不会死心。

石榴十八铲刀生炒肉丝

传说中的唐寅因为爱慕秋香，混入华府，成为名叫华安的小厮。他无法亲近秋香，却让华府上上下下的奴婢为他疯狂，尤其是掌管小厨房的石榴。

石榴满面含笑地问唐寅："华安兄弟，听你的口音，不像本地人氏，府上是哪里？"

唐寅正正经经回答："小弟是苏州人氏。"

石榴道："巧极了，我也是苏州人，请问是苏州哪一边？"

"苏州城外野猫弄。"

石榴道："我也是野猫弄，世上竟有这等巧事？"

唐寅几乎快要笑出来了，苏州哪有什么野猫弄，他胡诌（zhōu）一个野猫弄，意思是自己是一只小野猫想要偷吃腥。

石榴和唐寅坐在一条长板凳上，石榴说着说着，又把身子挪近些，两人的距离愈来愈短，唐寅不觉暗暗好笑，心想，若是秋香这般热烈迁就，那该多么快活。

唐寅打量了一下石榴，虽然也有几分姿色，但是这女孩入相府几年来，心中郁郁不乐，成为一张憔悴的削骨脸。就像现在满面含笑，眉宇之间也有肃杀之色，很难亲近。

石榴又问："华安兄弟，今年多少青春？"

唐寅望着自己的足尖道："小弟今年一十八岁。"

石榴道："不信会巧到如此地步，我也是一十八岁啊。"说着又挪近一点。唐寅见石榴一步步挨近，自然退缩，凳脚一个倾斜，两人同时扑翻在地，石榴装腔作势道："小兄弟，快来扶我一扶。"

唐寅怔住半晌，没可奈何将她扶起，石榴紧握着手，娇喘吁吁道："这就叫做倒（到）成双啊！"

唐寅吓坏了，连忙脱身道："好姊姊，来日方长，我们有机会再谈就是了。"这一句好姊姊，把石榴叫得筋骨一寸一节地融化，灵魂不知道飞到了哪里，沉醉了好半晌，方才恢复原状。

自此以后，石榴魂不守舍，有一回，春香伺候太夫人点心，一碟子甜的是桂花松子泥枣软糖粒，一碟子咸的是鸡丝油酥（sū）饭，结果甜的里面有枣子核，咸的全是油腻气，完全不似往日爽口。

春香趁机告状："向来石榴擅长刀铲，尤其十八铲刀生炒肉丝，以前她拿了铲刀，全副精神就在刀铲上面，旁边就是出现一只活狮子，她头也不回，所以她炒的菜又鲜又嫩，点心也全是细磨功夫。如今手里炒一下，眼睛瞄一下窗外，看个不停。有一天正在起油锅，正好华安兄弟经过，她夹七夹八非缠住华安不可，忘了锅里的油，差一点引起了火灾。"

太夫人大吃一惊道："这个小贱人，竟然这般无法无天。"

春香听到石榴挨骂，心中暗喜，因为她也喜欢华安。

太夫人不以为然道："难怪肉丝变得这样老，我一点也咬不动，听说还差点酿成火灾。这石榴太不像话了。"

于是，太夫人把石榴找来，劈头一场痛骂。石榴从来不曾如此被教训，不得不分辩几句，她抹着眼泪道："丫鬟与华安兄弟同是苏州人，他新来乍到，不明白相府规矩，我看在同乡份上，事事指点，那是有的；若说天天叫他到小厨房说说笑笑，那是没有的，丫鬟绝不肯这般自轻自贱。讲到油锅起火，那是老妈子不小心，丫鬟随手就把锅盖盖上，岂有几乎烧掉大小厨房之事？"

太夫人说："不过，你这几天烧的菜，不是太咸，便是太淡，你要不是为了旁的事分心，怎么会这样？这可与老妈子不相干了吧。"

石榴低着头不能不承认，没精打采走了。唐寅同样没精打采，伺候华文、华武两个傻瓜读书，始终见不着秋香。

有一天，唐寅为华文、华武端饭盘，遇到石榴，见石榴清瘦许多，向她点了一下头，石榴因为被太夫人训斥一番，也不敢再招呼华安，在长板凳上谈心了。

唐寅耳朵很灵，远远听到一阵弓鞋踏步之声，急忙躲入墙角，原来走来的不是别人，正是时时刻刻、心中念念不忘的秋香姊姊，唐寅急忙走出两步，恭恭敬敬，轻唤一声："秋香姊姊，今日相遇，可谓三生有幸，只是小生饭盘在手，不能举揖，敬请原谅。"

唐伯虎与秋香华府相会，1980年日历卡。

秋香几乎失声笑了出来，小说戏剧之中，经常有人说："小将甲胄在身，不能下拜。"人家是身披盔甲，不能下拜，如今却是听到"饭盘在手"，太好笑了！秋香问："你是谁，为何拦住我的去路？"

唐寅道："姊姊啊，难道你不认识小生吗？若非姊姊多情，给我小生三笑，我唐寅岂是低三下四之人，甘愿抛了一榜解元，到相府之中当书僮。你是小生的勾魂者，我是你姊姊的心目人，你用三笑三条绳索，将我套住了，束缚得不能自由，要解去绳索，非姊姊不可。”

秋香道：“这弄堂之中，不是讲话之地，被人撞见，岂不有愧，我有一个秘密之所，你且跟我来。”

唐寅一听，好不欣喜。秋香领路，来到一间柴房。秋香突然一声“不好，有人来了”。一伸手把柴门拴上，顺手用铁扭拽上，一个人走远了。

唐寅坐在石凳上等候，原以为过一会儿，秋香就会进来，谁知道等了半天，全无消息。他走到门边，用手推拉，休想推动半毫，这才知道，上了秋香的当，不由暗暗叫苦，秋香啊，你太无情了，我只求你千金一诺，交换了信物，我便可以返回苏州，你却如此作弄我，我是发乎情止乎礼的人，你难道怕我对你无礼吗？唐寅自言自语，懊恼万分。

唐寅一心巴望接近秋香，却被秋香给关入柴房之中，让唐寅十分伤心，不过，他是个愈挫愈勇的人，经过这一激，更加强了斗志。

一次，华太夫人命华安（就是唐寅）绘一幅观音大士图。唐寅见机会来了，便向太夫人禀明道：“小人绘写观音慈容，非是寻常画件可比，必须凝神默想，请派一名使女，帮同小人，焚香磨墨摊纸，方能专心绘成。”

这一下春香、夏香、冬香个个争先：“小婢愿意焚香磨墨。”惟有秋香，并不讨差。可是华安的眼光，正盯住秋香脸上，分明是看中了秋香。唐寅的表妹正是华府的二娘娘，这一回有心帮助表兄，因此启禀婆婆道：“媳妇看来，唯有秋香，心细如发，而且个性洁净，最为合宜。”

太夫人点头称是。秋香心中，甚是不愿，但主人吩咐，未便拗违，只好跟了唐寅，来到东轩，伸出了嫩藕一般的手腕，挪动着春葱一般的指尖，拿着一锭古墨，轻轻细磨。

东轩之中香烟缭绕，窗外画帘掀动，唐寅细细对着秋香看着，但是秋香眼对鼻，鼻对心，一语不发，只管磨墨。

唐寅耐不住轻轻唤道："秋香姊，今天有劳你了。那天你在柴房，做了好棘手的事，我差一点饿死在里面。"

秋香故意把脸儿朝向外面。唐寅突生一计，他指着秋香背后的香炉道："奇怪，怎么烟中出来了一个仙人？"

秋香一扭头，唐寅趁着这个机会，低头在秋香的手腕之上，偷吻了一下道："好香啊！"

秋香上了当，不由得脸上微红，轻轻道："你是绘佛像的，怎么这般轻狂，难道不怕菩萨责罚你吗？"

由于唐寅这一声"好香啊"出口太重，太夫人便问二媳妇："二贤媳，你可知华安为何喊出'好香啊'三字来？"

二娘娘心想，这还能说吗？只有推说："媳妇不知。"

太夫人笑道："观音大士原是一位广大灵感的菩萨，华安凝神绘像，所以就在空中显灵了。"说着太夫人也把鼻子朝空中嗅一嗅道："果然有一阵香气啊。"

二娘娘暗暗好笑，只好随着婆婆的样儿，也嗅嗅道："好香啊。"秋香有点急了，催促道："请华安哥哥快快绘佛像吧。"

唐寅摇摇头："我不叫华安，我乃江南第一才子，唐寅唐伯虎。你唤我华安哥哥，还不如唤我一声唐郎。"

秋香笑了起来，用手帕掩嘴道："你是螳螂，岂不可怕？是要螫（zhē）人的，我还是站远一点好。"

唐寅笑了一笑，开始专心描绘观音大士。

唐寅描绘观音，指定秋香磨墨，唐寅落笔真快，不多时，已经绘成一幅法相庄严的观音大士，确是名家手笔。秋香是个聪明人，从前疑心华安是冒牌的唐寅，现在知道他果然是苏州鼎鼎大名的唐寅了。

唐寅离家半年，音讯全无，家中八美十分着急，托了祝枝山出外寻访。祝枝山辗转打听，闻说华鸿山老太师家中来了一名出色书僮，料想准是唐寅无疑。

祝枝山邀了文征明一块前往华府，果然见到了唐寅，无奈当着华太师面，不便指责："你身在他乡，把家中八美全部忍心抛下不成？"

后来，华太师要唐寅送客，这才把话给说了清楚。

唐寅回到了华府，太师问道："为何去了好久？"

唐寅说："因为祝大爷唤我到船上，询问小人年岁，又问可曾成亲。祝大爷便令小人同往苏州，他要让府上全体丫鬟，给小人选一个。"

华太师一听，勃然大怒，"他家中有丫鬟，难道我堂堂相府之中比不上吗？"华太师一向爱才，舍不得唐寅走，他拍一拍华安的肩膀道："你自己放出眼光来，我把所有婢女排立厅上，任你选择。"

华太师走入内堂，对太夫人道："我已面许华安挑选丫鬟，包括四香在内。"

话还未毕，秋香噗的一声，跪倒在太夫人面前："小婢宁愿一辈子侍奉老人家，不愿意到大厅上听点。"

太夫人笑道："你既然不愿意，不去便是了。"

于是，三十六名丫鬟，穿红着绿，涂脂抹粉，齐集大厅，让唐寅挑选。只听到相爷吩咐："你们要知道，人生的姻缘，要有五百年的缘分，才能成为夫妻，少了几年，仍然不会配对为夫妇。被华安点中的，不要过分欣喜，乃系五百年前注定的；落选的人，也不用悲伤，这是自己没有姻缘，不能怪罪华安。"

唐寅见不到秋香，不得已，把三十六个丫鬟一个一个批评。华太师不愿在仆人面前失去信用，又到上房去对太夫人说：“华安个个不满意，只怕他会对华文华武的功课耽误，你快让秋香出去吧。”

秋香又跪下不肯出去。太夫人安慰道：“好秋香，你若是被华安点中，我立刻将你除去奴籍，与华安结婚之后，我邀集亲朋，将你收为义女，从此以后，你便是相府千金了。”

秋香岂有不愿嫁给江南第一才子之理，只是担心婚后，唐寅一定逃回苏州，不免有忘恩负义之嫌。秋香来到大厅，唐寅大喜过望道：“秋香姊姊，小弟点中你了，承蒙三笑留情，今天方如心愿。”

于是，唐寅带着俏秋香回到苏州，与其他八美过着幸福美满的生活。

不过，这是传说中的唐寅，与真实的唐伯虎相去太远。

杨廷和主政

宸濠作乱，王阳明捉到了宸濠。正德皇帝觉得不过瘾，身披铠甲手执武器，将宸濠卸去枷锁，放入场中，再演一遍。可惜，宸濠自知死期将近，没有兴致陪同演出，惨白着一张脸，无奈地被正德皇帝再逮一遍。

无论如何，明武宗正德皇帝总算凯旋还朝了，一路之上捕鱼射雁，跳跳蹦蹦，十分快活。九月到了清江浦，不肯听人劝阻，非要划着小船捕鱼，结果技术太差，又不谙水性，一个扑通落入水中，左右保驾七手八脚把他捞起来，咕噜咕噜冒出脏水。他原本沉溺酒色，健康状况不佳，溺水之后，元气大伤，精神不济。

武宗佞幸江彬一向身强力壮，他是在战场上，耳朵连中三箭，把箭拔出来照样冲上前的壮士。他不明白一次落水有什么大惊小怪的，因此极力怂恿明武宗“别回京师，京师不好玩，还不如再回到宣化府去静养”。

一向好玩成性的明武宗却累了，他经过一番折腾，颇为吃不消，所以，没听江彬的话。江彬快快，又想了一个新办法来安慰自己，假造了一个皇帝的命令，改团练营为威武团练营，自己担任提督军马。

后来，明武宗回到京师，在床上躺了几个月，终于小命不保，死时仅有三十一岁。这时大学士杨廷和发动了一连串的改革，罢去威武团练营，江彬坏事做多了，心中七上八下对外宣称生了病，躲在家中，不敢外出，并且派出儿子江泰出外打听消息。

杨廷和温言软语安慰了江泰一番。于是，江彬胆子又大了起来，病也“好转”了，这时，杨廷和与太后密谋设法除去江彬及其党羽，以正朝廷。

太后想了一个办法。这时，坤宁宫安置“兽吻”，特请江彬入宫商量。所谓“兽吻”，不是被野兽亲了一下，兽吻指的是门环上的装饰物品，其形状像一头狮子，用以辟邪。江彬与工部尚书李鐩（suì）一入坤宁宫，太后立刻下诏，收押江彬。

江彬发觉不对，急急走到西安门，可是大门紧闭。他又奔到北安门，看守的卫士说：“有旨，留下提督。”

江彬不服：“哪儿来的旨？”守卫一向看不惯江彬的嚣（xiāo）张，当下拔下一根江彬的胡须，并且问他：“痛不痛？”

江彬理也不理，吭了一声，守卫这次一连拔了四五根，又问江彬：“痛不痛？”

江彬为表示英雄，又吭了一声：“一点痒罢了。”

守卫干脆握了一把江彬的胡子，连皮带毛扯了下来，渗出点点鲜血，扯完一把，又是一把，同时指责江彬：“都是你带坏皇帝。”等到其他兵士前来逮捕江彬时，发现江彬一向引以为傲的胡须，已经一根也不剩。

当杨廷和逮捕江彬之后，发现江彬家中有黄金七十柜、白金二千二百柜，其他珍珠宝贝不计其数，此外，杨廷和把武宗豹房里成千上万的番僧、少林僧、戏子唱妓、南京“快马船”的船夫，以及从全国各地搜罗来的美女一概遣散放回，天下称颂不已。

杨廷和是怎样的人？他为什么有权做这样重大的改革？

杨廷和是四川新都人，少年得志，十二岁中了乡试，成化十四年（1479 年）中了进士，这一年才不过十九岁，英俊潇洒，顾盼风姿，作官一帆风顺，为人沉静安稳，相当有能力，也相当自负。

明武宗时，杨廷和经常上奏章，恳请皇帝勤政，不过，明武宗一概不理，当明武宗凯旋回京，命令群臣各自制作锦旗迎接，杨廷和也以“天子至尊，不敢渎（dú）献”为名，坚持不肯。好在明武宗贪玩好动，却不是什么暴君，因此，杨廷和的规谏，也没有为杨廷和惹来太多的麻烦。

后来，明武宗崩逝，又没有留下子嗣，后继无人，张太后找了杨廷和来商量，杨廷和胸有成竹回答：“兴献王长子朱厚熜（cōng）乃宪宗之孙、孝宗之侄，兄终弟及，再合适也不过了。”张太后也同意了。这个朱厚熜，就是明世宗。

在明武宗过世、明世宗即位之间，一共有三十七天的空档，这一段时间，可以说是武宗一朝乱政的一个收拾。

杨廷和与一般大臣相同，最为痛恨宦官，在起草世宗登基诏时，他就排除了来自太监的种种阻力，坚持自己的主张，有一回，杨廷和就毛笔一摔，气呼呼道：“以前发生任何龃龉（jǔ yǔ）之事，总是推说这是皇帝的意思，现在莫非是新天子之意吗？”杨廷和义正严词，把大家都吓住了。

但是，杨廷和也有他的私心：譬如王阳明，本是平定宸濠之乱的英雄，明世宗即位之后，下诏王阳明入京受赏，杨廷和担心王阳明被世宗所重用，就以“国哀未毕，资费浩繁，不宜行宴赏之事”，硬是从中阻挠，让王阳明见不着皇帝，也不许王阳明手下的将士得到应有的封赏。

由于杨廷和自认为是正道之士，又拥立世宗有功，言语之间，不免咄咄逼人，连世宗都受不了。例如世宗一度打算恢复皇室庄田，朝臣一致反对，世宗屈服。可是世宗不同意惩办主张此事的太监，杨廷和马上跳了出来，严厉地慷慨陈词：“牧草草场，最为先朝（先朝指的是前面的皇帝）之累，侵占民田几万顷，毁坏人民住宅坟墓无数，岂可不罪太监？”一番话，将明世宗逼得哑口无言。

总之，在杨廷和掌政近三年之中，为明朝带来一番新气象，不过也由于他的专断，有人批评杨廷和“终日想，想出一张杀人榜”，也种下了世宗与杨廷和的不和。

明世宗与大礼议

明武宗过世之后，没有子嗣。武宗的母亲张太后与大学士杨廷和商量，迎接兴献王朱厚熜（cōng）入承大统，是为明世宗。兴献王是明孝宗的侄子，明武宗的堂弟，他们的关系是：

明宪宗　孝宗朱祐樘——武宗朱厚照

兴献王朱祐杬（yuán）——兴献王朱厚熜（世宗）

在杨廷和想来，他建议朱厚熜当皇帝，朱厚熜应该十分感激他的迎立之功，君臣和睦愉快。再说，明世宗只有十五岁，什么都不太懂，应该能尊重杨廷和老臣谋国的意见，大家一起把国家治理好。

不料，明世宗虽然只有十五岁，个性却既固执又小器，非常难缠。明世宗的亲生母亲兴献王妃，同样也是一个处处不吃亏的厉害角色，因此爆发了所谓“大礼议事件”。

朝臣们以为，由于明世宗是明孝宗的侄儿，他是过继到孝宗的名下作为孝宗儿子的身份，入奉宗祧（tiāo，指的是祖先的庙，所以，宗庙又称之为宗祧）。

明世宗却完全不是这个想法，他乐意当皇帝，但是，他不是要来当明孝宗的儿子的，他是以兴献王的资格来承继大统的。

明世宗即位之后，第一件急着办的事，就是派人到湖北，接他的亲妈妈兴献王妃。这时，明世宗的生父兴献王已经过世，因此，他还要求群臣讨论如何追尊兴献王。

兴献王朱祐杬，明宫廷画家绘。

杨廷和很是不悦，在他看来，这一个毛孩子实在是太不懂事了。自古以来，中国就有一套传统的过继制度，以侄子的身份继承伯父遗留下来的皇位，理所当然必须承继为伯父之子。所以，朱厚熜当然是孝宗之子，他的生父兴献王朱祐杬（yuán）在制度上只能称之为叔父，生母只能称叔母。明世宗大为恼怒：“天下竟然有这样的事，父母还可以这样调来换去的吗？”他把杨廷和的奏章用力一摔，要求群臣们再讨论。于是群臣们展开一场漫长的讨论，历史上称此一事件为“大礼议”。

就在这么吵吵闹闹不可开交之际，明世宗的生母兴献王妃的坐船到达了北京附近的通州。儿子居然当了天子，兴献王妃乐得合不拢嘴，可是，她一听说世宗要称明孝宗为皇考，当场就发了大脾气：“皇考不是王父的尊称吗？我儿子岂可以给别人当儿子，开玩笑！”她一怒之下，干脆连京城都不去了，一路咕噜骂儿子不孝。

明世宗的母亲没来，他的祖母倒是来了，祖母年纪大了，眼睛也瞎掉了，她用一双枯干的手，把明世宗自头顶摸到了脚底，嘴里不停地说："我的乖孙，没想到你当了皇帝。"过了几个月，祖母死了，明世宗准备把祖母葬到茂陵（宪宗的陵墓），杨廷和又以不合礼教制度反对到底。

明世宗与朝臣的大礼议之争，最后当然还是明世宗大获全胜。明世宗原是杨廷和迎立的，世宗一点也不感激他，杨廷和的儿子杨慎，曾经在左顺门撼门大哭，世宗更不原谅，把杨慎充军到云南永昌。

杨廷和是个天才儿童，十九岁中了进士；杨慎也是个天才儿童，后来二十四岁中了进士。杨慎崇拜他的父亲，他的父亲也以这个儿子为荣。

杨慎十一岁时，就能提笔为文，写《古战场文》、《过秦论》一类拟古的文章，是个少年老成的孩子。每次有人夸他聪敏，他还摇头晃脑，老声老气道："一个人资质好不足恃，应当日新德业，努力学问。"让夸赞杨慎的大人们肃然起敬。

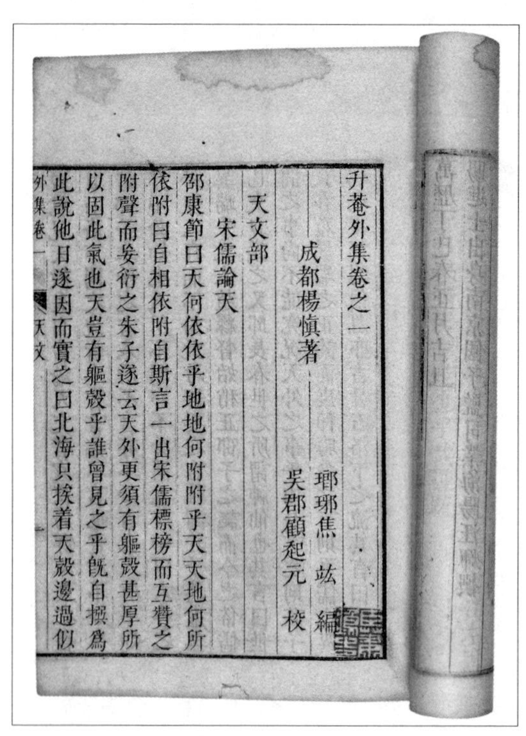

升菴外集卷之一
成都楊慎著　瑯琊焦竑編
吴郡顧起元校
天文部
宋儒論天
邵康節曰天何依依乎地地何附附乎天天地何所依附曰自相依附自斯言一出宋儒標榜而互贊之附聲而妄衍之朱子遂云天外更須有軀殼甚厚所以固此氣也天豈有軀殼乎誰曾見之乎旣自撰爲此說他日遂因而實之曰北海只挨着天殼邊過似
外集卷一　天文

杨慎著作《杨升庵外集》，清刻本。

杨廷和、杨慎父子虽然在大礼议事件中失败了，但他们自认为是正义之士，胸中坦然。明世宗最气他们的自以为是，明世宗将杨慎充军之后，一口闷气依然咽不下去，常常问人：

"杨慎这个人现在怎么样啦？"

幸亏阁臣们对他印象不坏，每次都帮他忙，长叹一口气道："杨慎现在又老又病，惨透了。"明世宗这才比较宽慰。如果阁臣照实说来，杨慎"著述甚丰，写了八十一卷《升庵集》，又写了《二十一史弹词》。"那么，器量狭小、怀恨在心的明世宗非再把杨慎剥一次皮不可。

至于杨廷和，世宗想起来就恨，他认为杨廷和应该"僇（lù）市"（受刑而死并且当街展示），不过姑且高抬贵手，将杨廷和削去职务成为一般平民。

一直到杨廷和去世之后，有一天，明世宗问大学士李时："现在太仓剩下多少银两？"李时回答："还可以支出数年，这是由于陛下当年下诏书裁汰（tài）冗（rǒng）员的结果。"明世宗不好意思道："此乃杨廷和之功也。"方才追赠杨廷和太保，谥文忠。

杨廷和系一代名相，初上任三十七天之中，就建立了赫赫功绩。假如不为大礼仪与明世宗对立，稍微忍耐一下，可以为天下百姓做多少事啊。

明世宗终于如愿以偿将他父亲兴献帝的牌位，放到了太庙之中，并且为此大兴土木，把一座新的观德殿乒乒乓乓拆了下来，另外建一座新的。落成之后，世宗生母兴献后兴匆匆的说："我急着去看一看。"大臣又傻眼了，因为明朝到了永乐帝时代，皇后就只能拜谒（yè）奉先殿，不能去太庙。

大学士石瑶上奏章："祖宗家法，后妃入宫，未有无故出入者，再说，太庙尊严，天子均非时出时入，何况后妃？女祸时常发生，不可不考虑。"言下之意，提醒世宗，小心别成了第二个武则天。

明世宗当然又大发脾气，臣下愈反对他偏愈要做，于是一向不安分的兴献后由明世宗陪着入太庙行礼，君臣之间，关系不断继续恶化。

明世宗想要当神仙

明世宗统治明朝四十五年，代表明朝由中兴到逐渐衰落的阶段。明世宗是出了名迷恋道教的皇帝。因此，明朝的吴承恩在他写的名著《西游记》一书之中，特别创造了一个“车迟国”国王，以及“虎力大仙”、“鹿力大仙”、“羊力大仙”三大仙，最后把车迟国王丢到滚油锅里，炸得皮焦肉烂。这车迟国国王就是讽刺崇道灭佛的明世宗。

明世宗的父亲兴献王信奉道教十分虔诚。根据民间传说，明世宗出生的当天中午，兴献王正趴在书桌上打瞌睡，迷迷糊糊中，仿佛见到玄妙观中的纯一道士。兴献王一向敬佩纯一道士，急忙站起身来打招呼，方才发现是南柯一梦。正在此刻，宫人慌慌张张奔了进来，大声报喜：“恭喜王爷，王妃刚刚生下一麟儿。”

兴献王乐坏了，他不停地嘟嘟囔囔：“我知道，这一定是纯一道士点化的。”因此，明世宗似乎是自娘胎里就信奉道教。明世宗从小瘦弱，多灾多难，小病大病不断，他的母亲蒋妃带得很辛苦。每一次明世宗生了病，蒋妃就找道士画符，求神祷鬼，保住明世宗一条小命。

明世宗前面一个皇帝是明武宗，也就是人们所熟悉、梅龙镇上游龙戏凤的正德皇帝。正德皇帝最贪玩，钓鱼的时候翻了船，连冻带吓，没有多久便一命呜呼。正德皇帝没留下儿子，明世宗捡到便宜，以堂弟的身份继承了明朝的皇位，是为明世宗，年号嘉靖。这一年，明世宗只有十五岁。

嘉靖二年（1523 年），一向体弱的明世宗生了一场大病，几乎死去，他愈发向往道家的长生不老之术。有一天，太监崔文问明世宗："万岁爷可知先皇帝升天时几岁？"

"不过是三十一岁。"明世宗叹口气说。

崔文又问："那么，再往上推呢？"

明世宗一个一个算上去："孝宗活了三十六岁，宪宗四十一岁，景泰帝三十岁，英宗三十八岁，宣宗三十七岁。"直算得明世宗心惊肉跳，富有天下的皇帝，居然撑不到中年，那么，以他这个薄得如一张纸的衰弱身子，究竟能拖几天呢？

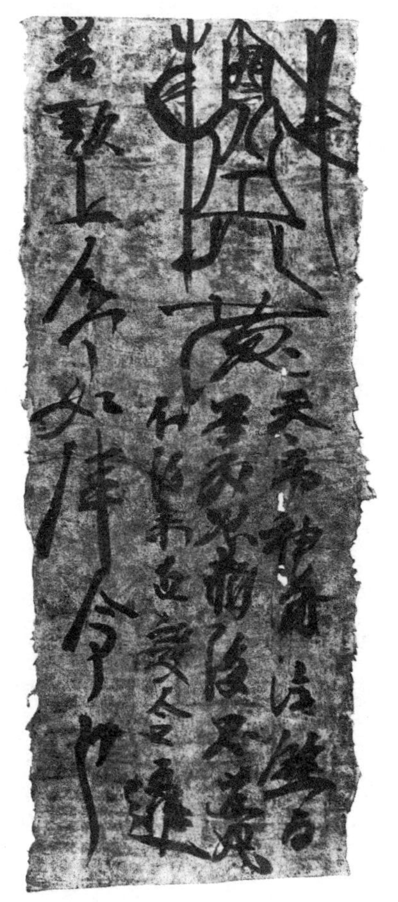

道士符录，新疆维吾尔自治区吐鲁番市出土。

崔文见世宗难过的模样，大力宣传祷祀的好处，从此明世宗开始全心信奉道教。明世宗第一个最相信的道士是邵元节。邵元节长相清秀，风度翩翩，明世宗一看就欢喜，让他住在显灵宫。没有几天，邵元节果然显灵。有几次雨雪过期不至，邵元节祷告后雨雪降临，甚至明世宗的嫔妃也前后生了两个儿子，明世宗很高兴，加恩封赏，任命邵元节为礼部尚书，并且赐给一品朝服。

后来，也许邵元节年纪大，祈祷渐渐不灵，他推荐陶仲文给明世宗。陶仲文一来，牛刀小试，庄敬太子的水痘（dòu）不药而愈，明世宗非常满意。

嘉靖六年（1527年），宫中出现了黑眚（shěng），黑眚又名黑青，传说中是一种水中妖怪，形状长得像人，全身黑漆漆的，专门在半夜出现，或抢小孩或吃小孩，俗名又叫嘛唬。陶仲文先烧了符，符上写的是“降黑眚”，把符泡入水中，以剑抹之，然后，他举起剑，对着空中劈斩，口中大声吆喝，竟然宫中从此安宁，陶仲文成为宫中的红人。

嘉靖十八年（1539年），明世宗南巡，经过卫辉地方，奇怪的是，突然自天而降一个大旋风，绕着明世宗的车驾打转，挥也挥不去，躲也躲不开。这时是八月，秋高气爽，万里无云，怎么会有此怪风？明世宗心中忐忑不安，转头问陶仲文：“到底怎么回事？”

陶仲文说：“此风不祥，风之火也。”

明世宗心一紧，忙说：“快！快祈祷行法术避灾。”

陶仲文神神秘秘一笑，“火灾不可免，但是对皇上无碍。”

明世宗无奈，三令五申小心防火，怪的是当天晚上行宫里果然起了一场火，火舌愈搧愈大，一会儿就烧掉了梁柱，烧光了屋顶，火势猛烈可怕极了！但是皇帝在哪里？因为明世宗一向小心谨慎，很难确知世宗睡在行宫哪一个房间中，因此，整个行宫乱成一团，死了许多宫女、侍卫。

幸亏锦衣卫指挥陆炳一向机智，在熊熊大火中，找到了吓得不成人形的明世宗，把他背出来，捡回一条命。

有人说，这是陶仲文自己勾结宦官放的火，原先只准备放一场小火，意思一下，不料水火无情，火势一发不可收拾。无论如何，明世宗对陶仲文更加深信不疑，封为高人、真人，连他的儿子女婿也授了官职。

段朝用炼银

明世宗迷信道教，除了拜神仙、祈求长生不老之药以外，他又特别相信箕（jī）仙扶乩（jī）以及祥瑞之事，甚且国家大事也由乩语决定。最荒唐的是，假如哪一个将军打了大胜仗，他不但不会慰劳将士，反而感谢鬼神保佑。

嘉靖三十九年（1560 年），浙江总督胡宗宪用计诱捕了海盗汪直，明世宗立刻的反应就是：“鬼神帮了忙。”胡宗宪发现，想要升官，就应投其所好，在祥瑞一事上下功夫。

胡宗宪千方百计，找来两只白龟呈现给明世宗，世宗果然欢喜；乌龟当然应该是乌黑色，难得见到一只白乌龟，照现代人科学的说法是基因突变，古代则认为是祥瑞。

这两只白龟放在地上，跑得好快，让世宗开了眼界，大为叹服。其实，乌龟是可以跑得很快的，龟兔赛跑可能有的乌龟还会赢，只是平常乌龟总是懒懒地在地上慢慢爬行，让人误以为乌龟永远动作迟缓。

胡宗宪对明世宗说：“史记中记载一则故事，江淮（huái）地区有个人小时候用四个乌龟顶住床的四个角，到这人死了以后，家人把床挪开，很惊讶地发现，四只乌龟不饮不食，不吃不喝，居然还活着，活了五六十年。如此说来，人们说有千年老龟，应该不假。”

明世宗睁大了眼睛，望着两只白龟，眼中充满了崇拜的神情，从此，明世宗每天都要抽空去看望白龟，打声招呼。

但是，不晓得是否水土不服，过了没有多久，两只白龟相继死了，朝廷里上上下下十分惶恐，不知道明世宗会如何大发雷霆。不料，明世宗不是生气，而是叹气。他叹了一口气，又长长地再叹一口气，整天叹个没完，口中不断地说：“天降灵物，竟然归天，朕大概也将撒手人寰（huán）了。”

明世宗居然把自己与白龟相提并论，朝臣睁圆了眼睛，不敢相信。为了投其所好，个个努力找寻吉祥物，希望借此获得明世宗的宠爱。

嘉靖四十三年（1564 年）五月，明世宗房中突然出现了一个大桃子，太监们大呼小叫，一起跪在地上喊：“万岁！万岁！这一定是天上降下给万岁爷的桃子。”事实上，这是太监自己放的，因为明世宗最近心情不佳，太监怕遭殃。

明世宗不疑有他，马上下了命令：“举行迎恩大典。”

第二天，宫中又出现另一个桃子，世宗更乐了，当天晚上，宫中的白兔生了两只小白兔，世宗愈发高兴；又过了几天，宫中的鹿生下两只小鹿。会拍马屁的朝臣纷上表庆贺，说是“奇祥三赐”，明世宗兴奋之下，自己亲自写了手诏谢谢臣子。

由于人人都抢着巴结，如何出奇制胜，那么要抢在人们前面，就是一件不容易的事。

有个名叫郭勋的武定侯，他的祖先是明朝开国功臣郭英。郭勋找来方士段朝用，对他说：“你既然擅长于黄白术，我把你推荐给皇上。”所谓黄白术，是方士用朱砂炼出黄金白银，这根本是一件不可能的事。

段朝用嗫嗫嚅嚅：“可是，我的法术偶尔会失灵。”

郭勋当然知道这是骗人的把戏，他只是要找一个搭档一起骗皇帝，因此，他拍拍段朝用的肩膀：“放心，我先供给你银器。”既然银是现成的，段朝用就放心大胆，精神抖擞，跟在郭勋后面，到了皇宫，呈献出一百多件亮亮闪闪的各式各样银器，说是段朝用“化”出来的。

明世宗凑上前去，一件一件拿起来啧啧称奇：“哇！这与朕平常用的银器一模一样。”

“怎么会一样呢？”段朝用神气地抬头：“皇上用了上天降下来的银器，可以长生不老，但是必须深居简出，少与外界接触，以免污染。”

明世宗好开心，终于求得长生不老之术。他封段朝用为“紫府宣忠高士”，每天用段朝用“化”出来的银匙、银碗、银杯、银梳，想象自己一天一天变神仙，同时对群臣说：“朕想让太子监国，治理国事，朕静摄一两年，如果朕没有飞升上天，朕再亲政。”

群臣吓呆了，太子才四岁，万岁爷真是拿国家事开玩笑，太仆杨从上书反对：“古代尧舜从来不学求仙这一套，难道他们不聪明吗？只要诚心为民，不想长寿也会长寿，不想成仙也会成仙。”这话不入耳，明世宗杀了杨从，但也没让太子监国。段朝用的银子是郭勋供给的，郭勋的银子是他利用职权在京城中开了一万多家店赚来的。后来有人检举段朝用作假，明世宗派人看守，果然段朝用没有法术，于是段朝用、郭勋一块儿死于狱中，明世宗继续找寻真正懂法术的方士。

蓝道行表演扶乩

明世宗不仅笃信道教，而且十分迷信灵异古怪的事，小太监们摸透皇帝的心理，四处打听一些神仙鬼怪的故事来报告世宗。

有一天，一个小太监向世宗报告，京城里有一个叫蓝道行的人，善于扶乩（jī），能够知道过去与未来之事。

扶乩又名扶鸾（luán），是中国一种古老的占卜之术，方法很简单，先准备一个大盘子，盘内平铺细沙，再准备一枝乩笔，乩笔是两根木条，钉成 T 字而制成，由两个人分持 T 型乩笔的横木两端，一个人只握着横木不动，另一个则接受神明附体，然后移动横木，让下垂的木条在沙上写字或作画，这沙上的字代表神明的指示。

小太监把蓝道行带入宫中，叩见明世宗。

世宗坐在高高的龙椅上，望望蓝道行，说："朕听说你善于扶乩，不晓得灵不灵？"

蓝道行跪下来，必恭必敬地回答："请万岁爷赐下问题，小民会请大神回答。"

"好！"世宗点点头，"朕有个问题，写在纸上，用袋子密封起来，朕差人送到你的神坛去。"

当天晚上，明世宗派太监郭兴送来一个密封的信封，蓝道行在神坛前面烧了香，磕了头，把密封的信封在神坛之前焚化，然后和一个徒弟各自手握横木的一端，微闭双眼。不久，蓝道行的

扶乩，选自《闾阎之艺》。

身体开始颤抖，手也开始推移横木，乩笔在沙上写了字：“张真人降坛揭示，红花绿叶遍地锦，青天白日满室光。”

郭兴与蓝道行回到宫中向明世宗报告，世宗看完大怒道：“朕的问题是，朕昨天头痛，是什么原因？你的乩文简直是牛头不对马嘴。”

“万岁爷，”蓝道行赶快跪下来磕头：“这是大神弄错了，原因是送万岁爷圣旨的人不洁净，有了邪气，所以大神才胡乱揭示。”

“郭兴，”世宗怒目盯着身旁的太监：“你身上沾了邪气，拉下去打十大板，好好洗一个澡，下次不许再沾邪气。”

第二天晚上，郭兴手捧着世宗的信封又来到蓝道行的神坛，郭兴走路一拐一拐，看起来屁股被打得很痛。

“蓝师父，求你帮帮忙，再不灵就要害死我了。”郭兴的声音像在哭一样。

“可以，只要你把信封打开来，让我看一看。”蓝道行眯着眼睛望着太监郭兴。

“私拆万岁爷的信封是死罪啊。”郭兴害怕地说。

“那你就不必给我看了，拿去烧吧。”蓝道行懒懒地打了一个呵欠。郭兴揉一揉被打疼的屁股，他心想：打十板勉强可以忍受，要是打一百板呢？要是打死了呢？想着想着，他就委屈地哭了起来。

“傻瓜，只有你知、我知，这封信就烧了，谁又会知道？”蓝道行又说：“同时，你还得告诉我宫里的情形、万岁爷的生活习惯，我扶乩灵验了，保证你也有好处。”

于是，郭兴拆开了信封，只见明世宗在上面写着：“朕佩的玉是何形？昨夜读何书？”

“郭公公，”蓝道行在郭兴耳旁轻声地说：“你一定知道这两个问题的答案，快告诉我，我的扶乩才灵，不然你就遭殃了。”

郭兴只得在蓝道行的耳朵旁说了几句话。

蓝道行点点头，便用火把信烧掉，开始扶乩。不久，沙盘中写出字来：“翠玉配龙凤，烛光照《孝经》。”

郭兴为蓝道行把乩文送给世宗，世宗看后大为惊奇道：“没错，朕身上的翠绿佩玉果然是雕着一龙一凤，昨夜朕也确实在看着《孝经》，你真正是神仙，竟然知道朕的心事，朕相信你的法力，朕以后遇有疑难之事，会召你入室，朕会给你厚赏。”

明世宗一向小器，不过对于这类事一向大方。为了修玄炼丹，明世宗大兴土木，建了许多道教的斋宫秘殿，每年得花三百万两银子，宫殿修好之后，得用泥金书写门坛匾（biǎn）对，又要耗费几千两黄金。明世宗为了炼丹，修道成仙，又派许多人到全国各地去采集大木、珠玉、宝石、油漆，光是黑白蜡每年就用三十多万金，真正是劳民又伤财呀。

明世宗肚皮里的怪药

明世宗信奉道教非常虔诚，最主要的原因是他身体不好。特别是在嘉靖（jìng）元年（1522 年）完婚之后，经常气弱，易喘，咳嗽，因为有病，一直到嘉靖九年（1530 年），还没有生孩子。

明世宗可能是肺不好，经常咳嗽，一咳就是一整天，尤其到了夜晚，咳得上气不接下气。世宗的母亲蒋太后每次听到世宗咳嗽，就像是心上被重重捣了一拳头，她常常握着世宗发烫的手说："唉，为什么不能让我代替你害病？"

蒋太后经常忧虑世宗生病，没多久，她自己果然也生了病，不过，并没有如她所愿，代替世宗生病，明世宗仍然是气喘吁吁。嘉靖十三年（1534 年），他的咳嗽一拖就是半年，两只脚像踩在棉花上一般，脸色雪白，经常"哇"的一声，一口血就喷了出来。他身边都是一流御医，世宗自己也在读医书，却是一筹莫展。

明世宗的体质弱，依常理看，他应当注重营养，锻炼身体，并且保持心平气和。明世宗一样也做不到。世宗偏食，懒得运动，道家的养生之道是强调静坐调息，他嫌麻烦，再加上心眼小，每次与臣子怄气，一个晚上翻来覆去睡不着，性情暴烈，抑郁愁闷，身体怎么会好？

但是，明世宗是个执拗（niù）的人，他非把身体弄好不可，因此，他相信方士，求长生不老之术。另外，他仰赖医药，只要听说什么药有用，他就以大无畏的勇气，把药吞到肚子里。

第一项要吃的当然是灵芝。在两千年以前《神农本草经》上便说，灵芝排在人参之上，是能够延年益寿、防止衰老的上品圣药。

一个叫李佳的御医对明世宗说：“秦始皇梦寐（mèi）以求的长生药，《白蛇传》故事中的仙草不就是灵芝吗？它能益肺气，疗虚劳。”

道士陶仲文更告诉明世宗：“常服灵芝能够升仙，飞行长生。”

明世宗一天到晚想当神仙，听着十分兴奋，下令到处采集。野生灵芝十分稀罕，采集不易，既然是天子想要，地方风闻，争先恐后呈献上来，今天有人送，明天有人送，堆放在宫中，像个小山似的，太监们偷偷拿去卖掉。有一个叫王全的地方官，买了一万朵灵芝，堆成一座“万岁之山”，又把一个乌龟涂上了颜色，一起献给明世宗，题了一个好听的名称“天降灵瑞”，明世宗龙心大悦。

不过，明世宗始终身体不舒服。一方面，他当然是有病，另一方面，他全副注意力都在自己的身上，当然今天这里痛，明天那里痛。

灵芝，选自中医图谱。

一位道士建议明世宗：“何不服用‘秋石’？”

“什么是秋石？”明世宗问。

“秋石是用童男童女的小便在秋天炼成的药。”

明世宗眉头一皱：“小便不是又脏又臭吗，让朕吃小便？”

道士微微一笑：“这

叫以毒攻毒。在秋天里，取童男童女的小便，熬炼成细末，如盐巴一般食用；用久了，能够滋肾、降火、消痰、明目，功效很大。”

唐三藏师徒四人在取经的路上，接受各国宫廷款待，灯屏绢画。

从此，明世宗用秋石代替盐巴，无论炒什么菜都用秋石，虽然有时也觉得恶心想吐，但是为了身体健康，也就忍了。事实上，明朝大医学家李时珍曾说，秋石太咸，多吃有害无益。

在《西游记》中，作者吴承恩讽刺明世宗吃童男童女的小便，曾经安排了有趣的一段：话说唐僧、猪八戒、沙和尚与孙悟空来到了崇道灭佛的车迟国；半夜里饿了醒来，孙悟空说：“我知道，城里有一座三清观，三清殿上有许多好吃的供品。”猪八戒睡梦里听说有好吃的东西，马上醒了，他着急地说：“哥哥，怎不带我去？”

孙悟空捂住猪八戒的嘴：“兄弟，要吃东西，别大呼小叫，惊醒师父。”他们一行三人来到三清殿，孙悟空把八戒变成太上老君，沙和尚变做灵宝道君，孙悟空自己变做元始天尊，把原像推了下去，然后三个开始大吃大喝，不论馒头、点心、烧饼，风卷残云，吃得好开心。

这时虎力大仙、鹿力大仙、羊力大仙来了，发现东西被吃得精光，以为是天尊降临，一起跪下，恳求赐给圣水金丹。

孙悟空就撒了一花瓶尿，猪八戒也花剌（lā）剌溺了一盆，沙和尚也撒了半缸，然后孙悟空在上面说："小仙领圣水。"

这几个道士，磕了头、谢了恩，为了尊师重道，先舀出一盅献给老道士，老道士兴奋得一口喝下，抹唇咂嘴，鹿力大仙问："好吃吗？"老道士努着嘴说："不好吃，有点腥。"羊力大仙也喝了一口道："有些猪尿味。"这才发现上了当了。

身体健康要靠平日的维护，光光吃一堆药，愈吃愈糟糕。

明世宗灭佛

明世宗信奉道教，在他看来，用力打击佛教，正足以代表他对道教的虔诚。其实，所有的宗教，哲理不一、目标相同，都强调爱心、慈悲心，尊重他人与分担他人的痛苦，用不着彼此攻击批评。

在《西游记》一书之中，作者吴承恩创造了一个车迟国国王，用来讽刺明世宗的崇道灭佛。话说唐三藏、孙悟空、猪八戒、沙和尚来到了车迟国，忽然听到一声吆喝，好像千万人呐喊的声音，唐三藏害怕，兜住马不敢前进，孙悟空笑道："大家别怕，待我老孙看一看是怎么回事。"

孙悟空纵身一跳，跃起半空之中，只见一块沙滩空地，聚集许多和尚，正在吃力地把一辆车子扯上悬崖，口中齐喊："大力王菩萨。"这些和尚个个衣衫破烂，看起来好可怜。

一会儿，出现两个青年道士，头戴星光、身披锦绣，腰上还系着一条条丝带。和尚见道士来了，个个胆战心惊，加倍痛苦地拽着车子。

孙悟空把自己也变成一个道士，和两位小道士招呼。小道士很热心地介绍道："我们这个城中，文武官员都好道，大小男女见到道士都得拜，头一个就是万岁君王好道爱贤。"小道士又得意地说："万岁爷说和尚没用，拆了他山门，毁了他佛像，我家里烧火的、扫地的、搬砖瓦、盖房子的全是和尚。"

这个仇视和尚的车迟国国王就是暗指明世宗。

明世宗痛恨佛教，还有一层道理，因为张太后信佛。正德皇帝去世之后，没有留下儿子，张太后做主，明世宗以堂弟的身份继承皇位，按理说来，明世宗应该改称张太后为母亲，自己的亲生母亲改为婶婶。

明世宗不肯，闹到最后，他获得胜利，风光地把母亲蒋太后迎到宫中，会见张太后。张太后心目中仍然认为蒋太后只是个妃子，因此非常神气地高高坐着。

蒋太后自己也有点心虚，很自然地膝盖一软，就跪了下去。张太后也很自然地挥一挥手表示答礼。

两位太后没什么不愉快，明世宗却气得发抖，他认为自己亲生母亲遭到了侮辱，他非报仇不可。

明世宗迷恋道教，痛恨佛教；明世宗孝顺蒋太后，气恼张太后，两件事他一块儿算账。

朝臣上下都明白明世宗的心理，努力投其所好。

有位工部侍郎上奏："推倒玄明宫的佛像，把佛像身上的金屑刮下来。"

明世宗是个小器又残忍的皇帝，他笑眯眯地说："嗯，这个主意不错。"于是，玄明宫的佛像，身上被刀片刮下了一千多两的金屑。既然皇帝有毁佛寺的兴趣，凡是正德年间新增或扩建的佛寺，全都难逃被毁的命运。

在风景秀雅的西山，有一座皇姑寺，许多皇亲国戚以及有权势的太监，经常前往烧香拜佛，张太后也时常前往布施，明世宗决定把佛寺拆了，以泄心头之恨。

这个消息很快传开，张太后十分着急，派人对明世宗说："皇姑寺是孝宗朝所建，不可拆毁。我听说了这一件事，心中十分不安，皇帝应该遵照我的话。"

事实上，明世宗这个皇位，算起来还是张太后给的，明世宗一点也不感恩，张太后愈是来说情，愈促使他非拆不可。

过了不久，明世宗的母亲蒋太后也来劝阻。蒋太后虽然信奉道教，偶尔也去庙里拜一拜菩萨。

蒋太后对明世宗说："我正想建一座寺院，就把皇姑寺算到我的名下好了。"

明世宗不为所动，他撇撇嘴道："建寺院干什么，不用了。"

蒋太后急了，她摇着明世宗的肩膀道："儿啊，毁佛寺、砸菩萨，你可要遭到恶报的啊。"说着说着，蒋太后呜呜咽咽哭了起来，又是眼泪，又是鼻涕。

明世宗仍然不理，他说："别理小人流言。"

蒋太后知道儿子的脾气，也就不再吭声。

明世宗把这件事交给杨一清办，杨一清比较圆融，上奏明世宗说只留寺房给无家可归的尼姑暂住，拆皇姑寺就不了了之。后来，明世宗又要拆宫内的大善佛殿，礼部尚书建议把佛像等埋到荒野外，明世宗不肯，他认为这些是邪恶污秽的东西，埋在土中，还是会有人窃盗，因此，他下令当众烧毁了"金银佛像一百六十九座，头牙骨共一万三千多斤"，可见明世宗仇恨佛教的心理。